KB052888

잘가거라 용생,
어서와라 인생

GOOD BYE,
DRAGON LIFE.

나가시마 히로아키
Hiroaki Nagashima

7

목차

바제

모레스 산맥에 기거하는
심홍룡(深紅竜).
기질이 거칠며 드란을
눈엣가시로 여기고 있다.

류키츠

지상 세계의 용종들을 다스리는
3용제(竜帝) 3용황(龍皇) 중
하나인 수룡황(水龍皇).
용궁국(龍宮國)의 군주.

크리스티나

인간을 초월한 신체 능력과
검기를 겸비한
절세의 미인 검사.
마법학원의 3학년생.

루우

청순하고 온화한 성격의
수룡(水龍).
수룡황(水龍皇)인
류키츠(龍吉)의 딸.

레니아

신조마수의 혼을 지니며, 「파괴자」로서
공포의 대상이 되고 있는 소녀.
드란을 아버지로서 존경한다.

세리나

반인반사(半人半蛇)의
미소녀 라미아.
드란과 사역마의 계약을 맺고
마법학원까지 따라왔다.

드란

최강의 용이 전생한 모습.
고향 마을을 떠나
가로아 마법학원에 입학했다.
육체는 인간이지만 용종(竜種)의
마력을 숨기고 있다.

주요
등장인물
MAIN CHARACTERS

서장 크리스티나의 우울

아크레스트 왕국의 다섯 마법학원들은 공통적으로 봄, 여름, 겨울마다 장기 휴가 기간을 가진다. 봄방학과 겨울방학은 2주일 정도지만, 여름방학 기간은 거의 두 달에 달한다.

여름방학이 가까이 다가온 어느 날, 아크레스트 왕국 북방의 도시인 가로아에 자리 잡고 있는 마법학원을 다니는 한 소녀가 우수에 젖은 한숨을 내쉬고 있었다.

그녀는 드란의 동급생이자, 일찍이 북부 변경 개척 계획의 총책임자였던 알마디아 후작을 할아버지로 가진 크리스티나였다. 그녀는 가로아 마법학원 고등부 여자 기숙사의 자기 방 창가에 걸터앉아 푸르른 하늘을 올려다보고 있었다.

이 방은 그녀의 성격이 뚜렷하게 반영되어 있는 공간이었다. 장식장과 책상, 책장 등의 최소한도로 필요한 가구밖에 존재하지 않는다. 가구들 이외의 눈을 끄는 것들이라고 해 봐야 담요가 깔려 있는 새장과 나무 막대기, 그녀가 즐겨 쓰는 검인 엘스파다를 손질하는 도구 한 세트가 담겨 있는 상자 정도였다. 크리스티나는 평소부터 남학생용 교복을 입고 다니지만, 이 시기의 그녀는 하복 차림이다. 소매와 옷깃이 파란 하얀색 반팔 셔츠와 리본이 특징적이다.

진짜 은보다 아름답게 빛나는 머리카락을 파란 리본으로 묶고 있는 스타일은 변함이 없다.

지금은 여름방학을 앞둔 대부분의 마법학원 학생들이 본가로 돌아갈 준비를 하는 시기였지만, 그녀는 다른 이들과 달리 아무런 준비조차 하고 있지 않았다.

창문으로 불어오는 따스한 바람이 백은의 머리카락을 어루만지는 감촉은 나쁘지 않았으나, 그녀의 마음을 에워싸고 있는 개운치 못한 안개를 떨쳐 버릴 수 있을 정도는 아니었다.

"외로워 보이는군, 크리스티나."

불현듯 변성기를 맞이하기 전의 소년 같은 목소리가 방 안으로 울려 퍼졌다. 그녀에게 있어선 무척이나 귀에 익은 목소리였다.

크리스티나의 붉은 눈동자가 활활 타는 불꽃으로 구성된 새 한 마리를 쳐다봤다.

그 새의 정체는 다름 아닌 새끼 불사조였다.

신조(神鳥) 시무르그나 가루다보단 못 하지만, 불사조는 조류 계통의 영수(靈獸)들 가운데 상당한 상위에 해당되는 존재였다. 가로아 4강 중 한 사람인 피니아가 크리스티나에게 집착하는 이유 가운데 하나이기도 하다.

용의 뿔처럼 예리한 볏을 여러 개나 지닌 머리, 뭉실뭉실한 가슴팍, 날개는 새빨간 빛을 띠고 있었다. 바로 그 날개로부터 몸통을 지나 기다랗게 뻗어 있는 꼬리에 이르기까지, 흡사 지평선의 저편으로 가라앉는 태양 같은 빛깔로 타오르고 있었다.

물론, 활활 타오르듯이 보이는 건 어디까지나 겉모습뿐이다. 실제론 새끼 불사조는 미약한 열조차 발산하지 않았다. 불사조가 앉아 있는 나무 막대기가 타지 않는 것이 그 증거였다.

불을 먹을 뿐만 아니라 불을 자신의 피와 살로 삼아 불과 함께 죽었다가 재생하는 불사조는, 스스로 발산하는 열량을 자유자재로 조종할 수 있다.

축제를 구경하러 갔던 어린 시절의 크리스티나는 수상쩍은 노점상을 지나치다가 정체불명의 커다란 알을 구입했다. 바로 그 알로부터 부화된 존재가 눈앞의 불사조였던 것이다.

가난하게 살던 당시의 크리스티나는 그 알로 배불리 먹을 수 있을 것으로 여겼으나, 요리하기 전에 불사조가 태어나 버린 관계로 그녀의 기대는 빗나가고 말았다.

그녀는 어쩔 수 없이 한동안 불사조를 키우기로 결심했지만, 그 목적은 물론 한껏 살을 찌운 불사조의 고기를 먹는 것이었다.

하지만 어머니와 단 둘이 함께 살던 당시의 크리스티나는 불사조를 키우다가 그만 정이 들고 말았다. 그리고 결국 먹기를 단념한 다음, 새로운 가족으로 삼을 수밖에 없었다. 그리고 그 이후로 가로아 마법학원에 입학함에 따라, 새끼 불사조를 사역마로 삼아 지금에 이른다.

"그렇게 노골적으로 외로워 보였나……? 언제나 눈치가 빠르군, 니크스. 지금 나의 가슴속으로 불어 들어오는 건, 서글프기 그지없는 겨울바람이야."

오랫동안 생사고락을 함께한 사역마에게 비밀을 가질 수 없을 것으로 여긴 크리스티나는 솔직하게 지금의 심경을 고백했다. 스스로 고독을 느끼고 있는 이유는 물론이거니와 지금 여기 있어 봤자 그것을 해소할 수 없다는 건 잘 알고 있었지만, 해결할 수단이 없는 문제 때문에 고민해 봤자 별수 없다— 그러한 체념이 크리스티나의 미모에 어두운 그림자를 드리웠다.

"지금의 너한테, 쓸데없는 속박 같은 건 그다지 큰 의미는 없지 않나? 드란 군을 비롯한 친구들에 관한 얘기를 하면서 즐겁게 웃는 너는, 정말 그 어느 때보다 눈부셔 보이더군."

크리스티나는 니크스라고 이름 붙인 사역마 겸 애완동물 겸 가족을 아직 드란 일행에게 소개하진 않았지만, 그 새한테는 그들에 관한 여러 가지 얘기를 들려 줬다.

"쓸데없는 속박이라? 그렇게 단언할 수 있는 용기가, 지금의 나한텐 부족한 모양이야."

촛불조차 끌 수 없을 듯이 근심 섞인 미약한 한숨을 내쉬는가 싶더니, 크리스티나는 다시금 창문 밖으로 펼쳐진 머나먼 하늘을 향해 시선을 돌렸다. 그녀에게 있어서 속박이라 함은 아버지와 그의 정실부인, 그리고 배다른 형제자매들을 가리켰다. 아버지는 어머니와 사별한 이후로 거친 뒷골목 생활을 시작한 크리스티나를 상당히 빠르게 거두어 왔다. 그러나 아버지의 성으로 가서 만난 새로운 가족들과 그녀의 관계는 빈말로도 좋다곤 할 수 없었다.

할아버지는 크리스티나를 몹시 사랑한데다가 동생들은 그녀를 잘 따랐지만, 의붓어머니와 오빠, 언니들을 상대로는 상당히 먼 심리적 거리를 느꼈다. 크리스티나는 지금껏 그들과 만날 때마다 어쩔 수 없이 위축되고 만다.

지금처럼 크리스티나가 근심의 바다에 허리까지 잠겨 있는 원인 또한, 바로 그 가족들과 본인의 관계 때문이었다. 「초인종(超人種)」인 크리스티나는, 지력·체력·마력·정신력·영격 등의 모든 능력치가 평범한 인간들을 가볍게 웃도는 존재였다.

그야말로 선천적인 영웅호걸의 자질을 타고난 셈이지만, 이미 성인이 된 후계자를 보유 중인 귀족 가문에게 있어서 지나치게 뛰어난 혈족은 무의미한 다툼의 불씨가 될 수 있는 존재였다.

오빠나 언니들에게 있어서 크리스티나는 어머니를 잃은 불쌍한 첩의 딸로 받아들이기에는, 지나치게 현명하고도 강할 뿐만 아니라 너무나도 아름다웠다.

총명한 크리스티나는 곧바로 그 사실을 깨달았다. 그리고 결단코 오빠나 언니들보다 눈에 띄지 않도록, 그들보다 뛰어나게 보이지 않도록 자기 자신을 억압하는 삶을 살아온 것이다.

그녀는 가끔씩 마법학원의 사무국이나 모험가 길드로 가서 무지막지한 맹수들이나 마수들을 토벌하는 임무를 도맡아 해결하는 식으로 자신의 울분을 풀어 왔으나, 적극적으로 자신의 명성을 높이는 행동은 하지 않았다. 가로아 4강 중 한 명으로서 『백은의 공주기사』라는 칭송을 들을 정도의 실력을 지니고도, 지금껏 마법학원간의 대항 시합— 경마제(競魔祭)에 출장하지 않았던 것 또한 불필요하게 눈에 띄는 사태를 최대한 피하려는 사고방식 때문이었다.

그러나 변경의 베른 마을과 엔테의 숲으로 여가를 즐기러 갔다가 만난 소년, 드란이 마법학원에 입학한 이후의 학교생활 덕분에 그녀는 진심으로 즐겁게 여길 수 있는 시간과 삶의 활력소를 되찾았다.

크리스티나는 그러한 심경의 변화로 인해 올해의 경마제에 출장하기로 마음먹었지만, 아무래도 본가의 사람들이 그녀의 결정 자체를 문제시하고 있는 모양이다.

그녀가 이처럼 우울한 감정의 안개로 미모를 흐리고 있는 까닭은, 본가로 돌아가야 할 가능성에 관해 고려하다가 온몸의 기력을 뿌리째 뽑혀 버렸기 때문이다.

마음속의 답답한 감정들이 마구잡이로 소용돌이치는 것을 견디다 못한 그녀는, 지금 이런 식으로 창가에 걸터앉아 무의미하게 시간이나 죽이고 있는 중이다.

"도대체 어디에 미련이 있다는 거지? 부드럽기 그지없는 비단옷? 반짝이는 보석들? 배불리 먹을 수 있을 만큼 잔뜩 준비된 맛있는 음식들? 혹시, 푹신푹신하고도 따뜻한 침댄가?"

"니크스, 뻔히 알고도 그런 식으로 묻는 건 너무 짓궂지 않나?"

크리스티나가 본가와 관계를 끊지 못 하는 이유가 그런 차원의 문제가 아니라는 사실 정도는, 니크스 역시 아주 잘 알고 있다.

일찍이 먹다 남은 밥을 찾아 헤매거나 흙탕물로 목을 축여야 하는 생활을 경험했는데도 불구하고, 크리스티나는 호화로운 귀족 생활에 관해선 전혀 집착하지 않았다.

크리스티나가 도저히 버릴 수 없는 대상은, 가족이라는 존재 그 자체였다.

고향으로 돌아가 봤자 간단한 인사말밖에 나누지 않는 아버지나 얼굴을 마주칠 때마다 씁쓸한 표정을 짓는 양어머니나— 아무리 희박한 관계가 됐건 친어머니를 잃은 그 순간의 슬픔과 고통을 뚜렷이 기억하는 그녀한테는 절대로 저버리고 싶지 않은 소중한 존재들이었던 것이다.

"나 원 참, 마음이라는 건 정말 성가신 굴레인 모양이야."

니크스는 뭐든지 다 안다는 듯이 중얼거렸다. 인간을 초월하는 지성을 지니고 있는 탓일까? 이 새는 항상 비꼬기를 좋아하는데다가, 일부러 건방진 말투를 쓰는 버릇을 지니고 있었다.

"지극히 옳은 말이지만, 새한테 듣고 싶진 않군."

크리스티나는 가볍게 어깨를 으쓱거리자마자, 천천히 일어났다.

"지독한 종족 차별이군. ……어라? 지금부터 어디론가 외출할 생각인가, 크리스티나?"

"이럴 때는 친구들의 얼굴이야말로 최고의 약이거든."

"너의 생각은 이해가 가. 그나저나 알마디아 가문의 본가로 돌아가기 전에, 그들과 함께 여행이라도 가보는 건 어때? 그 만한 기분 전환 정도는, 아마도 묵인 받을 수 있을 거야."

"그런 방법이 있었나? 하지만 여행갈 곳이 마땅치 않단 말이지."

그렇게 말하면서도, 크리스티나의 얼굴에는 「니크스의 제안은 나쁘지 않다」고 적혀 있었다.

본가로 돌아가기가 별로 내키지 않기도 하지만, 잘 아는 친구들끼리 며칠 동안 함께 공동생활을 하다가 온다는 이야기 자체가 무척이나 매력적으로 들렸다. 니크스는 크리스티나가 자신의 제안을 매우 긍정적으로 검토하고 있다는 사실을 정확하게 꿰뚫어보고 있었다.

제1장   조짐

 가로아 마법학원을 다니는 나— 드란은, 여름방학 기간 동안 사역마 자격으로 나를 따라온 라미아 종족의 미소녀인 세리나와 함께 고향인 베른 마을로 돌아가 휴식을 취할 계획을 세우고 있었다. 마을 사람들은 가로아의 기념품들을 마차에 가득 싣고 돌아가는 우리를 무척이나 반길 것이다.

 마법학원의 학생들 중 대부분은 본가를 떠나 기숙사 생활을 한다. 그러다 보니, 방학 기간을 틈타 고향으로 돌아가서 공부의 성과를 보고하거나 평상시의 피로를 풀고자 고향집으로 가는 이들이 대다수를 차지한다.

 그런 식으로 여름방학을 앞두고 있던 어느 날, 늘 만나던 멤버들이 손수 건설한 목욕탕의 발코니로 모였다. 제각각 여름방학 계획을 보고하다 보니, 동급생인 파티마가 한 가지 제안을 해 왔다.

 "있잖아, 드란~. 여름방학이 시작되면 다 함께 바다나 한 번 놀러 갔다 오자~."

 그녀의 제안은 나에게 있어선 너무나 갑작스러운 것이었다. 당연히 기쁘긴 하지만, 약간 당황을 금할 수 없는 발언이기도 하다.

 바다 자체는 인간으로 환생하고 나서도— 주로 용의 분신체로 — 구경해 보긴 했지만, 이렇게 친구들과 함께 가는 것은 처음이었기 때문이다. 그녀의 제안에 대한 기쁨과 기대가 나의 가슴속을 가득 메울 만큼 크게 부풀어 올랐다.

그러나 유감스럽게도 여름방학 기간엔 베른 마을로 돌아가 집안 일을 도울 계획을 세우고 있었다. 농사일을 하는데 동원할 머릿수 는 많으면 많을수록 좋다. 더군다나 체력이 남아도는 10대 남자의 합류 여부는, 하루 동안 끝마칠 수 있는 작업의 양에 크나큰 영향 을 끼친다.

옴짝달싹 못 하는 상태로 대답을 못 하던 나는, 눈썹 사이로 주 름을 지을 수밖에 없었다.

한편, 크리스티나 양은 파티마의 제안을 듣자마자 몹시 활기찬 표정을 지었다. 혹시 무슨 일이라도 있었나?

"남쪽의 골네브라는 곳에, 우리 집 별장이 있거든. 같이 가자~. 돈은 신경 쓰지 마~."

흐음, 별장이 있을 뿐만 아니라 우리의 체류 비용이나 교통비까 지 부담할 생각이었을 줄은 몰랐군. 이것이 가진 자의 여유라는 건가…… 같은 식으로 비굴하게 받아들일 필요는 없었다. 파티마 의 제안은 순수한 선의로부터 나온 것이었기 때문이다.

"파티마, 너의 제안은 몹시 기쁜데다가 꼭 가고 싶긴 하지만, 이 번엔 사양할게. 가능한 한 빨리 고향으로 돌아가서 집안의 농사일 을 돕고 싶거든. 변경의 작은 마을한테는, 체력이 강한 젊은 남자 는 귀중한 일손이야. 설령 방학 기간 동안뿐이더라도, 한 명 느는 것만으로도 크게 차이가 나. 일부러 초대를 해준 너한텐 정말 미 안하군. 그 대신이라기엔 좀 그렇지만, 하다못해 세리나라도 데려 가줄 순 없을까? 그녀라도 즐거운 시간을 가질 수 있다면 나로선 기쁠 것 같군."

"드란 씨가 안 가는 데를 제가 갈 리가 없잖아요! 그리고 베른 마을로 돌아가서 이웃 여러분의 얼굴을 보고 싶은 건 드란 씨나 저나 마찬가지라고요."

세리나가 황급히 나의 제안을 물리쳤다.

최소한 세리나만이라도 바다 구경을 시켜주고 싶다는 건 분명한 나의 본심이었지만, 그녀는 나와 헤어지고 싶지 않은 듯이 보였다.

아무래도 나는 타인의 마음을 세심하게 가늠하는 데는 아직 서투른 것 같군. 어떻게든 이 단점을 고치고 싶다만, 무슨 뾰족한 수라도 있나?

"으으음, 글쿠나~. 솔직히 난 드란이나 세리랑 꼭 함께 갈 마음을 먹고 있었거든."

아무래도 파티마는 우리가 당연히 초대에 응할 것으로 예상하던 모양이다. 그녀는 난감한 듯이 몹시 실망한 표정을 지었다.

"예상 밖……."

파티마의 절친인 네르 역시, 평소와 마찬가지로 표정 변화가 적은 얼굴로나마 어딘지 모르게 아쉬워 보였다. 지금껏 나나 세리나가 파티마의 제안을 거절한 적은 없었으니, 굳이 물어볼 필요조차 없이 흔쾌히 승낙할 것으로 여겼던 모양이군.

"가로아로부터 왕국 남부의 골네브로 가는 데는 시간이 너무 많이 걸려. 마을로 돌아갈 무렵엔 여름방학이 절반쯤 끝나 있을 거야. 솔직히 그만큼이나 긴 시간을 쓸 여유는 없어."

물론 인간의 신분에 집착하지 않을 경우, 시간적인 제약 따위는 아무 상관없었다. 하지만 나는 인간으로서 살아가고 싶다는 소원을 이루고자, 일부러 이렇게 생활하고 있는 몸이었다.

"저기 말인데? 시간에 관해선 크게 걱정할 필요 없을 거야. 비행선으로 갈 거니까, 말보다 훨씬 빨리 도착할 거거든~. 가로아와 골네브를 왕복하는데 반나절조차 안 걸릴 거야."

천공 유적 슬라니아로 갈 때 탔던, 하늘을 날아다니는 배 말인가? 즉, 와그레일 경유로 남부 도시인 골네브로 향하는 여행 일정이란 뜻이군.

비행선은 빌리는 것만으로도 꽤나 만만치 않은 금액을 필요로할 텐데, 그 정도는 파티마의 가문에게 있어선 그다지 큰 문제가 아닌 모양이다.

하지만 비행선을 이용할 수 있을 경우, 이동 시간을 큰 폭으로 단축시킬 수 있다는 건 틀림없는 사실이다. 가령 골네브로 가서 하룻밤 잔다는 전제하에, 가로아로부터 베른 마을까진 반나절밖에 안 걸리는 거리니 넉넉하게 사흘 정도 일정으로 예측할 수 있나?

하기야 그 정도의 시간적 여유가 있을 경우, 지나치게 신경 쓸 필요는 없을지도 몰라.

나의 결심이 흔들리는 것을 간파한 듯이, 그때까지 묻기만 하던 크리스티나 양이 나섰다.

"드란? 앞으로 방학이 없는 건 아니지만, 바다 구경을 하는 데는 여름이 더 적합할 거야. 그리고 보아 하니, 세리나는 꽤나 바다 구경을 하고 싶어 하는 것 같군. 그 기대에 부응하는 것 또한 그녀를 사역마로 거느리는 주인의 의무이자, 사나이의 본분 아니겠나?"

크리스티나 양이 너무나 친근하게 세리나의 얼굴을 응시하자, 나는 두 사람의 얼굴을 순서대로 둘러 봤다. 세리나는 수줍은 미소와 함께 쑥스러운 듯이 나의 시선을 받아들였다.

"사실은 바다를 구경한 적은 없다 보니, 한 번 정돈 가보고 싶긴 해요."

그러고 보니, 모레스 산맥 출신인 세리나에게 있어선 바다는 평생 동안 인연 없는 장소의 대표격인가? 세리나의 의사 표시를 든든한 아군의 등장으로 판단한 파티마는, 커다란 눈동자를 반짝이더니 나를 향해 온몸을 던져 왔다.

아마도 세리나를 설득한 여세를 몰아 나까지 구슬릴 심산이로군. 나는 사실, 사랑스러운 외모와 주위 사람들을 자기편으로 만드는 재능을 겸비한 눈앞의 동급생한텐 약하다.

"드란? 세리는 찬성인 모양이니까 일단 같이 가 보자~. 경우에 따라선, 내가 드란네 아버님이나 어머님께 직접 설명 드릴 수도 있거든?"

"아니, 네가 그런 짓을 할 경우엔 고향 사람들은 나의 학교생활에 관해 쓸데없는 의구심을 가지게 될 거야. 다만, 너희들의 의견이나 생각에 관해선 잘 알았어. 부모님께 조금 늦게 돌아가도 되겠냐고 여쭤볼게. 사실 나 역시 가능한 한 너희들과 함께 바다 구경을 하러 가고 싶은 건 마찬가지거든. 하지만 허락을 받지 못 했을 땐 순순히 포기해주길 바래."

나는 이미 어엿한 성인으로서 부모님 슬하로부터 독립한 신분이었지만, 마을 공동체의 일원으로서 수행해야 할 책임 또한 지고 있는 몸이다. 그런 식으로 최소한의 타협책을 제시하자, 파티마는 이제 우리의 바다 행이 결정 난 걸로 해석한 듯이 만면의 미소를 띤 얼굴로 기뻐했다.

"응! 알았어~. 일단 나는 두 사람의 몫까지 포함시켜 비행선을 알아볼게. 바다야 물론 멋지지만, 비행선을 타고 가는 하늘 구경 역시 만만치 않게 즐겁거든?"

흠, 마주보고 있는 나의 기분까지 덩달아 좋아질 정도의 미소로군. 천금의 값어치, 혹은 산더미처럼 쌓아 올린 보석을 대가로 준다 해도 절대로 맞바꿀 수 없는 진정한 보물이다.

"그렇군. 파티마나 네르와 함께하는 이상, 즐거운 여행이 되리라는 건 틀림없을 거야. 하지만 파티마? 만약 갈 수 없게 되더라도, 울지는 않을 거지?"

"뭐~? 드란, 그건 나를 너무 어린아이 취급하는 거야~. 몸은 작아 보일 수도 있겠지만, 친구들이랑 놀러가지 못한다는 이유로 울음을 터뜨릴 나이는 아니야~."

"그런가? 그렇다면, 운다기보다는 콧물을 훌쩍일 거라는 정도로 인식을 바로잡도록 하지."

"에잇~. 그렇게 짓궂은 소릴 하는 아이한텐 벌을 줄 거야~."

"흐음."

토라진 파티마는 자그마한 양쪽 뺨을 다람쥐처럼 부풀리더니, 팡팡거리는 소리가 나게 나를 때렸다. 예쁘장한 의성어가 어울리는, 털끝만큼도 아프지 않은 주먹이었다.

나는 나이가 가까운 여동생이 있을 땐 이런 느낌일지도 모른다는 식으로 따스한 기분을 곱씹었다. 뭐, 사실 전생의 고신룡(古神龍) 시절에도 여동생과 같은 존재가 없던 건 아니었다. 하지만 그 녀석과 나는 훨씬 살벌한 관계였거든……. 나는 파티마의 자그마한 주먹을 대충 받아넘기다가, 반격삼아 그녀의 엷은 복숭아 빛 머리카락을 있는 힘껏 쓰다듬었다.

파티마의 「꺅~」이라는 즐거운 비명소리를 들으면서, 나는 부모님께 부칠 편지의 내용을 생각하고 있었다. 단순히 동급생에게 바다로 놀러 가자는 초대를 받았다는 보고와 그 허가를 요구할 뿐이었지만, 개인적으론 학원의 정식 행사인 특별 승급 시험이나 정기 시험에 관한 내용을 쓰는 것보다 만 배는 어렵게 느껴졌다. 정말로 어떤 내용을 써야 하나…… 흠, 흠.

결국 편지를 다 쓸 때까진 상당한 시간을 투자할 수밖에 없었다. 나는 꽤나 고민하고 나서야 편지를 부쳤지만, 정작 답장을 받고 나니 그야말로 이보다 더할 수 없이 싱겁게 끝났다.

부모님에게 받은 답장에는 「기간에 관해선 신경 쓸 필요 없으니, 마음껏 놀다 오려무나」라는 허락의 말이 간결하게 적혀 있을 뿐이었다.

우리 부모님의 드넓은 도량이 잘 나타난— 편지라 여기는 건 자신의 가족을 지나치게 호의적으로 보는 관점일 순 있겠으나, 어쨌든 나의 고민이 시시하게 느껴질 만큼 상쾌한 답장이었다.

대단히 고마운 답변이긴 했지만, 나 자신이 꽤나 성대하게 헛다리를 짚은 건 틀림없었다.

베른 마을의 부모님이나 촌장을 상대로 돌아갈 예정이 일주일 정도 늦어졌다는 취지의 편지를 다시 발송한 다음, 짐의 수송은 베른 마을을 들를 예정인 잘 아는 상인에게 맡겼다.

파티마가 주최한 여름 여행 계획은 순조롭게 진행됐다.

우선 그녀의 별장까진 호수와 마주보는 항구 도시인 와그레일로부터 출발하는 대형 비행선을 타고 갈 계획이다.

아울러 인원수가 많을수록 즐겁다는 파티마의 의견에 따라, 발코니로 모이는 공통된 친구들은 일단 다 불러보기로 했다. 신조마수(神造魔獸)의 혼을 지닌 레니아와 그녀의 친구인 이리나, 그리고 가로아 4강 중 한 사람인 피니아 양이었다. 유감스럽게도 피니아 양은 본가로부터 빨리 돌아오라는 명령을 받은 신분이라 이번 여행엔 참가할 수 없는 모양이지만, 나머지 두 사람은 참가한다는 뜻을 밝혔다.

나는 머릿속으로 심홍룡(深紅竜)인 바제와 수룡(水龍)의 무녀인 루우(瑠禹)의 얼굴을 떠올렸다.

두 사람은 경마제를 대비한 특별훈련을 돕다가 파티마나 피니아 양, 이리나 등과 깊은 친분을 쌓은 걸로 알고 있다.

특히나 식탐이 심한 바제는, 파티마가 가져 오는 과자에 의해 완전히 함락된 상태였다.

여름방학이 끝날 때까진 특별훈련을 중단한다는 소릴 듣자마자, 바제는 곧장 모레스 산맥의 보금자리로 돌아가 낮잠을 자고 있었다. 그러나 용의 분신체로 방문한 내가 여행에 관한 얘기를 꺼내자, 「네가 꼭 와달라고 한다면」이라는 식의 요즈음 자주 쓰는 대사로 응했다. 이 말은, 거의 같이 가겠다는 대답을 한 거나 마찬가지였다. 바제는 여느 때와 마찬가지로 크리스티나 양과 함께 가야 한다는 데는 난색을 표명했지만, 온갖 바다의 진미들을 마음껏 먹을 수 있다는 나의 감언이설이 결정타가 되어 현지로 가서 합류하자는 결론이 나왔다.

분신체로 바제를 초대하러 간 여세를 몰아, 나는 해저의 용궁성(龍宮城)까지 발걸음을 옮겼다. 이번 여행의 동반자로 바다를 삶의 터전으로 삼는 루우를 초대하는 것은 지극히 당연한 전개였다. 그녀의 모친인 류키츠(龍吉)에 관해선, 일국의 군주라는 입장상 초대의 승낙을 받기는 무척이나 어려울 것으로 예상되는군.

하지만 신분을 숨긴 채로 자주 우리의 특별훈련을 도우러 왔던 그녀가, 이번에도 어김없이 따라올 가능성을 완전히 배제할 순 없었다. 여행지까지 어머니가 따라올 경우, 한창 때의 소녀인 루우로서는 정신적으로 무척이나 피곤할지도 모르지만 말이야.

백룡(白龍)의 분신체로 용궁성의 정문까지 다다른 나는, 여느 때와 다를 바 없이 왕족들의 사적인 손님들을 맞이하는 별궁의 한 방으로 안내받았다.

백룡의 형상을 띠고 있던 분신체의 모습을 가로아 마법학원의 교복을 입은 인간의 형태로 변신시킨 나는, 용궁성의 궁녀가 따라준 차로 목구멍을 적셨다. 해조류로 끓인 차였으나, 소금의 향기는 느껴지지 않았다. 독특한 감칠맛이 혓바닥 위로 퍼져 나갔다.

나를 접대하러 나온 이는 이따금씩 루우를 따라다니던 인어였다. 다른 이들을 물린 그녀는 나와 마주보는 자리에 걸터앉더니,

나를 따라 찻잔으로 손을 뻗었다. 그리고 그 동안에도 얼굴을 꿰뚫어 버릴 듯이 예리한 시선으로 나를 노려봤다.

그녀는 근위군(近衛軍)의 일각을 책임지고 있는 창유에(蒼月)라는 인어로서, 일전에 자기소개를 받은 기억이 있으니 처음 보는 사이는 아니었다. 창유에의 머리카락 빛깔은 그녀가 지닌 물고기의 하반신과 마찬가지로 어렴풋한 복숭아 빛이었으며, 두 갈래의 머리카락을 목 뒤로 오도록 묶었다.

대륙의 동방 문화권에 속하는 갑옷을 입은 그녀의, 예리한 라피스 라줄리와 같았다. 나이는 루우보다 두세 살 남짓 많아 보이지만, 그럼에도 불구하고 충분히 젊은 처녀였다. 평생 동안 남자들과 만나는 데는 곤란할 리가 없는 미모였으나, 나를 노려보는 표정으로부터 엄청난 박력이 전해져 왔다. 적대심의 성분은 질투가 태반을 차지하고 있는 듯이 보이는군.

나는 눈앞의 인어가 예전부터 루우를 뜨거운 시선으로 바라보고 있다는 사실을 잘 알고 있다.

"드란 공, 먼 길을 오시느라 고생 많으셨습니다. 폐하와 루우 님께선 공무가 바쁘신 지라, 공교롭게도 직접 마중을 나가실 순 없었나이다."

창유에의 온몸으로부터 무척이나 언짢다는 분위기가 여과 없이 전해져 왔다. 지금껏 만난 바로 판단하자면, 무의식적으로 이런 반응이 나오는 모양이다. 요컨대 꽤나 뿌리가 깊은 문제라는 뜻이야. 처음 만난 무렵의 바제보다야 그나마 조금 양호한 수준이었지만, 눈앞의 인어 처녀는 나에게 너무나 과도한 적개심을 불태우고 있는 듯이 보였다. 주군의 손님을 상대하는 태도로는 약간 부적절한 느낌이 든다만, 나는 어디까지나 침착한 태도로 응했다.

"아닙니다. 오늘의 저는 아무런 예고 없이 갑작스럽게 찾아온 몸이니, 별 수 없습니다. 지금껏 받은 융숭한 대접이야말로 저한 테는 너무 과분하지 않았나 싶군요."

"금일 역시 폐하와 루우 님을 보시고자 행차하신 겁니까?"

"뭐, 그것 말고는 제가 굳이 용궁성까지 찾아올 이유는 없으니까요. 잘 보셨습니다. 그건 그렇고, 두 분의 예정에 관해 여쭤 봐도 되겠습니까?"

창유에는 치밀어 오르는 분노를 겨우 억누르고 있는 듯이 보였다.

처음부터 용궁성의 신하들은 어디서 굴러다니던 말 뼈다귄지조차 알 수 없는 나를 괴이쩍은 눈으로 쳐다봤다. 하지만 류키츠와 루우가 진심으로 나를 반갑게 접대하고 있는 모습을 목격하다 보니, 거의 모든 이들이 호의적인 태도를 취하기 시작한 것이다. 그러나 그러한 이들 가운데, 오직 눈앞의 창유에만은 끈질기게 혹독한 태도를 보이고 있다. 류키츠가 지극히 격이 높은 용인 나의 정체를 넌지시 암시하고 있는데도 불구하고 태도가 전혀 변함이 없으니, 오히려 감탄스러울 정도였다. 창유에의 류키츠에 대한 충성심은, 절대적이라는 형용사가 어울릴 만큼 굳건한 것이었다. 하지만 나는 그녀가 루우에게 가지고 있는 감정에 관해선, 3할의 충성심과 7할 정도의 사랑인 걸로 추측하고 있다. 그 7할이 몹시 성가신 부분이었다.

3할을 차지하는 충성심만으로도 루우를 위해선 거리낌 없이 불속 한 가운데로 몸을 던질 만큼 튼튼하니, 그 두 배를 넘는 사랑의 감정에 관해선 미루어 짐작할 만하다.

머지않아, 술의 힘 같은 걸 빌려서라도 야음을 틈타 루우를 덮치러 갈지도 모른다는 예감이 들 정도야. 솔직히 말해서 나로서는 너무나 불안하기 그지없었다. 어릴 때부터 함께 자라온 여성의 마음까지 홀릴 줄이야, 루우는 참으로 죄 많은 소녀로군.

"……."

나에게 두 사람의 거처를 가르쳐줄 수밖에 없다는 사실이 어지간히 꺼림칙했던 걸까? 창유에는 잠시 동안 골똘히 생각에 잠겼다. 생각을 하고 있다기보다는, 번민하고 있는 듯이 보였다.

류키츠의 신하로서 근위 군단 중 하나의 대장을 맡고 있을 정도니, 아마도 몹시 유능한 인재일 것이다. 하지만 이와 같은 태도만 눈에 걸리다 보니, 일상적인 업무에 관해서도 걱정이 되기 시작하는군. 본인한텐 그야말로 쓸데없는 참견이겠지만 말이야.

"……폐하와 루우 님께선 공무를 일단락 지으시면 수련장으로 향하실 예정입니다."

창유에가 마지못해 입을 열었다.

그녀가 언급한 수련장이란, 무예를 갈고닦기 위해 용궁성 안에 준비된 특별한 장소였다. 류키츠나 루우 등을 비롯한 황족의 침소에 필적할 만큼 굳건한 내구력을 자랑하는 관계로, 류키츠가 진지하게 날뛰지 않는 이상에야 절대로 붕괴되지 않는다. 나 역시 지금껏 여러 차례에 걸친 연습 시합을 통해, 루우가 바깥세상으로 나갈 때의 호위 역할을 담당한다는 나의 능력을 의심하는 자들에게 실력의 일부를 선보인 적이 있다.

창유에는 그렇게 불만을 품고 있는 신하들의 선봉장격이었다. 류키츠와 루우가 보는 데서 그러한 신하들을 통째로 제압하는 광경을 목격하고도, 창유에는 마지막까지 나를 가로막았다. 그녀의 루우에 대한 엄청난 사랑과 근성에 관해선 정말 감탄밖에 나오지 않는다.

"흠, 공주(公主)님께서 수련장으로 발걸음을 옮기신다는 건 흔치않은 일이로군요. 일단 거기로 가서 기다릴까요? 선뜻이 장소를 가르쳐주신데 관해선, 진심으로 감사드립니다."

"저와 같은 자에게 감사하실 필요는 없습니다. ……그렇군요. 그 대신 수련장에 도착하시자마자, 저와 연습 시합을 치러주실 수 있겠습니까?"

"그 정도야 물론 가능하고말고요. 이래봬도 몸을 움직이는 건 좋아하는 편이거든요."

나는 창유에의 안내를 받아 수련장으로 향했다. 창유에는 지금 이 순간까진 가까스로 근위대장으로서의 체면을 유지하고 있었지만, 아마도 시합이 시작되자마자 그러한 가면 따위는 어디론가 내팽개쳐 버리고야 말리라. 그리고 진심으로 나에게 도전해 오리라.

그 순간의 기백은, 아마도……. 누군가를 사랑하는 감정만큼 사람의 마음을 폭주시키는 동기는 흔치않다는 좋은 사례군. 개인적으론 솔직히 기가 막히다 못해 감동적일 정도였다.

✝

창유에의 안내를 받은 나는, 수련장에 도착했다.

경비병들이 문을 열자, 우리보다 먼저 그곳을 이용하고 있던 자들의 열기와 영기뿐만 아니라 투기까지 소리가 날 만큼 강하게 불어와 나의 얼굴을 어루만졌다.

눈앞의 수련장은, 가령 용종(竜種)이 진정한 모습으로 모의 전투를 시작하더라도 문제가 없을 만큼 드넓은 공간이었다. 창유에와 나의 도착을 감지한 병사들이나 장수들처럼 보이던 자들은 곧장 손을 거두어들이자마자 우리에게 주목해 왔다. 우리의 관계가 양호하지 않다는 사실 정도는, 이미 용궁성의 신하들에게 널리 알려져 있는 것으로 보이는군.

치열한 연습시합이 될 것으로 예상한 선객들은, 눈치 빠르게 우리들을 위해 장소를 비워줬다. 하지만 대부분의 구경꾼들이 물러나는 가운데, 남아있는 자가 있었다.

전쟁터로 나갈 때와 똑같은 갑주를 착용한, 덮개를 씌운 기다란 전투용 도끼를 든 엷은 물빛 피부의 어인(魚人)이었다. 나이는 장년 정도인 것으로 보였다.

이해가 되지 않아 눈살을 찌푸린 창유에와 나를 상대로, 험악한 표정의 그가 조심스러운 눈인사와 함께 입을 열었다.

"창유에, 너에게 긴히 부탁할 일이 있다."

"말씀하시지요, 라오셴 장군."

"음. 귀공이 저기 계신 분께 심상치 않은 반항심을 가지고 있다는 건 모르는 바 아니나, 그럼에도 불구하고 부탁한다. 나에게 저분과 한 수라도 겨룰 기회를 양보해줄 순 없겠나?"

"그건, 좀……."

창유에는 절대로 쉽게 물러날 수는 없다는 듯이 눈초리를 치켜떴지만, 그녀의 반골 정신은 곧장 뒤로 물러났다. 아마도 상대방의 계급이 그녀보다 높은 탓이리라.

그러고 보니 지금껏 여러 차례에 걸쳐 용궁성의 무인들과 연습 시합을 치러 왔다만, 아직 눈앞의 라오셴을 상대한 적은 없었던 걸로 기억한다.

돌아가는 상황을 잠자코 지켜보고 있는 동안에도 라오셴과 창유에의 대화는 끊기지 않았다. 주위의 손님들 또한 흥미로운 듯이 귀를 기울이고 있었다.

"귀공의 속마음에 관해선 잘 안다만, 나는 이날 이때까지 드란 공과 연습 시합을 치른 적이 없다. 이제 슬슬 나에게도 그 기회를 줄 순 없겠나? 미안하지만, 한 번만 부탁하네."

그러한 대사와 함께, 라오셴은 가볍게 머리를 숙였다.

"으그그극. 부, 분명히 저는 지금껏 드란 공과 수도 없이 맞붙어 왔습니다. 저 혼자만 드란 공을 독점하는 건 불공평하다는 말씀은 타당하십니다. 알겠습니다. 이 자리는 라오셴 장군께 양보하도록 하지요. ……드란 공? 저희들의 결론은 나왔습니다만, 귀하의 뜻은 어떠신지요? 저희들의 형편 때문에 상대를 바꾸게 된데 관해선, 대단히 면목 없을 따름입니다."

설령 나를 상대할 때라도 자신에게 잘못이나 책임이 있을 경우,

창유에의 태도는 알기 쉽게 누그러진다. 기본적인 천성은 성실하고도 양식 있는 여성이다.

단지 루우가 엮일 때마다 인격이 몰라보게 바뀌는 것만이 옥에 티일 뿐이다.

"두 분 다, 너무 신경 쓰지 마십시오. 어차피 양쪽 다 상대해드릴 생각이니까요."

"호오, 그건 정말 듣던 중 반가운 말씀이오. 감사한다, 창유에. 사실은 나 말고도 크샤우라나 쟈오 노사 역시 대기하고 있는 상태라서 말이야. 드란 공을 상대론 몹시 심한 민폐를 끼칠지 모르나, 아무쪼록 잘 부탁드립니다."

"예, 라오셴 장군?! 장군 한 분만이 아니라는 말씀이십니까?"

창유에가 몹시 당황한 표정으로 그에게 되물었지만, 라오셴은 장난꾸러기 같은 미소를 지은 채로 전혀 대답할 생각이 없어 보였다.

흠, 계략가로서는 라오셴이 한 수 위라는 건가? 겉보기완 정반대로군.

"드란 공, 잇따라 면목 없소이다. 소장 말고도 귀공과 연습 시합을 치르고자 하는 이들은 결코 적지 않소. 가능한 한 그들에게도 기회를 주실 수는 없겠습니까?"

"저는 상관없습니다. 마침 좋은 기회가 온 셈이니, 저라는 자에 관해 여러분께 확실히 소개드리는 편이 좋아 보이는군요."

"이와 같은 이기적인 부탁을, 이렇게나 속 시원하게 받아들이실 줄은 몰랐습니다. 우선 넓은 도량은 일품이신 걸로 보이는구려. 이왕 이렇게 된 바엔, 거리낌 없이 온힘을 다하는 것이야말로 올

바른 예의겠지요. 물러나라, 창유에여. 크게 다치고 싶지 않다면 말이야."

창유에가 떨떠름한 얼굴로 거리를 벌렸다. 바로 그 순간, 라오셴으로부터 몇 백 년 넘도록 비바람을 버텨온 커다란 바위와 마주보는 듯한 압박감이 나에게로 들이닥쳐 왔다.

"다시 한 번 자기소개를 하겠소이다. 소장은 「강력쇄산(剛力碎山)」 라오셴이라고 합니다. 언젠가 루우 님을 데려가신다는 귀공과, 정정당당하게 맞붙을 기회가 오기만을 하루가 천 년 같이 기다려 왔소이다."

예전에 류키츠로부터 루우가 바깥세상으로 나갈 때는 그녀를 보호해 달라는 부탁을 받은 적은 있다만, 그것은 나의 가호를 루우에게 주고 싶다는 부모로서의 보호 욕구를 만족시키기 위한 방편에 지나지 않았다. 뭐, 여기서 굳이 부정할 필요까진 없으리라.

"하루가 천 년 같이 말입니까? 참으로 영광이군요."

"저희들에게 있어선 루우 님은 그야말로 단 하나뿐인 보물 그 자체니까요. 맨손인 것 같습니다만, 무기는 필요 없으십니까?"

"생전엔 맨주먹으로만 싸웠던 데다가, 몸의 일부를 용으로 변화시킬 테니 걱정 마십시오."

"좋습니다. 이제 들어가겠습니다, 드란 공!"

라오셴은 대포 소리와 같은 선전포고와 함께 기다란 전투용 도끼를 머리 위로 치켜들자마자 기세 좋게 회전시켰다. 도끼날이 바람을 가르는 엄청난 소리가 수련장 안으로 울려 퍼졌다.

흠, 마법 무긴가? 부여된 마법은 중량 경감— 아니, 저건 거의 중량 조작 수준이군.

평상시엔 나뭇가지처럼 가볍다가, 명중되는 순간에만 중량을 증가시킬 수 있는 편리한 부여 술식인 걸로 알고 있다. 하지만 중량 조절이 자동으로 이루어지지 않는 구조일 경우, 사용자가 직접 중량을 조절할 순간을 설정해야하기 때문에 오히려 다루기 어렵기만 할 수도 있는 무기였다. 라오셴이 휘두르고 있는 전투용 도끼의 무게는, 대충 성인 남성 2인분 정도였다.

무기의 술식을 판독해보니 명중되는 순간을 노려 마력을 주입함으로써 중량을 100배까지 증폭시킬 수 있는 모양이다.

"우오오오오!!"

도끼를 회전시키던 자세 그대로, 라오셴이 나의 정면으로 들이닥쳤다. 중량감으로 가득 찬 겉모습과 달리 꽤나 날렵한 몸놀림이었다. 어깨통보다 조금 넓게 다리를 벌린 자세로 허리를 숙인 나는, 라오셴의 도끼가 나의 머리로 들이닥치는 바로 그 순간까지 기다렸다.

"이에아아아아!!"

혹시 정말로 나를 죽일 셈은 아닐까? 나는 마음속으로 그러한 의문을 품으면서도, 왼손으로 그의 도끼 자루를 잡았다. 도끼 자루를 맞잡은 왼팔 너머로부터, 술식의 효과로 증폭된 도끼 자체의 엄청난 중량에다가 라오셴의 무지막지한 완력과 기술이 부가된 묵직한 일격의 여파가 나의 온몸을 바스러뜨릴 듯이 전해져 왔다.

흠, 강철 골렘조차 한 방에 박살날 정도로군. 강력쇄산이라는 별명은 겉치레가 아니었다.

"우오옷?!"

"해마(海魔)들의 장군급 정도까진 이 일격으로 물리칠 수 있겠다만, 나한텐 통할 리가 없소. 해마왕(海魔王)에게도 통할 수 있도록, 지금보다 한층 더 정진하시오."

필살의 일격이 막혔을 뿐만 아니라 몸통까지 텅 빈 라오셴의 복부를 향해, 나는 어느 정도 위력을 조절한 상태의 오른 주먹을 박아 넣었다.

튼튼한 비늘 갑옷과 라오셴 본인의 비늘로 덮여 있던 복부에 명중된 나의 오른 주먹은, 손목까지 박혀 들어가 라오셴을 단 한 방에 기절시켰다.

"크헉!!"

나는 폐 속의 공기가 한꺼번에 빠져 나와 무력하게 쓰러진 라오셴의 몸을 오른손으로 떠받친 다음, 대기 중이던 의료반 소속의 인어에게 그를 넘겼다.

용궁성의 백성들은 강력한 회복 마법이나 해저의 독특한 치료술을 보유하고 있는 걸로 안다. 따라서 그가 회복되는데 그다지 긴 시간은 필요치 않을 것이다.

"다음 분은…… 아마 크샤우라 공이셨나? 여러분들 중 누가 크샤우라 공이신가?"

다음으로 나온 자는 금실 수를 놓은 자줏빛 도복을 입은, 창백한 파란색 피부의 어인 미장부(美丈夫)였다. 상어 계통의 어인인가?

젖은 듯이 검게 윤이 나는 머리카락을 머리 뒤로 묶은 그는, 넓고도 두꺼운 곡도(曲刀)를 오른손으로 굳게 움켜쥐고 있었다.

조용한 눈동자의 어인은 목 부분의 아가미를 움직여, 얕은 호흡을 되풀이하고 있었다.

숨기운의 집중과 혈류의 조정으로 가다듬은 기를 세포 하나하나로 유입시켜 신체능력과 제6감을 강화하는…… 기공(氣功)의 고수인가 보군.

"「일인천변(一刃千變)」 크샤우라, 한 수 지도를 부탁드립니다."

크샤우라는 나에게 깊숙이 머리를 숙였다.

"참으로 공손한 분이시군요."

그의 예의 바른 몸가짐을 따라, 나까지 무심코 머리를 숙이고 말았다. 눈앞의 크샤우라로부턴, 창유에와 같은 분노나 질투 등의 부정적인 감정은 거의 느껴지지 않았다. 류키츠가 루우의 길동무로 추천하는 나의 실력을, 순수하게 알고 싶을 뿐인 부륜가?

"갑니다."

크샤우라가 조용한 목소리로 싸움의 시작을 알려 왔다. 소리 하나 없는 깊은 바다의 광경을 연상케 할 만큼 차분한 그의 목소리는, 매우 듣기 좋았다.

"오시게나."

그렇게 대답한 바로 그 순간, 나의 주위로 자줏빛 바람이 소용돌이쳤다. 단 한 걸음 만에 최고 속도까지 다다른 크샤우라가, 그야말로 바람처럼 나의 품안으로 날아 들어온 것이다.

체중의 소멸과 세포의 활성화로 심상치 않은 속도를 획득하는 경기공(輕氣功)의 일종인가?

단전(丹田)으로 가다듬어 순도를 높인 기가 크샤우라의 신체능력을 몇 배 혹은 열 배 전후까지 강화시켰을 뿐만 아니라, 나의 호흡과 정신집중의 간격을 찌르고 들어오는 예리한 관찰력으로 나의 품안까지 손쉽게 침입해 들어온 것이다.

흠, 우선 그 훌륭한 솜씨는 칭찬을 받아 마땅하다.

자줏빛 바람으로 변한 크샤우라로부터, 은빛 뱀으로 착각할 만큼 예리한 궤적을 그리는 참격(斬擊)이 나의 목 왼쪽을 향해 날아 들어 왔다.

고도로 가다듬은 기가 담긴 칼날은 틀림없이 강철을 절단하거나 바위를 갈라 버릴 만큼 예리하리라. 비스듬한 자세로 목 왼쪽으로 들이닥치던 칼날을 피한 나는, 연속동작으로 가볍게 오른 주먹을 찔러 넣었다. 어깻죽지로부터 최단거리를 따라 뻗어나간, 바람을 진동시킬 정도의 묵직한 일격이다. 나를 마주보던 크샤우라는, 곡도를 휘두른 자세로부터 나의 오른 주먹을 자신의 왼쪽 겨드랑이로 부둥켜안듯이 부드러운 동작으로 회피했다.

뒤이어 내가 날린 왼발 앞차기를, 크샤우라는 자신의 발바닥을 밟아 공중을 향해 도약하는 식으로 회피해 보였다.

흠, 상당히 경쾌한 동작이로군.

그가 착지한 순간, 나는 기세 좋게 돌진해 들어가자마자 높이 치켜들었던 왼 주먹을 내리찍었다. 그러나 크샤우라는 나의 왼쪽 손목과 곡도를 접근시켜 팔 전체의 궤도를 미끄러뜨렸다.

조준이 빗나가 바닥을 관통한 나의 왼쪽 손목을 위로부터 억누르고 있던 그의 곡도는, 여세를 몰아 나의 얼굴을 베어 넘기기 위해 질풍 같은 속도로 튀어 올라왔다.

나는 자신의 주먹이 빗나간 답례로 날아들어 오던 곡도의 옆 부분을 오른쪽 손바닥으로 가볍게 튕겼다. 기본적으론 별 볼 일없는 손바닥치기였지만, 그것만으로도 곡도의 궤도를 빗나가게 하는 데는 충분하고도 남았다.

필살의 참격이 너무나 맥없이 튕겨나가자 크샤우라로부터 당황한 낌새가 전해져 왔다.

나는 곡도를 튕긴 오른손으로 주먹을 쥔 다음, 크샤우라의 얼굴을 향해 등주먹을 날렸다.

나의 주먹이 그의 코끝과 닿은 순간, 크샤우라는 왼쪽 다리를 중축 삼아 온몸을 엄청난 속도로 회전시켰다. 일격에 얼굴을 분쇄할 정도의 엄청난 파괴력을 분산시키기 위한 동작이었다.

게다가 그는, 회전 동작의 여세를 몰아 나의 목덜미를 향해 곡도를 날려 왔다.

설령 목 한 개 정돈 잘려 나가더라도, 유능한 의사들과 류키츠의 권능이 존재하는 여기선 죽을 리가 없다. 하지만 나는 체면상, 이들의 공격을 간단히 용납할 순 없는 입장이었다.

몸을 숙여 곡도를 피한 나는, 왼손으로 회전 중인 크샤우라의 왼쪽 다리를 잡았다.

반격 기술의 명수에게 몸의 일부나마 움직임을 봉쇄당하는 것은 치명적이다.

강제로 회전을 중단 당한 크샤우라는 즉시 비어 있던 오른 다리로 나의 얼굴을 향해 발차기를 날려 왔다. 그러나 아무리 기를 가다듬은 고수라 한들, 나를 상대로 팔다리를 활용한 공격을 날려

오는 것은 결코 좋은 수가 아니야.

나는 크샤우라의 발부리와 자신의 이마를 격돌시켰다. 크샤우라
가 기공으로 육체를 강화시켰듯이, 나 또한 분신체를 구성하는 마
력의 밀도를 상승시켜 방어력을 높인 것이다.

콰직, 뼈가 바스러지는 끔찍한 소리가 수련장 안으로 울려 퍼졌다.

"큭?!"

나의 분신체를 구축하고 있던 마력의 밀도가, 크샤우라가 쓴 기
의 양을 훨씬 웃돈 것이다.

하지만 크샤우라의 비범함은 바로 그 다음 순간에야말로 온전히
발휘됐다. 크샤우라는 비어 있던 손으로 나를 부드럽게 만지더니,
새로운 기를 발생시키자마자 조용히 읊조린 것이다.

"침투경(浸透勁)."

바로 그 순간, 크샤우라의 손바닥을 통해 나의 육체와 마력 방어
막조차 관통한 파괴의 지향성을 띤 기가 급물살처럼 흘러들어오자
마자 나의 육체를 안쪽으로부터 무자비하게 파괴할 듯이 날뛰었
다. 우람한 비늘이나 등딱지, 갑옷을 관통시킨 기로 직접 적대자
의 몸속부터 파괴하는 기술이군. 그러나 공교롭게도…… 나는 불
과 며칠 전에 똑같은 기술을 겪은 참이다.

"답례일세. 받아가게나."

나는 때마침 나에게 가까이 와 있던 크샤우라의 머리를 오른손
으로 움켜쥔 다음, 상어 어인의 눈동자를 똑바로 마주봤다.

마력으로 분신체를 구성한 나에게 있어선, 몸으로 유입된 기를
흡수하자마자 증폭시켜 역류시키는 것 정도는 거의 식은 죽 먹기

나 마찬가지였다.

나는 몸 안을 유린하고 있던 크샤우라의 기를 약간 감소시켜, 회복하는데 지장이 없을 만큼 성능을 약화시키고 나서야 오른손을 통해 역류시켰다.

"컥, 윽? 그헉?!"

크샤우라는 고통스러운 목소리와 함께 움찔거리더니, 온몸을 경련시키다가 힘없이 뻗었다.

오늘의 그는 어디까지나 좋지 않은 상대와 만났을 뿐이다. 그나저나, 용궁성의 장수들은 몹시 다재다능한 인재들로 이루어져있군.

"꽤나 만만치 않은 실력이었소. 그건 그렇고, 다음 분께선 쟈오 공이라고 하셨나?"

주위로 시선을 돌리자, 관객들 사이로부터 나이가 많이 든 용인(龍人)이 엄숙하게 걸어 나왔다. 긴 소매의 하얀 도복을 걸친, 흰 턱수염을 배까지 기른 늙은 용인이었다.

그는 매우 손쉽게 뼈를 꺾을 수 있을 듯이 보이는 가냘픈 체격이었지만, 기본적으로 용종은 수명이 다하기 직전까진 나이를 먹을수록 강력한 전투력을 지니는 종족이다. 따라서 눈앞의 늙은 용종 역시 외관상 노인이라는 이유로 섣불리 얕볼 수는 없다. 그리고 혼의 나이로 따질 땐 굳이 비교할 필요조차 없이, 나야말로 이 자리의 그 누구보다도 늙은 존재였다.

"라오셴이나 크샤우라를 상대로 보여주신 능력은 그야말로 완벽하셨습니다, 드란 공."

"두 분 다 공주님의 교육을 제대로 받은 최고의 실력자 분들이시더군요."

"호오? 설령 예의상 하신 말씀이라 한들, 과분한 말씀을 하사받은 저 둘은 아주 기뻐할 겁니다. 귀하의 권능은 지금껏 여러 차례에 걸쳐 목격하였사오나…… 이거야 원, 폐하께서 전폭적인 신뢰를 보이시는 건 너무나 당연할 정도더군요. 소신과 같은 늙은이 한 마리로는 감히 상대조차 되지 않을 겁니다. 전생의 귀하께서 과연 어떠한 이름으로 불리던 용종이셨는지, 알고 싶기도 하다가 동시에 알기가 두렵기도 합니다."

지금 나를 상대하는 쟈오는 아마도 나의 정체가 모든 용종들의 정점인 고신룡이라고까진 예상치 못 하겠으나, 류키츠의 태도로부터 과거의 3용제(竜帝)나 최소한 용왕(竜王)급 정도는 넘을 것으로 추측하고 있는 듯이 보인다.

"직접적으로 너무 높게 평가해주시니, 참으로 낯간지러울 따름입니다."

"무척이나 겸손하기까지 하시군요. 하오나 이대로 한 사람씩 상대하시다간, 폐하나 루우 아가씨께서 행차하실 때까지 훈련을 끝마치기는 어려울 겁니다. 소신은 다음 기회가 올 때까지 기다려볼까 싶었사오나, 오늘과 같은 좋은 기회가 또 언제쯤에나 찾아올까요? 드란 공, 후안무치하기 그지없는 부탁을 드리는 소인을 아무쪼록 용서해주시기 바랍니다."

"흠, 어떤 종류의 제안이신지요?"

"소신과 창유에, 그리고 또 한 사람을 한꺼번에 상대해주실 수는 없겠습니까?"

"아니, 쟈오 님? 한꺼번에 세 사람을 상대하라니, 그건 너무 무모한 요구사항이십니다! 그런 조건으로 이긴다 한들, 폐하를 뵐 낯이 있을 리가 없습니다."

창유에가 납득이 안 간다는 표정으로 쟈오에게 반박했다.

"자네가 하는 말에도 일리는 있네. 나는 지금, 한평생 동안 부끄러이 여길 소릴 입에 담고 있는지도 몰라. 하지만 방금 계산해본 바로는 3 대 1로도 결국 부족하지 않을까 싶군. 자네들의 실력을 낮게 평가하는 것은 아니나, 이 늙은이의 눈에는 그렇게밖에 안 보여."

늙은 용인은 온화한 미소를 지은 얼굴로 창유에를 타일렀다.

"어쨌거나, 폐하의 귀중한 손님이신 드란 공을 상대로 무척이나 결례되는 제안이라는 건 틀림없습니다. 드란 공, 약간이라도 불쾌한 느낌이 드실 때는 기탄없이 거절해 주십시오. 잘못은 전면적으로 소신에게 있습니다."

"그런 식으로 무겁게 받아들이실 필요는 없습니다. 여러분께서 저의 실력을 가늠하고 계신 것과 마찬가지로, 저 또한 공주님과 루우를 밤낮으로 수호하고 계신 여러분의 힘을 확인하고 있는 중이거든요. ……그런데, 정말 3 대 1로 시작하시겠습니까?"

나는 아주 약간 위압의 정도를 올린 기운을 발산시켰다.

그 기척을 느낀 창유에 일행의 반응은 극적이었다. 번개의 직격을 맞은 듯이 몸을 경직시키더니, 경악을 금치 못 하는 눈빛으로 나를 응시했다. 개중에는 감히 쳐다보기조차 두렵다는 듯이, 시선을 딴 데로 돌리는 자들까지 눈에 띄었다. 흠, 조금 지나쳤나?

상황이 그렇게 돌아가는 가운데, 쟈오는 도복의 소매로 얼굴을 훔치는 동작을 보였다. 체질상 땀 따윌 흘릴 리가 없는 걸로 안다만, 긴장을 풀기 위해 몸이 자연스럽게 움직인 것이리라.

"이건…… 어허 참, 자신에게 상대방을 보는 눈이 없다는 사실을 오늘만큼 저주스럽게 여긴 적은 없었습니다."

나는 가까스로 목소리를 쥐어짠 쟈오에게, 미소를 지어 보였다.

"자신이 여러분들의 소중한 보물이나 다름없는 루우를 맡기기 적합한 자라는 사실을 증명하는 일의 중요성을 뒤늦게나마 깨달은지라, 저 또한 조금 기합을 가다듬은 것뿐입니다."

"흐으음, 기합은 가다듬지 않으시는 편이 그나마 나았을지도 모르겠군요……."

차분히 중얼거리는 쟈오를 상대로, 나는 쓴웃음을 금할 수 없었다.

새삼 나와 마주보게 된 이들은 창유에와 쟈오, 그리고 관객들 사이로부터 걸어 나온 여성 용인(龍人)까지 포함한 세 명이었다. 시간은 한정되어 있다 보니, 오늘은 이들로 끝인 모양이다.

크샤우라와 라오셴은 둘 다 수련장의 구석으로 가서 의료반의 치료를 받는 동시에 휴식 중이다. 새롭게 참여한 여성 용인의 이름은 릴리아나였다. 흰색 머리카락과 갈색 피부가 특징적이다. 길게 기른 하얗고도 투명한 머리카락 사이로부터 삐져나온 용의 귀 위로 조심스럽게 금빛 뿔이 뻗어 나와 있었다. 그녀의 무기는 두 마리의 용이 뒤얽힌 형상의 마창(魔槍)이었다. 다부지게 얼굴 표정을 다잡은 창유에가, 허리에 차고 있던 즐겨 쓰는 칼 두 자루를 뽑았다.

시합을 치르러 나온 세 사람 다 약간의 방심과 자만조차 없이, 찌를 듯한 시선과 최대급의 경계심을 나에게 향하고 있었다. 그리고 그 이상으로 엄청난 투지를 불태우고 있었다.

흠, 일단 기개는 합격 수준이로군.

"지금부터 오늘의 마지막 연습 시합을 치르겠습니다. 마음에 차실 때까지 여러분을 상대함으로써, 제가 루우의 호위로 부족하지 않다는 사실을 납득시켜드리도록 하지요."

내가 루우의 이름을 언급한 바로 그 순간, 창유에의 눈동자 너머로 타고 있던 투지의 불꽃이 더욱더 세차게 타올랐다. 마치 해저 화산의 분화를 방불케 하는 엄청난 살기였다.

"루우 님을, 루우 님을 절대로 어디서 굴러다니던 말 뼈…… 아니, 용 뼈다귄지조차 알 수 없는 남자에게 맡길 순 없습니다! 그건 언제까지나 변함없지만, 최소한 나를 설득시킬 수 있을 만한 힘을 보여 주시오!"

나는 은근히 개인적 욕망에 의해 탁한 느낌의 투기를 분출하는 창유에를 흘겨본 다음, 그녀의 옆에 서 있던 쟈오와 릴리아나에게 질문을 던졌다.

"창유에 공이 루우를 아끼는 마음은 어딘지 모르게 도를 넘은 듯이 보입니다만…… 두 사람 사이에 무슨 일이라도 있었던 겁니까?"

두 사람은 살짝 곤혹스러운 표정을 지었지만, 릴리아나가 내키지 않는 말투로 나에게 답했다.

"창유에는 루우 아가씨의 소꿉친굽니다. 대대로 근위군의 일각을 책임지는 일족 출신이기도 합니다만, 어렸을 때부터 지금까지

놀이 상대를 도맡아 왔던지라 아가씨를 아끼는 마음은 다른 이들보다 훨씬 각별할 겁니다."

다른 둘이 아군의 수치를 숨기고 싶어 하는 태도를 보이건 말건, 창유에는 당당히 선언했다.

"그렇습니다. 어렸을 때부터 루우 님과 함께한 저는, 오늘날까지 그 분과 모든 희로애락을 공유해 왔습니다. 루우 님의 행복은 저의 행복, 루우 님의 불행은 모두 이 몸으로 막아 보일 겁니다. 그 분께 불행의 그림자 따위는 단 한 치조차 닿지 못 하게 하는 것이 저의 역할!"

"오호라. 사랑하는 누이동생이나 다름없는 아이가, 어디서 굴러먹었는지조차 알 수 없는 떠돌이 용과 짧지 않은 시간을 함께하게 될 수도 있을 테니 당연히 화가 날 수밖에 없겠군."

"그런 셈이죠. 저는 어렸을 때부터 루우 님과 함께 성장한 몸입니다. 루우 님께선 외로움을 잘 타실뿐만 아니라 응석꾸러기 같은 성격이셨죠. 어렸을 땐 저의 이름을 부르시면서 항상 뒤를 쫓아다니셨습니다. 정말로 너무나 사랑스럽기 그지없었지요. 그리고 지금은, 저 자신이 영원토록 섬겨야 하는 주군이시기도 합니다. 그런데, 그런데⋯⋯!"

그녀의 말 한 마디 한 마디로부터 루우에 대한 약간 그릇된 감정이 섞여 있는 듯한 느낌이 들었으나, 일단 그건 그냥 넘어가자. 나는 피를 토하듯이 읊조리던 창유에에게 되물었다.

"그녀의 동반자로 선택된 이가 본인이 아니라 나라는 사실이 분해서 견딜 수 없다는 건가?"

"분하지 않을 리가 없습니다! 저는 루우 님께 머리꼭대기부터 꼬리 끝까지 통째로 잡아먹히더라도 상관없을 정도니까요! 아니, 물론 폐하께도 같은 수준의 충성을 바치지만요!"

그러한 고함소리와 함께, 창유에는 두 자루의 칼로 나를 베기 위해 달려들었다. 그녀의 인격과 상관없이, 그녀가 휘두르는 칼날의 예리함과 속도는 의심할 여지없는 일급품이었다.

하지만 나의 눈으로 쫓을 수 없는 속도는 아니었다.

나는 자신의 가슴을 향해 날아오던 좌우의 칼을, 칼날과 직접 닿지 않도록 움켜쥐었다. 단지 그것만으로도 창유에는 옴짝달싹할 수 없는 지경에 이르렀다.

"큭, 이런!"

"그 엄청난 분노는, 정반대의 관점으로 볼 땐 루우에 대한 애정과 충의의 정도를 증명하는 척도이기도 할 것이다. 흠, 루우는 좋은 친구를 가졌구나."

물론 어디까지나 친구로서 그렇다는 얘기였다. 개인적으론 창유에가 그 이상의 관계를 바라지 않기만 바랄 뿐인데……. 흠, 조금 수다가 지나쳤나? 어느 틈엔가 나를 중심으로 검게 빛나는 팔괘진 (八卦陣)이 바닥 위로 펼쳐져 있었다.

이건 늙은 용 도사, 쟈오가 발동시킨 구속용 마술— 아니, 도술 (道術)인가?

팔괘진으로부터 떠오른 검게 빛나는 글자가, 쇠사슬처럼 연결되어 나의 몸을 휘감아 왔다.

"박도술흑자주쇄(縛道術黑字呪鎖). 아마도 당신을 구속할 정도의 효과는 없을 테지만, 잠시만 얌전히 있어 주십시오."

쉰 목소리로 말하는 쟈오의 이마 위로, 구슬 같은 땀방울이 잔뜩 맺혀 있었다. 나를 구속하기 위해, 그가 엄청난 부담을 감수하고 있다는 사실을 이보다 더할 수 없이 뚜렷하게 증명하고 있는 광경 이었다. 흠, 이 술법을 파훼하기 위해선 힘을 약간 더 쓸 필요가 있어 보이는군. 지상에 남아 있던 용종들 가운데 아직껏 상당한 실력자가 남아 있던 모양이다.

그 순간적인 빈틈을 타서, 다음 수를 쓴 장본인은 창을 다루는 여성 용인 릴리아나였다.

쟈오가 나를 구속하고 있는 시간 동안 창으로 찌르기를 시도해 오지 않을까 싶었다만, 릴리아나는 나와 어느 정도 떨어진 위치까 지 와서 발걸음을 멈췄다.

"창유에! 그 분에게서 떨어져라."

허리춤 앞으로 창을 잡은 릴리아나의 모습을 보자마자 다음 수 의 정체를 알아차린 걸까? 즉시 칼을 포기한 창유에는, 나로부터 잽싸게 물러났다.

창유에의 반응으로 판단하자면, 릴리아나는 꽤나 큰 기술을 나 에게 사용할 심산인 모양이다.

"각오하십시오. 이번 공격은 약간이나마 저리실 겁니다."

흠. 흑자주쇄를 파훼한 여세를 몰아 회피할 수도 있다만, 한 번 정돈 정통으로 맞아볼까?

"상관없소. 언제나 공주님과 루우를 지켜주시는 분들 아니신가? 나로서는 오히려 최소한도의 실력 정도는 갖추고 계시길 바랄 뿐이오."

릴리아나는 난감한 듯이 미소를 지었다. 최소한 불쾌한 감정은 없어 보이는군.

"참으로 기묘한 분이시군요. 허락해주신 이상, 거리낌 없이 들어가겠습니다."

릴리아나가 몸안의 마력과 기를 대폭으로 고조시키더니, 그 질 또한 크게 향상됐다. 그리고 그녀의 하얀 머리카락 사이로 뛰쳐나온 황금빛 뿔이 새하얀 천둥을 세차게 방출하기 시작했다. 그 천둥은 눈 깜짝할 사이에 쌍룡(双龍)의 창으로 모여들었다.

저 기술로 릴리아나의 정체를 짐작하자면―.

"뇌룡(雷龍)인가? 용궁성엔 수룡(水龍)이나 빙룡(氷龍)들만 있을 줄로 알았다만……."

"보시다시피, 이 몸은 천둥을 벗으로 삼습니다. 뇌룡나선충(雷龍螺旋衝)!!"

릴리아나가 방출하던 힘이 최대급으로 부풀어 오른 바로 그 순간, 쌍룡 창의 창날로부터 증폭된 천둥이 서로 뒤얽힌 두 마리의 용이 되어 나에게 들이닥쳤다.

그녀가 사용한 뇌룡나선충이라는 기술은, 소규모 요새나 대저택 정도는 단 일격만으로 파괴하고도 남을 정도의 위력을 지니고 있었다. 그리고 용종의 힘으로 발동시킨 기술인만큼, 자연 현상으로 일어나는 천둥과 달리 육체뿐만 아니라 영혼까지 파괴하는 종류의 공격이었다.

방어 장벽을 전개하거나 주박을 푼 여세를 몰아 회피하는 등의 다양한 선택지를 고를 수 있는 상황이었지만, 나는 정정당당히 맞받아치는 방법을 택했다.

구속된 상태였던 왼팔을 억지로 움직인 나는, 다가오는 번갯불을 향해 다섯 손가락을 펼쳤다.

릴리아나나 창유에 등은, 나의 왼쪽 손바닥으로부터 새하얗게 빛나는 천둥이 넘쳐 나오는 광경을 목격할 수 있는 위치에 서 있었다.

"드래고니안으로 변신한 상태론 브레스로 맞받아치는 방법이 정석이겠다만, 어쨌거나 지금은 인간의 모습이니 똑같은 천둥으로 반격하마! 나의 천둥 역시 꽤나 저릴 것 같지 않나?"

나의 손바닥으로부터 발사된 천둥과 릴리아나의 천둥은 정면으로 맞부딪혀 서로를 잡아먹다가 마구 뒤얽히더니, 격렬한 번갯불을 사방으로 튀겨 수련장의 대기를 태워 버렸다.

나의 반격을 당한 릴리아나는 쌍룡의 창을 잡은 채로 경악을 금치 못한 듯이 고함을 쳤다. 지금껏 이 기술로 쓰러뜨리지 못한 적이 없거나, 천둥으로 반격한 자가 없었던 것이리라.

"나의 천둥을, 똑같은 천둥으로 맞받아치다니?!"

이미 최대 출력까지 다다른 릴리아나와 달리, 나는 상당한 여유를 남긴 상태였다.

나는 왼쪽 손바닥으로 방출 중이던 천둥의 출력을 더욱더 상승시켰다.

바로 그 순간, 두 종류의 천둥이 서로 맞버티고 있던 상태가 깨져 버렸다. 나의 천둥이, 창으로부터 뻗어 나왔던 릴리아나의 천

등과 그녀 자신을 집어삼켰다.

"윽, 크윽, 크으으으으으!!"

뇌룡은 천둥에 대해 지극히 높은 내성을 지니고 있지만, 절대적인 방어 능력은 아니었다. 요컨대 서로 간의 역량 차이가 압도적일 땐, 천둥으로 뇌룡을 쓰러뜨릴 수도 있다는 뜻이다.

그 증거로, 나에게 천둥으로 공격당한 릴리아나는 몸 여기저기서 연기를 뿜다가 천천히 무릎을 꿇었다.

"릴리아나!"

창유에가 수련장의 바닥 위로 쓰러지는 릴리아나에게 황급히 달려갔지만—.

이미 도술로 인한 주박을 잡아 찢은 나는, 쌍칼을 내던진 창유에를 향해 돌격해 들어갔다.

"도망쳐라, 창유에!"

"헉, 아뿔……!"

창유에가 쟈오의 고함소리를 듣자마자 나의 접근을 깨달은 것은, 이미 때가 늦었다는 말밖에 안 나오는 위치까지 내가 다다르고 난 다음이었다. 나는 잽싸게 예리한 손날로 창유에의 목덜미를 가격해서 그녀를 기절시켰다. 허를 찔린 창유에는, 무력하게 정신을 잃고 말았다. 그녀는 물고기의 하반신을 힘없이 축 늘어뜨린 채로 뻗어 버렸다.

"창유에?! 크윽, 설마 이만큼이나 초월적인 고수였을 줄이야……."

"쓸데없이 입을 놀릴 시간은 없지 않겠나?"

창유에로부터 떨어진 나는, 목구멍 속으로 낮게 용의 울음소리를 울리는 방식에 따라 용어마법(龍語魔法)을 발동시켰다. 홍련(紅蓮)의 불꽃을 쟈오에게 날리는 마법이었다.

무지막지한 기세로 수련장의 바닥을 훑듯이 들이닥치는 불꽃의 파도를 상대로, 쟈오는 순간적으로 소매로부터 여러 장의 주술 부적을 꺼내 대항했다. 주술 부적은 쟈오의 눈앞으로 둥글게 늘어서더니, 보이지 않는 장벽을 전개함으로써 나의 불꽃을 가로막았다.

흠, 꽤나 만만치 않군. 하지만 겨우 그 정도로 막을 수 있다고 여기는 건 큰 오산이야.

일단 불꽃의 방출을 중단시킨 나는 오른손으로 잡고 있던 창유에의 쌍칼을 내던진 다음, 주위를 가득 메우고 있던 마력을 한 곳으로 집중시켰다.

나는 지금껏 수련장을 무대로 이루어진 싸움을 통해 방출된 마력을 순간적으로 몽땅 흡수한 다음, 열량과 마력을 방금 전과 차원이 다르게 증폭시킨 작열의 불구슬을 발생시켰다. 이것만은 도저히 막을 수 없다는 사실을 깨달은 쟈오의 얼굴빛이 새파랗게 질렸다.

흠, 마력을 너무 많이 모았나? 최소한 용왕(龍王)급은 되지 않고서야 막을 수 없을지도 몰라.

그의 힘으로도 막을 수 있도록 위력을 낮춘 산탄으로 변형시킬까?

"어디 한 번 최선을 다해 극복해 보시게나, 쟈오."

내가 왼팔을 휘두르는 동작에 따라, 백 발 정도의 불꽃 탄환이 그에게 날아갔다.

쟈오는 소매나 소맷자락 안으로부터 꺼낸 모든 주술 부적으로 펼친 여러 겹의 방어 장벽들로 간신히 불꽃 산탄들을 막았다.

산탄은 잇달아 방어 장벽들을 불태워 돌파해 들어갔지만, 두 겹·세 겹·네 겹의 장벽들을 관통하다가 서서히 기세를 잃었다. 그리고 마지막 열일곱 겹 째의 장벽까지 다다랐을 때쯤엔 마지막 장벽과 상쇄되는 식으로 사라졌다.

흠, 보기 좋게 극복할 줄이야. 지금은 훌륭한 실력을 갖춘 자손을 칭찬해야 할 땐가? 하지만 방어 술법을 발동시키는데 체력을 소진해 버린 것이 뻔히 보이는구나, 쟈오여.

나는 바닥에다가 손을 짚어, 마력으로 구축된 새하얀 빛의 사슬을 쟈오에게 날렸다. 그리고 그의 몸을 발밑 언저리부터 몇 겹에 걸쳐 옭아맸다.

"빠르다?!"

"다음 기회가 있을 땐, 본래의 모습으로 상대하도록 하지. 하지만 오늘은 이걸로 끝일세."

즉시 빛의 사슬을 통해, 침투경에 가까운 요령에 따라 쟈오의 몸 안으로 나의 마력을 유입시켰다. 그는 육체의 과부하로 인해, 즉시 정신을 잃었다.

라오셴과 크샤우라를 포함한 다섯 명 전부 다, 해마를 비롯한 마물들 정도는 얼마든지 감당하고도 남을 만큼 만만치 않은 실력자들이었다. 그들의 실력을 가늠할 기회를 얻을 수 있었던 것은, 예기치 못한 행운이었다. 혼자서 묵묵히 방금 치른 연습 시합들을 돌이켜 보던 찰나— 정신을 차린 창유에가, 자신의 쌍칼을 주워들자마자 괴이한 고함소리와 함께 공격해 왔다.

"키야아아아아!!"

나는 자신을 향해 들이닥치는 쌍칼을 맨손으로 가볍게 튕겨 버렸다.

원래는 별로 무겁지 않던 창유에의 일격이, 지금은 물의 마력이 부여된 칼날을 중심으로 일어난 파도가 커다란 바위조차 바스러뜨리고도 남을 만큼 일격필살의 엄청난 파괴력을 띠었다. 그리고 창유에의 기량에 의해 끊임없이 휘몰아치는 폭풍 같은 연속 공격으로 승화된다.

그녀의 참격은 평범한 기량을 지닌 상대방쯤은 몇 합 정도의 격돌만으로도 순식간에 집어삼키자마자 무수히 많은 고기조각들로 갈가리 찢어버리고도 남을 만큼 강렬하기 그지없었다.

흠, 최근의 퇴화가 두드러지는 아룡들의 비늘 정도는 손쉽게 베어버릴 수 있을 것 같군. 나를 향한 적대심은 불온하기 짝이 없으나, 용궁성의 근위대 대장이라는 직함에 걸맞은 실력이야.

일단 기절한 상태로부터 이 정도 공격을 구사할 수 있을 만큼 태세를 다잡다니, 참으로 감탄할 만한 근성과 정신력이라는 말밖에 안 나오는군.

"흠, 에잇."

나는 다시금 좌우로 들어오는 쌍칼을 오른쪽 엄지손가락과 집게손가락, 그리고 가운뎃손가락으로 한데 모아 집었다. 그렇게 잡히자마자, 그녀의 쌍칼은 마치 나와 손가락과 처음부터 서로 달라붙어 있던 것처럼 미동조차 하지 않았다. 상대가 온힘을 다해 휘두른 마법의 쌍칼을 단 세 개의 손가락만으로 집어 버린다는 건 일반적으로 보는 눈을 의심할 수밖에 없는 광경이겠으나, 실행자는 다름 아닌 나 자신이었다.

하지만 창유에는 전혀 놀라지 않은 듯이 놀라운 반응속도로 쌍칼을 내던지더니, 만일의 사태를 위해 예비 무기로서 허리 뒤로 짜고 있던 단칼을 향해 손을 뻗었다.

그러나 나의 손가락이 창유에의 이마를 튕겨 버리는 속도가 더 빨랐다. 나의 가운뎃손가락이 창유에의 새하얀 이마를 강하게 가격했다.

찰싹! 경쾌한 소리가 수련장 안으로 울려 퍼지자, 창유에는 날카로운 비명소리와 함께 저 멀리 날아가 버렸다. 힘을 지나치게 줬다가 이마 윗부분이 날아가 버리지 않도록 강도를 조절해야 했다만, 흠. 일단 큰 문제는 없었던 모양이다.

"흐갹?!"

기세 좋게 날아간 창유에는 바닥 위를 나뒹굴다가, 뭍으로 건져 올린 물고기처럼 질척거리는 물소리와 함께 꼬리를 움찔거리면서 몸부림을 쳤다. 비명조차 안 나온다는 듯이 이마를 양손으로 누르고 있는 걸로 봐서, 그녀가 느끼고 있을 엄청난 아픔을 상상하기는 어렵지 않았다.

손가락으로 집고 있던 쌍칼을 그녀의 가까이로 내던지자, 그 칼날이 돌바닥 속으로 깊숙이 꽂혀 들어갔다.

"……끄으으으웅, 아, 아직 안 끝났습니다아……!"

바닥에다가 팔꿈치를 짚어 겨우 상반신을 일으킨 창유에는, 자기 자신을 질타하듯이 크게 고함을 쳤다. 눈가에 눈물을 머금고 있지만, 투쟁심까지 시들진 않은 모양이다. 나에 대한 질투와 증오가 있다곤 하나, 이만큼이나 분발하는 모습을 보여주니 실로 존경스러울 정도였다.

흠. 평소와 다를 바 없는 입버릇을 읊조리면서 팔짱을 낀 채로 창유에가 일어날 때까지 기다리다 보니, 먼저 나에게 당한 자들이 그녀를 말렸다.

"창유에여. 너의 기백은 훌륭하다만, 이제 슬슬 포기해라. 그 분은 하늘과 땅이 뒤바뀐다 한들 절대로 너 혼자서 이길 수 있는 상대가 아니다. 이렇게 말하는 나 역시 한 방에 뻗었지만 말이야. 아하하하. 아니, 설마 천둥으로 마비를 당할 줄이야. 어렸을 적에 아버님의 성질을 건드린 이후로 처음입니다. 몸속까지 찌르르하게 저려 오더군요."

릴리아나는 패배로 인한 원한 따위는 전혀 없다는 듯이, 소리 높여 쾌활하게 웃었다.

갈색 피부의 고귀한 여성 뇌룡 무사는, 겉과 속이 다르지 않은 명쾌한 인물인 모양이다. 이름의 발음이나 진한 얼굴 윤곽으로 판단하건대, 류키츠가 통치하는 바다 출신은 아니리라.

무사 수행을 위해 여러 나라들을 여행 중인 떠돌이 무인이거나, 부모의 출신지가 다른 용의 영역일 수도 있을 것 같군 물론 출생지가 어디건 간에 릴리아나의 능력은 확고할 뿐만 아니라, 류키츠가 그녀를 중히 쓰고 있는 이상에야 사소한데다가 신경 쓸 필요는 없을 것이다.

신용하는 동료인 릴리아나가 뭐라고 하건, 창유에는 도저히 불만을 풀 방도가 없다는 살벌한 표정으로 옆에 꽂혀 있던 쌍칼을 버팀목 삼아 몸을 일으켰다.

그녀는 마주보고 있는 나까지 걱정이 들 만큼 위태롭게 보였다.

크샤우라와 쟈오 또한, 창유에를 진정시키고자 제각각 입을 열었다.

"창유에여. 사적인 감정으로 휘두르는 검은 절대로 드란 공께 통하지 않을 거야. 자네가 그걸 모를 리는 없지 않나? 지금은 다음 기회가 올 때까지 휴식을 취한 다음, 몸을 단련시키는 데나 전념할 때야."

"크샤우라의 말이 옳아. 루우 아가씨와 관련된 일로는 주위를 전혀 안 보게 되는 건 자네의 큰 단점일세."

"크샤우라, 그리고 쟈오 님까지 그렇게 나오시다니……."

용궁성 최고참 중 한 사람인 쟈오에게 그런 말을 듣고 나니, 창유에로서도 자신의 행동을 반성할 수밖에 없었던 모양이다. 이성을 되찾고자 어떻게든 감정을 억제하려 하지만, 엄청나게 이빨을 가는 소리가 여기까지 들려올 정도였다.

이대로는 모처럼 가지런하던 치열이 마구잡이로 뒤엉킬 것 같군.

"그렇게 이빨이나 갈지 말란 말일세. 아무리 화가 난다 한들 상대가 너무 안 좋아. 그리고 자네야말로 이제 슬슬 루우 님에 대한 의존을 떨칠 때가 되지 않았나? 이 늙은이의 생각으로는, 지금은 오히려 그런 방향으로 노력할 때가 아닌가 싶군."

"제가 루우 님을 사랑하는 데는 아무 문제없습니다! 저는 루우 님을 위해선 설령 불속이건 물속이건, 천만의 해마가 들끓는 한 가운데라 해도 적수공권으로 뛰어들 수 있습니다! 앗, 물론 류키츠 폐하를 위해서도 마찬가집니다."

쟈오는 모처럼의 충고조차 한 귀로 흘려듣는 창유에를 마주보다가, 차분히 중얼거렸다.

"……이건 중증이로고."

어지간한 일들은 그냥 웃어넘길 듯이 보이는 릴리아나나 바람을 받아 넘기는 버드나무 같은 성정의 크샤우라 또한, 벌레라도 씹은 듯한 표정을 지었다.

아마도 나 역시 저들과 비슷한 표정을 짓고 있을 것이 틀림없었다.

루우를 사모하는 감정을 목청껏 외치던 창유에는, 간신히 마음을 안정시킨 듯이 자신의 무기와 분노를 거두어들였다. 흐음, 기회가 올 때마다 온갖 트집을 잡는 태도는 어딘지 모르게 바제와 비슷하군. 하지만 창유에가 이런 식으로 발작을 일으킬 땐 도대체 어떻게 대처해야 한단 말인가? 그렇게 자주 얼굴을 보는 상대는 아니지만, 이렇게나 노골적인 혐오의 대상이 되는 것은 별로 바람직하지 않다. 간단히 해결될 가능성은 크지 않겠으나, 우선 루우에게 그녀를 설득하는 역할을 맡기는 방법이 최선인가?

─그런 식으로 머리를 굴리고 있다 보니, 수련장의 입구가 열렸다. 이윽고 여러 명의 궁녀들과 호위병들, 그리고 루우를 대동한 류키츠가 얼굴을 보였다.

흠, 그녀들이 머지않아 수련장으로 온다던 창유에의 언급은 나와 연습 시합을 치르기 위한 구실은 아니었던 모양이다. 류키츠와 루우가 얼굴을 보이자마자 그때까지 무력하게 수련장 바닥 위로 길게 몸을 뻗고 있던 쟈오나 창유에, 크샤우라뿐만 아니라 정신을 잃고 있던 라오셴까지 벌떡 일어나 자세를 바로잡았다. 아울러 수련장에 있던 다른 무관들까지 일제히 무릎을 꿇은 자세로 머리를 숙였다.

아니, 여기선 나 역시 주위의 신하들을 따라야 하겠군.

나는 다른 이들보다 한 박자 늦게 무릎을 꿇었다.

다른 이들의 눈이 있는 데선 나 역시 류키츠에게 손윗사람을 대하는 태도를 취한다.

"여러분, 오늘 역시 여느 때처럼 열심히 수련에 임하셨나 보군요. 여러분들은 정말로 너무나 믿음직스러운 신하들입니다. 그리고 드란 공, 모처럼 이렇게 누추한 곳까지 방문해주신 당신을 마중 나가지 못한 저의 무례를 용서해 주십시오."

다른 이들의 눈이 없었다면, 류키츠는 그냥 머리를 숙이는 정도를 뛰어넘어 무릎 정도는 꿇었을지도 모른다. 이제 슬슬 나를 상대로 지나치게 예의를 차리는 버릇을 고쳐주길 바란다만, 그녀에게 있어선 그다지 간단한 일이 아닌 모양이다.

류키츠가 이런 태도를 취하고 있는 이상, 나의 대답에 따라선 주위의 무관들이 나를 쳐다보는 시선이 더더욱 험악한 빛을 띠게 될 수도 있으리라. 하지만 그들의 태도는 어디까지나 류키츠에 대한 드높은 충성심 때문이니, 나한테는 오히려 대단히 믿음직스럽게만 느껴졌다.

고개를 든 나는 류키츠의 눈동자를 정확하게 마주보는 자세로 대답했다.

"아닙니다. 오늘은 아무런 사전 연락 없이 저 혼자 멋대로 온 셈이니, 공주님께서 그렇게 여기실 필요는 전혀 없습니다. 다만 저자신의 참된 속마음을 말씀드리자면, 용궁성으로 오자마자 가장먼저 공주님이나 루우와 만나지 못한 것은 무척이나 아쉽긴 하였습니다. 왜냐하면, 그것이야말로 용궁성을 방문하는 날의 가장 큰낙이니까요."

거짓 없는 본심이긴 하지만, 나의 입으로도 이 정도의 대사는 읊을 수 있다.

"어머나, 드란 공께선 여성을 기쁘게 하는 말씀을 정말 잘 하시는군요."

부드럽게 미소 짓는 류키츠와 그 옆에 서서 기쁜 듯이 뺨을 물들이는 루우 모녀의 모습은, 너무나 사랑스러웠다. 어렴풋한 피 냄새가 나기 시작한 까닭은, 두 사람을 본 창유에가 흘린 코피 탓인가? 그녀와 같은 이가 근위대장을 맡고 있는 이상, 동료들이 감수해야 하는 수고에 관해선 짐작이 가고도 남았다. 원래부터 보려던두 사람과 만나는데 성공한 나는, 즉시 류키츠와 루우의 안내를받아 늘 방문하는 객실로 가서 자리에 앉았다.

드디어 오늘의 방문 이유를 밝힐 수 있게 된 셈이다.

금박지와 은가루를 흩뿌린 주홍색으로 칠한 원탁 너머로, 파티마가 제안한 물놀이에 관한 이야기를 두 사람에게 알렸다. 어렴풋이 기억하기로는, 골네브 부근의 해역은 용궁성의 세력권 안인 걸로 안다.

"사실은 이제 곧 마법학원의 여름방학 기간이 시작된다만, 파티마의 초대로 인간들이 골네브라고 부르는 땅으로 여행을 갈 예정이야. 만약 일정이 빌 경우, 루우를 초대하고자 이곳까지 온 거라네. 아마도 대단히 바쁜 몸인 류키츠까지 따라올 수야 없겠다만, 루우라도 잠시 휴가를 다녀오는 건 어떻겠나?"

평상시에야 루우가 한층 더 반짝거리는 미소와 함께 나의 초대에 응할 참이었지만, 오늘에 한해선 그렇게 되지 않았다.

"죄송합니다, 드란 님. 사실은 이제부터 한동안, 용궁성은 어떤 사정으로 인해 무척이나 바빠집니다. 소첩에게도 군주의 딸로서 수행해야 하는 수많은 책무가 있다 보니, 휴가를 다녀올 시간을 만들기는 어렵습니다. 소첩을 초대해주신데 관해선 정말로 온몸이 떨릴 만큼 기쁘오나, 이번만큼은 도저히 따라갈 수가 없나이다."

특별한 사정이라도 있는 건가? 루우는 몹시 슬픈 표정으로 정말 면목 없다는 듯이 그러한 대답을 입에 담았다.

"저 말이 사실인가?"

류키츠에게 고개를 돌리자, 그때까지 기쁜 빛이 가득해 보이던 류키츠가 딸과 똑같은 표정으로 고개를 끄덕였다.

"예. 저희들 용궁성의 사정으로 인한 일인지라, 루우는 절대로 빠질 수 없는 상황입니다."

"그런가? 무척이나 유감스럽지만, 억지로 강요할 일은 아니로군. 다음 기회가 있을 땐 초대에 응할 수 있겠나?"

"예. 만약 그런 기회가 또 있을 땐 반드시 참가하겠습니다."

그렇게 대답하는 루우의 목소리는 성의로 가득 차 있었다. 다음에 나의 초대를 받을 경우엔 최우선적으로 꼭 참가하고야 말겠다는 속마음이 뚜렷하게 전해져올 정도였다. 용궁성의 사정이라는 말에 관해선 짐작조차 안 간다만, 나로서는 아무 탈 없이 끝나주기만 바랄 뿐이다.

"그 사정이라는 것 말인데, 혹시 나의 힘으로 도움을 줄 수 있는 종류는 아닌가? 만약 가능만 하다면, 나는 협력을 아끼지 않을 생각일세."

"후후, 감사합니다. 드란 공의 권능을 빌릴 수만 있다면, 1억의 아군보다 훨씬 든든할 겁니다. 정말로 도움이 필요할 때는 반드시 말씀드리겠나이다. 루우, 드란 공을 배웅해 드리도록 하세요. 아쉽게도 저는 지금부터 회의에 참석해야 하거든요."

그리고 류키츠는 나에게 걱정을 끼치고 싶지 않다는 듯이 온화한 미소를 지었다.

"예, 어머님. 드란 님? 모처럼 왕림해주셨는데도 불구하고 대접을 못해드려 정말 죄송합니다."

"아니, 두 사람의 얼굴을 본 것만으로도 이곳까지 온 보람은 차고 넘칠 정도야. 나는 이제 슬슬 가겠네. 아무쪼록 무리하는 일 없이, 나의 힘이 필요할 땐 절대로 삼가지 말게나."

그렇게 나는 용궁성을 뒤로했다.

그나저나…… 류키츠와 루우의 「뭔가 있다」고 자백하는 거나 다름없는 태도가 신경 쓰이는군.

한동안 감각 기관을 고신룡 시절 당시의 수준으로 되돌리는 것을 검토해야 하나……?

하지만 과거의 감각 능력을 유지한 채로 생활할 경우, 너무나 참견을 좋아하는 자기 자신의 천성 때문에 온갖 차원을 무대로 일어나고 있는 위기적인 사태들에 끼어들 수밖에 없게 된다.

이번 삶은 인간으로서 끝날 생각인 나에게, 신이나 구세주로 활약하고자 하는 마음은 없다. 그런 고로, 평상시의 나는 인간들과 심하게 차이가 나지 않도록 힘을 억제하고 있다.

고신룡으로서 타고난 권능을 떨치거나 모든 세계들로 뻗어 오는 마수들을 찢어발기는 식으로, 세계의 수호자로 군림하기는 너무나 손쉽기 그지없었다.

하지만 나에게는 힘으로 사람들의 위에 군림할 생각이— 혹은 용기가 — 없다.

각각의 세계는 그 세계의 주민들이 지켜야 할 것으로 여기며, 언젠가 지상의 존재들은 신들로부터 독립한 자기 자신들을 스스로 다스려야 할 뿐만 아니라 자신의 다리로 걸어야 한다는 것이 평소의 나 자신이 가지고 있는 생각이기 때문이다. 물론 아무리 나라도 자신을 낳아준 부모님이나 친구들이 사는 이 세계로는 영향이 오지 않도록 그물을 펼치곤 있다만, 류키츠나 그 신하들의 태도로 판단할 땐 일시적으로나마 그 감각의 그물을 강화시키는 편이 좋아 보였다.

제2장 파도소리

아무튼 류키츠와 루우 모녀를 초대하러 갔던 날은 예상과 달리 유감스러운 결과로 끝났지만, 드디어 여름방학이 시작됐다.

미리 한 약속에 따라, 나와 세리나 · 크리스티나 양 · 네르 · 레니아 · 이리나는 파티마의 가문이 소유하고 있는 해변의 별장으로 놀러가기로 했다. 물론 파티마의 사역마인 시에라 또한, 이번 여행에 동참한다.

우선 가로아로부터 약간 남쪽에 자리 잡은 비행선용 항구 도시인 와그레일로 이동한 다음, 거기서 정박 중이던 파티마의 가문이 소유하고 있던 비행선에 올라탔다.

비행선을 이용한 하늘 여행은 세리나와 크리스티나 양, 이리나 등에게 큰 호평을 받았다. 그녀들은 끊임없이 떠들썩하게 소란을 피웠다.

용으로서 하늘을 나는데 익숙한 나나 전생의 삶 동안 잔뜩 비행을 경험한 레니아와 달리, 대지의 위를 걸어 다닐 수밖에 없었던 그녀들에게 있어선 하늘 위로부터 굽어보는 지상의 풍경은 좀처럼 구경할 수 없는 장관이었다. 그런 이유로 하늘을 날 때마다 무척이나 들뜨는 모양이다. 과묵한 네르나 시에라는 얌전히 경치를 감상하고 있었지만, 그녀들 역시 나름대로 하늘 여행을 즐기고 있는 듯이 보였다. 아마도 이 순간의 나는, 딸과 그 친구들을 지켜보는 아버지와 같은 마음가짐이었던 것 같다.

그나저나, 파티마한텐 그저 고마울 따름이군. 가문의 별장을 제공한 것뿐만 아니라 교통비의 대부분을 부담한데다가, 비행선이라는 이동수단까지 사실상 그녀 혼자서 준비한 셈이거든.

앞으론 그녀를 파티마 님이라고 불러야 할지도 모르겠군.

아니, 서로의 신분을 고려할 땐 사실 평상시부터 우러러 받들어야 할 대상이긴 하다. 하지만 평소의 파티마가 보이는 태도가 태도이니 만큼, 습관적으로 귀족이라는 사실을 잊고 만다.

과거를 돌이켜 보니 그녀를 상대로 지나치게 친한 척을 한 경향이 없지 않아 있지만, 그런 이유로 이제 와서 거리를 둘 수도 없는 노릇이다. 그건 그거대로 파티마를 울릴 듯한 예감이 들거든. 솔직히 말해서 꽤나 만만치 않은 고민거리였다.

이윽고 하늘의 여행을 끝마친 우리들은, 아크레스트 왕국 남부의 도시인 골네브에 도착했다.

이곳은 복잡하게 뒤얽힌 해안선이 이어진 일대의, 맑고 아름다운 경치를 자랑하는 토지였다.

해안선의 형상이 복잡한 관계로 규모가 큰 항구는 없지만, 파티마네 가문과 같은 귀족들의 별장 등이 많다 보니 피서지로서 적극적으로 개발된 지방이었다.

시가지를 지나치다 보니 개인 저택이나 별장을 지키기 위해 귀족들이 개인 비용으로 고용한 병사들이 이따금씩 눈에 띄었다. 다들 완벽한 예의범절을 터득한 질 높은 병사들로 보이는군.

골네브의 항구로 내려서서 바다의 향기를 맡다 보니, 자신들이 가로아는 물론이거니와 베른 마을과도 동떨어진 머나먼 타지까지 왔다는 실감이 났다.

그런 식으로 남몰래 혼자 감동하고 있던 나의 옆으로, 누군가가 무거운 짐을 떨어뜨렸다.

바닷바람을 받아 기분 좋게 눈웃음을 짓고 있던 이는, 다름 아닌 크리스티나 양이었다.

"후우. 바다 구경 자체가 정말 오랜만이지만, 이번 여행은 예전보다 훨씬 즐거울 것 같군."

강철에다가 금장식을 한 칼집 속의 검과 갈아입을 옷이 들어 있는 여행 가방을 발밑으로 떨어뜨린 그녀는, 이번 휴가를 무척이나 기대하고 있었다는 듯이 두 눈동자를 반짝이고 있었다.

"틀림없이 멋진 추억이 될 거야."

"동감이야. 그대들과 함께하는 이상, 멋진 추억을 만들 수 있으리라는 확신이 드는군."

크리스티나 양은 정말로 즐거운 듯한 미소를 지은 얼굴로 나에게 답했다. 지금 이 순간의 미소를 볼 수 있었던 것만으로도 바다까지 온 보람은 있었다는 느낌이 들 정도군. 흠.

우리가 그러는 동안, 마중을 나온 고용인들이 파티마에게 인사를 하고 있었다.

"정말로 잘 와주셨습니다, 파티마 아가씨. 저희들 고용인 일동은, 아가씨와 친구 여러분들께서 마음 편히 쉬다 가실 수 있도록 성심성의껏 모시겠습니다."

공손하게 머리를 숙인 이는 고용인들의 선두에 선 세바스찬이라는 이름의 나이 든 집사였다. 분명하게 고용인들의 대표격이라는 사실을 알아볼 수 있는, 일종의 위압감을 띤 노인이었다.

인생의 마지막 순간까지 굽어지지 않을 듯이 똑바로 뻗어 있는 등줄기와, 매처럼 날카로우면서도 표면상으론 어디까지나 온화해 보이는 눈동자가 특징적이었다. 끝부분이 뾰족하도록 손질한 콧수염은 깔끔하기 그지없었으며, 백발을 뒤로 넘겨 정돈한 머리 모양은 그야말로 전형적인 집사의 귀감 같은 외모였다.

흠. 무게 중심의 위치나 천연덕스러운 발놀림, 규칙적인 호흡 등을 보아 하니 나이와 단련을 쌓은 세월이 거의 같은 숙련된 전사인 모양이군. 소맷부리나 풀을 먹인 하얀 셔츠의 안깃으로 숨겨 놓은 금박지처럼 얇은 강철 칼날로부터 어렴풋이 철 냄새가 풍겨 온다. 희미한 마력의 기척으로 판단하자면, 은폐 효과를 지닌 부여 술법을 건 마법 무기가? 마법으로 칼날의 존재를 감추고 있으나, 은폐 마법의 기척은 느껴진다. 물론 나한테야 금방 간파 당하고 말았지만, 아마도 일급 마법사가 주의 깊게 관찰하지 않고선 쉽사리 감지할 수 없는 수준의 마법이었다.

천연덕스러운 몸놀림이나 온몸에 숨긴 암기의 숫자와 품질로 봐선, 상대방의 허를 찌를 수 있을 땐 이 노인 혼자서 어지간한 졸병 열 명 정도는 가볍게 몰살시킬 수 있을지도 모른다.

귀족 가문의 고용인들 중에선 경제와 정치, 법률뿐만 아니라 뛰어난 무술 분야에도 빼어난 인재들이 적지 않다. 그러한 이들에게 필요한 지식이나 특수 기술을 배우기 위한 전문 교육 기관까지 존재한다는 소문을 예전에 들은 적이 있다만, 우리 눈앞의 세바스찬 아무개라는 집사 또한 그러한 교육 기관 출신일 수도 있으리라.

파티마는 그 집사와 아주 친밀한 듯이, 긴장한 낌새조차 없이 반갑게 응했다.

"응. 잘 부탁해~, 세바스찬. 연락한 대로, 친구들이랑 함께 왔어~."

"예. 아가씨의 친구 여러분들을 환영하기 위한 준비 또한 완벽하게 끝마쳤습니다."

세바스찬의 등 뒤로 대기하고 있던 다른 집사들이나 남녀 고용인들 또한, 그를 따라 공손하게 머리를 숙였다. 흐음, 인간으로 환생하고 나선 본체가 이러한 대접을 받아본 적은 별로 없다 보니 조금 낯간지럽군.

고용인들은 표면상으론 주인의 딸과 그 친구들을 환영하는 마음만을 표시하고 있지만, 라미아인 세리나를 상대론 은근히 경계심을 품고 있진 않을까?

세리나에 관해선 파티마가 미리 연락을 한 걸로 안다만…… 정말로 정상적인 손님 대우를 받을 수나 있을까? 가뜩이나 나 자신부터 평민 출신인 관계로, 애초부터 귀족들을 섬기고 있는 고용인과 같은 이들에게는 얕보일 수밖에 없는 입장이었다.

인간 사회의 신분제도는 정말 성가시긴 하지만, 나는 경험상 일정 이상의 교양이나 문명 수준에 도달하기 전까진 그들의 사회가 이러한 형식을 띨 수밖에 없다는 사실을 잘 안다.

크리스티나 양이나 네르 등은 익숙한 몸놀림으로 자신들의 짐을 고용인들에게 건넸지만, 굳이 따지자면 지금껏 그 짐들을 운반해야 하는 입장— 즉 고용되는 입장에 가까웠던 나와 세리나는 얼떨떨한 상태로 망설이다가 다른 이들보다 비교적 늦게 짐을 건네고 말았다.

특히 세리나는 계속 흠칫거리다가 무척이나 겁먹은 얼굴로 고용인들에게 짐을 건넸다. 평상시의 세리나가 당연히 보일 수밖에 없는 반응이었다.

나와 만난 이후론 약간이나마 개선된 듯이 보이지만, 그녀는 근본적으로 약간 낯을 가리는 편이거든. 나와 처음 만났을 때처럼 의식적으로 행동하지 않고선, 세리나는 평생 인간을 공격하긴 어려울 것이다. 뭐, 나한텐 바로 그러한 점이 사랑스럽다 보니 큰 문제는 없지만 말이야.

우리의 짐을 받아든 고용인들은, 그것들을 항구의 광장에다가 세워두고 있던 수많은 마차들의 짐받이 위로 가득 실었다.

기껏해야 최소한으로 필요한 갈아입을 옷 정도밖에 안 가져왔으니, 우리가 그들을 도울 필요는 없으리라. 세바스찬은 전원의 짐이 다 실릴 때까지 기다렸다가 우리를 마차로 안내했다.

"어쨌거나 아가씨와 친구 여러분들? 마차가 대기 중입니다. 별장의 환영 준비까지 무탈하게 끝난 상태니, 우선 마차들을 세워둔 곳으로 안내하겠습니다."

우리는 그의 안내에 따라 준비되어 있던 마차로 올라탔다.

역시나 세리나의 비인간적인 형상은 무척이나 눈에 띄었지만, 뭣보다 미소녀나 미녀의 수준을 가볍게 뛰어넘는 미모의 소유자들로만 구성된 여성진은 함께 비행선을 탔던 다른 귀족들의 호색적인 질투가 담긴 시선들을 무작위로 끌어당겼다. 질투의 시선들은 당연히 나에게로 집중됐다. 남자 혼자서 이 정도 수준의 미인 집단 가운데 둘러싸여 있는 상황은, 당연히 동성들에게 선망의 대상이 될 수밖에 없었다.

친한 친구들이 이만큼이나 시선을 모으고 있다는 사실 그 자체는 은근히 자랑스럽기도 했지만, 아울러 다른 남자들에게 엉큼한 눈빛으로 보이고 있으니 몹시 복잡한 기분이 드는군.

참고로 남자친구인 제논이나 벨크에게 이번 여행에 관한 이야기를 하자마자 두 사람은 피눈물이라도 흘릴 듯한 얼굴로「왜 너만?」이라는 대사와 함께 무지막지한 질투의 불꽃을 피워 올렸으나, 그들의 반응은 지극히 일반적인 것이었다.

유감스럽게도 그들은 모두 본가로부터 얼른 돌아와서 집안일이나 도우라는 엄격한 선고를 해마다 전달받는 신세다 보니, 이번 여행엔 따라올 수 없었다.

우리들의 머릿수로는 마차 한 대에 전부 탈 순 없으므로, 두 대의 마차에 나눠 타기로 했다.

세바스찬이 손수 고삐를 잡는 선두 마차에 타는 인원들은 파티마와 네르, 그리고 크리스티나 양으로 이루어진 귀족 3인방과 파티마의 사역마인 시에라였다. 그나저나 하프 뱀파이어인 시에라는 여름 햇볕을 버티기 어려웠던 걸까? 혹은 주인을 호위하기 위한 행동일지도 모른다. 그녀는 글자 그대로 파티마의 그림자로 **잠겨 들어가**, 지금껏 철저히 입을 다물고 있었다.

계절이나 날씨와 상관없이, 그림자 속은 틀림없이 그녀에게 가장 쾌적한 장소일 것이다.

선두 마차의 뒤를 잇는 두 번째 대형 마차엔 나와 세리나, 레니아와 이리나가 올라탔다.

귀족인 레니아는 원래 파티마 일행의 마차에 함께 타야 하는 입장이었지만, 그녀가 나와 같은 마차를 타겠다는 고집을 부린 관계로 감시역— 기능은 발휘하고 있지 않지만 —인 이리나까지 한꺼번에 우리와 같은 마차를 타게 된 것이다.

흠, 신분에 따라 타는 마차를 나눈다는 건 실로 노골적인 취급이로군. 하지만 개인적으론 이만큼 명쾌하게 나눠 주는 편이, 오히려 음험한 속셈이 없어 보인다.

어디까지나 현재의 시대정신과 왕국의 상식에 따른 대응이니, 불만으로 여길 여지는 없다.

마차의 창문을 조금 연 순간, 골네브 특유의 냄새가 바람을 타고 콧구멍 속으로 들어왔다.

물고기나 조개나 해조류 등의 해산물들과 바닷물의 향기가 감돌자, 전형적인 바다 마을의 풍취가 전해져 왔다. 마차의 창문 너머로 내다보는 바깥 풍경 역시, 세리나 일행을 한층 더 즐겁게 만들었다. 물론 나에게 있어서도 무척이나 신선한 광경들이었다.

"고용인 여러분께서 저를 별로 무서워하지 않으셔서 다행이에요. 마법학원에 처음 갔던 날이나, 가로아 시가지의 주민 여러분들처럼 깜짝 놀라실 줄 알았거든요."

세리나는 그런 식으로 명랑하게 말했다.

어디까지나 속마음을 감추는 훈련을 받았을 뿐인 고용인들의 진짜 마음속을, 평범한 수단으로 꿰뚫어볼 수 있을 리가 없다. 하지만 굳이 여기서 그 사실을 지적해 봤자, 다정하기 그지없는 뱀 소녀에게 쓸데없는 정신적 피로나 줄 뿐이다.

과연 골네브 주민들은 세리나를 보자마자 어떤 반응을 보일까? 솔직히 마음에 걸리긴 하지만, 배려를 잘 하는 파티마의 초대로 온 길이니 지나치게 예민한 반응을 목격하진 않을지도 모른다. 나는 그런 식으로 막연한 기대를 품고 있었다. 나는 「흠」이라는 평소의 입버릇을 읊조리고 나서 그녀에게 답했다.

"파티마가 초대할 정도야. 모르긴 몰라도 도량이 넓은 풍토일수도 있지 않을까?"

"그리고 보니 귀족 여러분들 중에선 저처럼 절반 정도 인간의 모습을 지닌 마물을 기르는 취미가 있는 분들까지 계신다는군요. 그런 분들이 여름의 더위를 피하기 위해 여기로 놀러 오시는 건지도 몰라요."

마법학원 생활을 하다 보니, 세리나에게도 그럭저럭 마음을 터놓는 학생들이나 고용인들이 생긴 모양이다. 아마도 그러한 인맥들을 통해 본인 나름대로 정보를 얻고 있는 것 같군.

그러고 있다 보니, 이리나가 항구를 지나치다가 본 광경을 떠올린 듯이 의견을 입에 담았다.

"하, 하, 하지만 비행선들이 정박하는 항구만 본 바로는, 세리나 양 같은 분들의 모습은 거의 눈에 띄지 않았어요. 중심가로 가서 봤자 세리나 양 같은 종족 분들을 데리고 다니시는 분들은 별로 없을지도 몰라요."

"너희들은 정말 쓸데없는 데만 쳐다보고 다니는구나. 나는 드란 씨밖에 보지 않았다. 드란 씨를 제외한 존재들 가운데 가치 있는 물건은 거의 없거든."

레니아가 변함없이 오만하기 짝이 없는 발언을 입에 담았다.

나 말고는 가치 있는 존재가 거의 없다는 발언은, 이리나를 적잖이 상처 입혔을지도 모른다. 그러나 그녀의 발언은 어디까지나 「거의」 없다는 말로, 「전혀」 없다는 뜻은 아니었다.

레니아 본인이 그 말들을 일일이 염두에 두고 있을 가능성에 관해선 장담할 수 없었지만, 내가 본 바로는 최소한 이리나 한 사람 정도는 가치 있는 것들 중 하나로 포함될 공산이 컸다.

"그리고 뱀 계집에 관한 일로 하찮은 시비를 걸어오는 자가 있을 땐, 우격다짐으로 입을 틀어막아버릴 뿐이다. 이 세상 전체를 통틀어, 나와 드란 씨를 이길 수 있는 자는 아무도 없거든."

참으로 레니아다울 뿐만 아니라, 나와 무척이나 가까운 사고방식이었다. 물론 나는 레니아만큼 막무가내로 뒤숭숭한 일을 벌일 생각은 없다만, 최종적으론 직면한 사태를 힘으로 해결하는 경향이 있다는 건 부정할 수가 없군.

"레니아의 말투는 지나치게 호들갑스럽지만, 나에게도 그 정도의 각오가 없는 것은 아니야. 그녀에게 불손한 행동을 하는 자가 있을 땐, 누가 됐건 나의 힘으로 제거할 생각이거든. 나에게 있어서 세리나는, 그럴 만한 가치가 있는 여성이야."

사실 개인적으론 지상의 왕후귀족(王侯貴族)들보단 신계(神界)나 마계(魔界)를 본거지로 삼는 신족이나 대악마, 사신(邪神)들을 상대하는 편이 훨씬 홀가분한데다가 덜 힘들었다.

어쨌거나 그런 부류는 정면 승부를 걸어오는 경우가 많을 뿐만 아니라 거의 모든 적대 행위를 힘으로 제압할 수 있거든.

이와 같은 생각을 가지고 있는 이는, 아무리 지상이 넓다 한들 나 말고는 거의 없을 것이다.

인간으로서 살다가 인간으로서 죽을 생각이긴 하지만, 소중한 사람들을 위해선 고신룡의 권능을 망설임 없이 사용할 수 있다는 건 나의 장점이자 단점이기도 하리라. 기본적으로 나는, 순간적인 감정에 따라 자신의 행동을 결정해 버리는 경향이 있다.

세리나의 장애물을 제거한다고 단언한 나는, 나름대로 험악한 기운을 발산하던 모양이다. 세리나가 겁먹은 듯이 양손을 허우적거리면서 나를 말렸다. 세리나의 뱀 꼬리까지 똑같이 좌우로 흔들리고 있다 보니, 언뜻 봐도 그녀가 당황한 정도를 알아볼 수 있을 정도였다.

"으아아, 드, 드란 씨? 너무 신경 쓰지 마세요. 여러분들과 함께하는 이상, 저는 무슨 소릴 듣건 말건 아무 상관없으니까요!"

정말로 갸륵하기 그지없는 뱀 소녀였다. 무심코 눈시울이 뜨거워진 나는, 흘러나오려는 눈물을 참아야만 했다. 굳이 확인할 필요조차 없이, 레니아가 질투와 선망의 눈길로 세리나를 노려보고 있었다. 세리나를— 아니, 자신을 제외한 다른 여성들을 칭찬할 때마다 기분이 안 좋아지는 버릇을 고쳐줄 수 없겠나, 레니아?

그녀가 아버지로서 존경하는 나의 사랑을 받고 싶어 하는 마음은 이해가 간다만, 언젠가 아버지인 나에게 의존하는 성향을 고쳐주길 바란다.

아무튼 레니아에게 우선적으로 말을 걸어 뒤틀려 있던 그녀의 기분을 풀다 보니, 목적지였던 디시디아 가문이 소유한 별장이 우리의 시야로 들어왔다.

바다로 가는 용도의 선박들이 정박하는 항구와 따로 있는 산간 부분의 비행선용 항구로부터, 돌로 포장된 완만한 내리막길을 타고 내려와서 바다를 향해 돌출되어 있는 육지 위로 3층 구조의 커다란 저택이 들어서 있었다. 새하얀 벽과 붉은 기와지붕의 대조가 아름다웠다. 저택 전체를 대상으로 계절과 상관없이 쾌적한 환경을 유지하는 마법을 건 모양인데, 그야말로 엄청난 돈을 투자한 듯이 보이는군. 그리고 그 돈은 영지의 백성들에게 징수한 세금일 것이다.

나 역시 세금을 징수당하는 입장임을 고려할 땐 참으로 복잡한 기분이 들 수밖에 없었지만, 파티마의 가문은 양심적인 영주인 모양이니 오늘만큼은 즐기는 데나 집중하도록 하자.

마차가 별장 앞까지 가서 멈추자, 우리는 즐비하게 늘어서서 기다리고 있던 고용인들의 열렬한 환영을 받았다. 그리고 선두의 파티마를 따라, 저택 안으로 발걸음을 옮겼다.

세리나는 현관과 연결된 층층대 하나를 밟는 것만도 황송한 듯한 태도를 보였지만, 전생의 고신룡 시절부터 용궁성 등을 비롯해 인간들이 건설한 건물들과 비교조차 되지 않을 만큼 호화롭고도 장엄한 신전이나 성 등을 구경한 바 있는 나로서는 솔직히 별반 긴장은 되지 않았다.

세리나는 무심코 뱀의 하반신으로 들어갔다가 거울처럼 윤이 나는 대리석 바닥이나 정교한 모양들을 짜 넣은 카펫들을 더럽힐지도 모른다는 걱정 때문에 입구 앞까지 가서도 망설였다.

짙은 초록빛 비늘에는 언뜻 볼 땐 눈에 띄는 때는 묻어있지 않으니 그다지 신경 쓸 필요는 없어 보였지만, 배려를 너무 잘 하는 성향의 세리나한테는 사전에 일러둘 필요가 있었을지도 모르겠군.

파티마에게 한 마디라도 거들어주길 바라는 마음으로 말을 걸려던 순간, 긴 흑발을 두 갈래로 묶은 메이드가 물을 가득 채운 나무통과 수건을 가지고 왔다.

"이건, 흠? 라미아와 같은 상대의 방문 자체가 처음이 아닌 걸로 보입니다만?"

나는 우리의 짐을 운반해주고 있는, 꼼꼼해 보이는 얼굴의 키가 큰 집사에게 물었다. 안경을 쓴 그 집사는 어디까지나 지극히 단정한 얼굴로, 억양이 거의 없는 말투로 답했다.

"예. 이 땅에는 라미아종(種)이나 리자드맨을 하인으로 거느리시는 분들이 적지 않다 보니, 저희들 역시 그러한 분들을 환영하는데 필요한 기본적인 예의 정도는 익혀두고 있거든요."

이건 꽤나 기쁜 오산이군. 그런 내막이 있는 이상, 세리나가 공포의 대상이 될 일은 없으리라.

"무척이나 든든한 말씀이십니다. 파티마 님의 두터운 우애를 받는 몸이라 원래는 용납될 수 없는 말과 행동을 보이고 있습니다만, 아무쪼록 용서해 주십시오. 그리고 잘 부탁드립니다."

내가 그렇게 말하자, 안경을 쓴 집사님께선 눈가 부근의 근육을 약간 움직였다.

혹시 좀처럼 얕보기 힘든 소년으로 보였나? 혹은 장래가 촉망되는 인재로 여겼는지도 모른다. 개인적으론 후자이길 바란다만, 과연 실제론 어떻게 보였을까?

"안심하십시오. 여러분들께선 아가씨의 소중한 친구 분들이십니다. 저희는 여러분을 환대하는데 최선을 다할 뿐입니다. 아무쪼록 저희 별장을 만끽해 주십시오."

"정말 감사한 말씀이십니다."

흠, 메이드들이 세리나의 하반신을 깔끔하게 닦아준 모양이다.

수치심과 미안한 마음 때문에 얼굴을 새빨갛게 물들인 채로 허둥거리는 세리나와 그녀의 하반신으로 몰려든 메이드들의 모습은, 참으로 나쁘지 않는 눈요깃거리였다. 좋군, 좋아.

드디어 전원이 별장 안으로 들어온 것을 확인하자마자 현관홀의 계단을 등진 파티마는, 정말 이보다 더할 수 없이 밝은 미소를 지은 얼굴로 우리를 환영하는 말을 입에 담았다.

"다들~, 정말 잘 왔어~. 우선은 며칠 동안 쓸 방까지 안내할게. 짐을 가져다 놓자마자 쇼핑하러 가자~. 그리고 밥을 먹은 다음, 바다로 놀러 가는 거야~."

일단 거기서 일행들과 헤어진 나는, 안경 집사님의 안내를 받아 2층의 방으로 올라갔다.

과연 상급 귀족의 별장이군. 한 사람 당 하나씩 방이 할당되어 있는 모양이다.

마법학원에선 세리나와 같은 기숙사 방을 쓰고 있는 관계로, 오늘밤은 오랜만에 혼자서 평화롭게 잠을 청할 수 있으리라는 예감이 들었다.

　방의 중앙에는 지붕이 달린 침대가 자리 잡고 있었으며, 벽 쪽에는 장식장과 옷장이 설치되어 있었다. 얇은 레이스 커튼과 바닥의 카펫, 꽃이 꽂혀 있는 꽃병이 나의 시야로 들어 왔다. 눈에 띄는 모든 가구들로부터, 이 별장을 소유한 인물의 고상한 취미가 엿보였다.

　단순히 값 비싼 물건들을 아무렇게나 나열한 것이 아니라, 각자의 조화를 최우선적으로 강조하는 방식의 섬세한 배치와 선택을 한 흔적이 눈에 띄었다. 빈틈이라곤 전혀 없어 보이던 노련한 집사 세바스찬이나, 파티마의 부모가 고상한 취미를 지니고 있다는 증거로 보인다.

　그나저나 세리나나 이리나는 저 호화로운 가구들 때문에 쩔쩔매고 있을 것 같군.

　두 사람의 반응을 상상한 나는 남몰래 조용히 미소를 지었다.

　레니아 같은 경우엔 아무 관심 없다는 듯이 코웃음이나 칠지도 모르겠다.

　한숨 돌린 나는, 일행들과 합류하고자 방을 나서서 현관홀로 향했다.

　짐을 방에다가 두고 와서 홀가분한 몸이 된 우리들은 다 함께 골네브의 시가지로 가서 쇼핑을 시작하기로 의견의 일치를 봤다. 아마도 골네브라는 도시 자체가 귀족들을 대상으로 한 피서지 겸 관광명소라는 측면을 가지고 있는 이상, 시가지의 물건들은 귀족들에게 적절한 가격으로 설정되어 있을 공산이 컸다. 말인즉슨, 우리의 경제 사정으로는 부담 없이 쇼핑하기는 어려울지도 모른다는 뜻이다. 현지인들을 위한 시장 정도야 없을 리가 없겠지만, 뿌리부터 귀족 출신인 파티마에게 그러한 발상의 전환을 기대할 수 있을까? 하지만 자신들을 위해서 시장으로 가 달라는 부탁을 한다는 건 너무나 뻔뻔스럽게 느껴졌다. 이미 이동 수단과 숙박할 곳까지 제공받은 입장 관계상, 우선은 파티마가 좋아할 만한 데부터 들러야 하리라.

파티마 본인은 신경 쓰지 않겠지만, 그것은 그녀의 친구로서 수행해야 할 최소한의 의무라는 생각이 든다.

우리를 마을로 안내하기 위해 콧김을 몰아쉬던 파티마는, 별장까지 와서 합류하기로 한 또 한 명의 참가자가 아직 오지 않았다는 사실을 깨달았다. 그녀가 나에게 화제를 돌려왔다.

"이제 다 모였나 봐. 이제 슬슬…… 가자는 말을 하고 싶던 참이지만, 바제 양이 아직 안 온 것 같아~. 드란, 바제 양은 언제쯤 올까?"

"흠. 장소에 관해선 분명하게 알려줬을 뿐만 아니라 하늘로 날아오는 녀석이 길을 잃을 리는 없으니, 아마도 이제 곧……. 아니, 지금 막 도착한 모양이군."

높은 하늘로부터 고속으로 이 별장을 향해 접근 중인 그 존재를 감지한 나는, 천장을 올려다보면서 파티마에게 답했다.

얼마 전에 바제를 초대하러 가서 골네브까지 오는 지도를 건네

주고 왔다만, 아마도 지도 정도는 큰 문제없이 읽을 수 있었던 모양이다.

천장을 바라보던 나의 시선이 현관으로 움직이자, 일행의 시선 또한 나를 따라 움직였다.

그 순간이 오기를 기다렸다는 듯이, 현관문의 쇠고리를 난폭하게 두드리는 소리가 울려 퍼졌다. 방문을 알리기 위해서라기보다, 쇠고리를 부수는 것이야말로 진짜 목적이 아닌가 싶을 만큼 난폭하기 그지없는 소음이었다. 그야말로 이보다 더할 수 없을 만큼 바제다운 방문이었다. 나로서는 쓴웃음을 금할 길이 없었지만, 오히려 바제가 저 쇠고리의 용도를 알고 있었다는 거야말로 정말 놀랄 부분일지도 모른다. 바제의 일상적인 생활 습관을 고려할 땐 앞으로 최소한 백년 이상 이용할 기회가 없어 보이는 물건이거든. ······그건 바제를 너무 심하게 얕본 건가?

"바제 양도 제 말을 하니까— 도착한 거야?"

"그러게 말이야. 흠. 바제의 덤벙거리는 성격을 고려할 땐 좀 더 늦게 오거나 반대로 너무 빨리 오지 않을까 싶었다만, 의외로 딱 좋은 시간을 골라 왔군."

세바스찬이 눈빛으로 재촉하자, 현관의 양 옆으로 대기 중이던 집사들이 문을 열었다. 현관문이 열리자, 팔짱을 낀 오만불손한 얼굴 표정의 바제가 한 가운데 버티고 서 있었다.

타인에게 홍련의 불꽃이 사람 모양으로 둔갑한 것 같은 치열한 인상을 주는 바제를 마주본 순간, 세바스찬의 무게 중심이 아주 약간 이동한 듯한 기척이 전해져 왔다. 마찬가지로 고용인들의 절반 이상이 긴장된 분위기를 띠었다. 흠? 지금 보인 반응들을 고지식하게 받아들이자면, 이 별장의 고용인들 가운데 절반 정도는 전투요원이라는 뜻인가?

"바제 양, 어서 오세요~."

만사태평한 파티마는 고용인들의 분위기 변화를 깨닫지 못한 듯이, 느긋하고도 부드러운 미소와 함께 바제를 마중하러 나갔다. 바제는 평소와 다를 바 없이 무뚝뚝한 태도를 보였다.

심홍룡 종족의 일원이자 지상의 어디로 가건 강자로서 군림할 수 있는 능력을 자랑하는 바제에게 있어선, 인간종(種)은 기본적으로 하찮기 짝이 없는 상대로 보일 수밖에 없다. 그러한 사실을 고려하자면, 그녀가 평소부터 이러한 태도를 보이는 건 어쩔 수 없는 일이었다.

하지만 그러한 바제 또한 나와 만나고 나선 모레스 산맥을 무대로 훈련을 쌓다 보니, 최근 들어선 조금씩 태도의 변화가 눈에 띄고 있다.

분신체로 방문할 때마다 나에게 거친 태도를 보이는 경우가 줄고 있을 뿐만 아니라, 훈련이 끝나고 나서도 이따금씩 드래고니안의 모습으로 가로아까지 찾아오는 빈도가 늘어났다.

우리를 찾아 마법학원으로 얼굴을 보이러 올 때마다 테이크아웃해가는 용도의 과자들을 산더미처럼 사재기해가는 걸로 봐선, 진짜 목적은 그쪽인지도 모르겠군.

가끔씩 루우와 맞닥뜨렸다가 뒤숭숭한 분위기를 연출하기도 했지만, 진지하게 격돌하기 직전까지 가선 투지를 거두어들이기 때문에 아직 대형사건으로 번진 적은 없었다.

그러고 보니 마법학원의 의뢰를 받아 소재를 수집하러 갔을 땐, 바제를 불러 함께 나간 적도 있다. 그러나 바제는 선천적으로 타고난 성격상, 솔직하게 함께 가겠다는 말은 입이 찢어지는 한이 있더라도 입에 담지 않는다. 그럴 때는 일반적으로 다음과 같은 대사를 입에 담는다.

『흥! 나약한 인간들의 흉내나 내야 하는 너와 그 뱀 계집 따위가 함께 다녀 봤자 마음껏 싸우기도 힘들 거다. 나는 네가 꼴사납게 도망 다니는 몰골이나 구경하러 가마.』

—아무튼 그런 식으로, 명분상으론 소재를 수집하러 갔다가 마물들의 습격을 받은 우리가 허둥거리는 꼴을 구경하려는 목적인 모양이다. 하지만 내가 타인의 눈이 없는 데선 거리낌 없이 용의 힘을 발휘한다는 사실을 알고 있는 그녀로서는, 무척이나 부자연스러운 발언이었다.

결국 온갖 구실과 억지를 갖다 붙이고 있지만, 결국 우리와 행동을 함께하고 싶어 한다는 뜻이다. 최소한 나는 그런 식으로 해석하고 있다. 참으로 귀찮게 꼬인 성격이야.

하지만 혼자선 솔직하게 나올 수 없는 젊은 암컷 용의 속마음을 알아주는 것 또한 연장자의 의무로 여긴 나는, 그녀에게 이번 여행에 따라와 달라는 부탁을 하러 간 것이다.

아무튼 직접 여기로 날아온 바제는 자신에게 집중되던 주위의 시선들을 향해 코웃음을 치더니, 서슴없이 파티마에게 다가와서 왼손에 들고 있던 동물의 털가죽으로 만든 자루를 건넸다. 인간의 머리만한 크기로 부풀어 오른 그 자루가 파티마의 손안으로 들어가자 무언가 딱딱한 금속들끼리 서로 잘그락거리는 소리가 들려왔다.

흠? 바제가 타인에게 뭔가 주는 광경은 처음 본다만, 혹시 파티마에게 선물이라도 가져왔나?

『저 녀석』의 잔소리에 따르면, 너희들의 예의는 이런 식이라는군."

바제는 그러한 대사와 함께 나에게 시선을 돌려 왔다.

분명히 타인의 집에 초대받았을 땐 집주인에게 선물 정도는 가져가는 것이 예의라는 얘기를 잡담 삼아 한 적은 있다만, 고지식하게 기억하고 있었을 줄은 몰랐다.

파티마는 얼빠진 얼굴로 바제의 자루를 건네받았다가, 그 내용물을 확인하자마자 깜짝 놀란 듯이 작은 비명을 질렀다.

흠? 그렇게 놀랄 만한 내용물이었나?

흥미가 동한 우리가 자루 속을 들여다보자, 거기엔 눈부신 빛을 발하는 금은보화가 한가득 담겨 있었다. 바제가 보금자리에 쌓아 놓은 보물 중 일분가? 용종의 심미안(審美眼)과 보물을 추구하는 본능을 고려하자면, 가짜 따위는 절대로 섞여 있을 리가 없다. 오히려 이러한 귀금속 같은 부류는 익숙할 파티마조차 놀랄 만한 품질의 보석들만 골라온 모양이다.

크리스티나 양까지 「호오?」라는 감탄사를 입에 담는 걸로 봐선, 대단히 값비싼 보석들임은 틀림없었다. 아니…… 크리스티나 양에 관해선, 가난하게 살던 시기가 있던 모양이니 이런 분야의 심미안에 관해선 기대하기 어려울지도 모른다.

"이런 건 가지고 올 필요 없어~. 보석이나 돈을 달라는 목적으로 부른 건 아니거든~."

"흥, 이럴 땐 담겨 있는 마음이 중요하다지 않나? 이 보물은 너에 대한 나의 마음이다. 너는 집주인으로서 잠자코 나의 마음을 받아들이는 도량이나 보여라."

바제는 퉁명스러운 태도로 자루를 돌려주려는 파티마를 뿌리쳤다.

언뜻 볼 땐 바제한텐 파티마에 대한 호감이 전혀 없어 보이는 대화였지만, 이래봬도 바제의 태도는 다른 이들을 상대할 때보다 비교적 온화한 편이었다.

"그리고 지금 받은 선물 때문에 고민할 바엔, 네 주위의 졸개들부터 진정시켜라. 나는 저 녀석들이 여기서 덤벼오건 말건 아무 상관없다만, 하찮은 인간들의 굴레에 엮여 있는 네 경우엔 그럴 수 없지 않나? 공교롭게도 나는 이 나라의 백성이 아닐 뿐만 아니라 인간조차 아닌 관계로, 너희들의 예의범절에 관해선 어둡다. 나의 태도가 마음에 들지 않는 녀석들은 언제 어디서든 마음껏 덤벼라. 상대방과 목숨을 다투는 건 나의 가장 즐거운 오락거리 중 하나거든."

바제가 이런 말을 하게 된 까닭은, 파티마를 상대로 방약무인한 태도를 취하는 그녀에게 디시디아 가문의 고용인들이 눈썹을 찌푸린 표정으로 공격적인 분위기를 연출하고 있기 때문이다.

흠. 근본적으로 호전적인 성격까지 어우러지다 보니, 바제의 말투는 제3자한텐 무척이나 적대적으로 들렸다. 나중에 기회를 봐서 엉덩이가 빨갛게 물들 때까지 때려줘야겠군.

파티마는 바제의 말을 듣고 나서야 주위의 고용인들이 그늘진 표정을 짓고 있었다는 사실을 깨달았다. 그리고 뒤늦게 쩔쩔매기 시작했다.

이제 슬슬 직접 바제를 타이르러 나가야 하나? 내가 한 걸음 정도 발길을 내딛은 순간, 세바스찬이 기선을 제압하듯이 먼저 움직였다.

파티마가 들고 있던 바제의 선물을 받아든 그는, 매끄러운 동작으로 바제에게 고개를 숙였다.

"아가씨를 대신해서, 감히 감사드립니다. 오늘은 편안히 쉬시다 가십시오. 그건 그렇고, 아가씨, 마차가 밖에서 대기 중입니다. 친구 분들을 너무 오랫동안 기다리게 하지 마십시오."

"어, 하지마안…… 응, 알겠습니다. 고마워, 바제 양. 선물은 감사히 받을게~."

잠깐 망설이던 파티마는 더 이상 입씨름을 되풀이해봤자 소용없다는 사실을 깨달은 듯이 잠자코 물러났다.

"흥, 원래부터 사양할 필요 없이 곧장 받아야 하는 물건이었다. 그건 그렇고「골네브」라는 마을로 지금부터 출발할 참이었나?"

사실 이곳은 이미 골네브 안이었지만, 여기서 꼬투리를 잡아 봤자 바제의 비위나 상하게 할 뿐이니 그냥 넘어가자.

"응, 맞아. 바제 양도 마차에 올라타~."

바제는「비좁아 보이는군」이라는 한 마디로 은근히 트집을 잡았지만, 마차 그 자체는 거절하지 않았다. 그녀 나름대로 타협은 하고 있는 듯이 보이는군.

이거야 원, 세바스찬 집사가 능숙한 솜씨로 분위기를 전환해줘서 다행이다. 기본적으로 상당한 고단수야. 나는 우연히 시선이 마주친 세바스찬에게 조그맣게 머리를 숙였다. 그러자 그 역시, 나와 마찬가지로 은근히 머리를 숙여 화답했다.

파티마의 그림자 속으로부터 언제든지 뛰쳐나올 수 있도록 준비 중이던 시에라 또한, 사태가 진정됐다는 판단 아래 다시금 조용히 대기 상태로 되돌아갔다.

혼자서 남몰래 마음속으로 한숨 돌리고 있다 보니, 네르와 크리스티나 양이 나에게 다가오더니 자신들의 솔직한 심정을 귀띔해 왔다.

"정말 10년 감수했군. 그대의 친구들은 심장에 안 좋아, 드란."

"동감이야. 불특정다수의 사람들과 엮이는데 그다지 적합한 편은 아닌 것 같아."

네르는 사돈 남 말을 하고 있다는 느낌이 조금 들었지만, 솔직히 나로서는 네르보다 먼저 입을 연 크리스티나 양의 의견에는 반박조차 할 수 없었다. 만에 하나 이제부터 바제로 인해 무슨 문제라도 발생할 경우, 깊은 생각 없이 그녀를 초대한 나의 잘못이나 마찬가지거든.

바제와 함께 시가지로 나온 우리들은, 마차를 주차장에다가 정차시키자마자 도보로 관광을 시작했다. 골네브 시가지의 바닷가 방향으로는 일반적인 평민 가옥들이 늘어서 있었으며, 그들을 굽어보는 높은 지대로는 귀족들의 저택이나 별장들이 자리 잡고 있었다.

바다를 향해 돌출되어 있는 육지 위에 건설된 파티마의 별장은 골네브의 중심부로부터 조금 떨어져 있었지만, 마차를 이용할 땐 그다지 신경 쓰일 정도의 거리는 아니었다. 구입한 물건들은 나중에 가게 측에서 별장으로 직접 발송할 모양이니, 짐을 담당할 인원은 필요 없었다.

거리의 양편을 메우는 건물들은 상점이건 주택이건 가로아의 제 1층이나 제2층 안쪽처럼 호화롭기 그지없었다. 분위기만으로도 평민들과 인연이 없는 장소라는 사실은 짐작이 갔다.

그런 장소인 관계로, 세리나나 근본적으로 서민적인 성격의 소유자인 크리스티나 양 등은 조금 전부터 약간 거북한 듯이 보였다.

한편, 이번 여행의 가장 큰 불안 요소였던 바제는 가끔씩 크리스티나 양을 불쾌한 시선으로 바라보면서도 곧장 싸움을 걸 듯한 분위기는 연출하지 않았다. 일단은 성질이 좀 가라앉은 모양이군. 이번 여행의 주최자인 파티마는 우리의 그런 상황에 관해선 상상조차 안 간다는 듯이, 네르와 팔짱을 낀 채로 즐겁게 거리를 가로질러 갔다. 거리 양옆으로 늘어선 가게들을 손가락으로 가리키다가, 저 가게는 물고기 요리가 최고로 맛있다거나 저 가게의 점장은 신경질적이나 파는 물건들은 일류라거나 또 다른 가게는 어머니가 경영하는 가게라는 식으로 설명해 줬다. 여성진들은 파티마의 설명을 듣고선 일일이 감탄하거나 궁금한 사항에 관해 되묻기도 했지만, 바제와 크리스티나 양과 나는 나머지 일행들과 달랐다.

흠, 개인적으론 뭐가 됐건 바제의 관심을 끌 수 있을 만한 물건이 나오기만 바랄 뿐이다.

역시 음식일까? 혹은 용의 본능을 자극하는 의미로 보석이나 진주 같은 걸 찾아 봐야 하나?

만일을 위해서 예전에 류키츠에게 선물 받은 용궁성의 보물을 가지고 오길 잘 했군. 물론 전부 다 돈으로 바꿀 경우엔 가로아를 통째로 살 정도의 금액이 되는 관계로, 아주 일부만 가져 왔지만 말이다. 이 보물들은 언젠가 베른 마을을 발전시키기 위해 움직일 때를 대비한 비상수단이다 보니, 가능한 한 건드리고 싶지 않다는 것이 나의 본심이었다.

"여기는 말이지, 진주 공예품으로 유명한 데야~. 직접 양식(養殖)까지 하고 있으니까, 싼 것도 판다더라."

파티마의 안내를 받아 들어간 곳은, 크고 작은 진주알을 이용한 장식품들이 유리 상자 안을 가득 채울 만큼 잔뜩 진열되어 있는 장식품 가게였다.

도서관으로 가서 읽은 책에 따르면, 지상의 인간들이 진주를 양식하는데 성공한 시점은 10년 정도 전이었던 걸로 기억한다. 파티마의 가문으로부터 거액의 출자금을 받아 성공한 이 가게는, 바야흐로 양식하는데 성공한 진주의 매매를 통해 많은 돈을 벌어들이고 있는 모양이다.

파티마가 태어난 디시디아 가문은, 전통 있는 고참 귀족일 뿐만 아니라 사업을 전개하는 데도 적극적이다 보니 상당한 재산을 이룬 것으로 알려져 있다.

가게 안으로 들어간 순간, 사전 연락을 받고 파티마를 기다리고 있던 점장을 비롯한 종업원 일동이 일제히 머리를 숙여 환영의 뜻을 밝혔다.

흐음, 이러한 대우를 직접 목격하니 파티마가 정말로 대귀족 가문의 아가씨라는 사실을 통감하게 되는군. 지금의 나는 마법학원의 동급생인 그녀를 친동생처럼 귀여워하고 있지만, 역시나 일반적으론 상식 밖의 관계인 모양이다. 유리 상자 안의 가격표를 확인한 결과, 상품 중 일부는 다행히 마법학원의 의뢰 등을 통해 땀흘려 모은 군자금의 허용범위 안이었다. 나는 남몰래 안도의 한숨을 내쉬었다.

파티마는 네르나 크리스티나 양과 함께, 점장에게 상품 하나하나에 관한 설명을 받고 있었다. 네르와 크리스티나 양은 평소의 말과 행동으로 봐선 이렇게 몸을 치장하는 장신구들과 전혀 인연이 없어 보였지만, 그럭저럭 관심을 내비치는 걸로 판단할 땐 여성다운 구석 또한 없지 않아 있는 모양이다.

나의 개인적인 인상을 말하자면, 네르는 빙랑왕(氷狼王) 펜릴과 계약을 맺은 강력한 얼음 마법의 고수였다. 그리고 크리스티나 양은 마계의 악귀들을 상대로 한손의 피 묻은 검을 들고선 과감하게 도전하는 용감한 전사였다.

뭐, 요즘에야 두 사람 다 꼬르륵 대왕이라 불러야 할지도 모른다만…….

그렇게 보니, 평상시의 그녀들과 쇼핑을 즐기는 눈앞의 그녀들의 서로 다른 이미지가 유쾌하게 다가왔다. 그런 고로, 나로서는 「흠」이라는 입버릇을 읊조릴 수밖에 없었다. 점원들이 파티마 일행에게 몰려가도록 방치한 나는, 약간 먼 거리의 세리나에게 다가가서 말을 걸었다.

"세리나, 가지고 싶은 건 없나? 아직 얼마 정돈 쓸 수 있으니, 필요하거든 언제든지 날 불러."

"아니요. 전부 다 눈을 끌긴 해요. 하지만 보고 있는 것만으로도 만족이 되거든요."

라미아가 당당히 가게로 들어와서 상품을 구경하는 건 세리나가 첫 사례였던 모양이다. 점원들의 얼굴은 어딘지 모르게 굳어 있었으나, 그럼에도 불구하고 접객 태도를 거두지 않는 것은 완벽한 교육을 받은 증거였다.

마물을 지배하에 두고 있는 마법사나 귀족이 가게를 방문할 순 있겠으나, 마물들은 가게 바깥까지만 와서 대기하는 것이 관례일 테니까 말이야.

"바다의 특산품들은 가로아에서도 본 적이 없다 보니 신기해요. 마을에 있을 땐 감히 구경할 기회조차 없었던 물건들뿐이니⋯⋯. 그렇게 볼 땐, 드란 씨와 만난 건 정말 큰 행운이었어요."

세리나는 차분하게 중얼거리더니, 뜨거운 눈빛으로 유리 상자 너머의 물건들을 바라봤다.

레니아 역시 바제와 마찬가지로 용의 습성을 가지고 있을 텐데, 관심은 별로 없어 보였다.

몸치장이나 재물을 비축하는데 대한 욕구가 희박하다는 성질은 어머니인 파괴와 망각의 여신, 카라비스로부터 물려받은 건가?

자신의 모습을 망각함으로써 옷이나 장식품까지 한꺼번에 바꿀 수 있는 카라비스에게는, 물건에 대한 집착이 거의 없는 거나 마찬가지였다.

그녀는 신들의 기준으로도 희귀한 축의 물건을 손에 넣건 말건, 아무런 관심 없이 어디론가 흘려버리거나 잃어버리기만 한다. 레니아가 그런 식으로 결여된 집착심을 물려받았을 수도 있으리라.

그러나 레니아의 팔을 잡고 있는 이리나는, 한창 때의 소녀답게 두 눈을 반짝이고 있었다. 레니아는 그녀를 마냥 따라다닐 뿐이다. 주도권을 잡는 쪽이 평소와 정반대인 모습이 신선하군.

그녀들을 바라보고 있자니 바제에게 관심이 갔다. 흐음? 그 용소녀는 완전히 일심불란(一心不亂)한 표정으로 유리 상자 속의 진주들을 응시하고 있었다.

그러고 보니 바제는 북쪽 출신인 걸로 들었다만, 드넓은 육지가 펼쳐진 그쪽 지방은 바다와 거리가 먼 걸로 알고 있다. 말인즉슨, 세리나처럼 바다의 물건들과 접할 기회가 많은 편은 아니었을 공산이 크다는 뜻이다.

류키츠에게 받은 보물 중에는 진주나 산호 등이 잔뜩 들어 있었지만, 인간의 손을 거친 공예품은 여기서 처음 보는 걸 테니 또 다른 종류의 호기심을 자극받고 있나?

바제의 엉덩이로부터 뻗어 나온 꼬리가, 세리나처럼 좌우로 정처 없이 흔들거렸다. 흠, 의외로 사랑스럽군.

꽤나 유쾌한 광경이라 잠자코 관찰하고 있다 보니, 바제가 크게 고개를 끄덕이더니 허리춤 옆으로 매달아 놓았던 천 자루를 향해 비늘로 뒤덮인 손을 처박아 넣자마자 한 주먹이나 되는 양의 금은

보화를 집어 들었다. 인간의 눈알 정도 되는 크기의 다이아몬드나 사파이어, 에메랄드와 루비, 자수정과 호박, 봉 형태의 미스릴 덩어리 등 각양각색이었다. 인간들의 화폐 가치를 아직 정확하게 이해하지 못한 관계로, 대충 손대중으로 집어든 것 같군.

처음 보는 드래고니안 손님에게 겁먹은 듯이 보이던 여성 점원을 상대로, 바제는 대충 집어든 금은보화를 유리 상자 위로 짤랑거리는 소리가 나도록 아무렇게나 쏟아 버렸다.

"저기서부터 여기까지 보이는 것들을 몽땅 넘겨라. 이걸로 모자라거든 필요한 양을 말해라."

날카롭고도 딱딱한 소리와 함께 바제의 손톱이 유리 상자와 맞닿더니, 그녀가 말하는 「저기서부터 여기까지」를 가리켰다.

"어, 아, 예!"

참으로 어중간한 태도의 점원을 마주보던 바제의 눈썹 사이가 일그러지는 광경이 손쉽게 상상이 갔다. 다행히 바제는 과도하게 기분이 상한 것은 아닌 듯이 보였다. 하지만 정말 이 심홍룡 아가씨는 사소하기 짝이 없는 일로 흥분하는군.

아무리 완벽한 교육을 받았을 뿐만 아니라 강철의 정신력을 지닌 점원이라 한들, 진짜 심홍룡의 날카로운 눈초리와 마주하다가 마비나 공황 상태를 일으키는 건 부득이한 생리 현상이다.

흠, 여차할 때는 직접 몸을 날려서라도 바제를 막아야 할지도 모르겠군.

"뭐냐, 부족하단 거냐?"

"아니요! 충분하고도 남을 정돕니다!"

점원은 창백한 얼굴빛으로 양손과 목을 기세 좋게 가로저었다. 잠자코 보고 있자니 너무 불쌍할 만큼 겁을 먹었다.

"아무 문제없거든 당장 그것들을 넘기기나 해라."

평범한 인간의 정신력으론 피가 얼어붙을 듯한 눈빛의 바제를 상대로, 점원은 뱀 앞의 개구리나 쥐 같은 기분을 느꼈으리라.

이건 엉덩이를 때려주는 것만으론 모자라겠군.

"아, 으, 예! 곧바로 준비하겠습니다! 잠시만 기다려 주십시오!"

점원은 황급히 준비를 시작했지만, 긴장 때문에 손이 떨리는 건가? 몸동작이 전체적으로 어색하기 그지없었다.

"흥! 손님에게 기다리고나 있으라니, 정말 터무니없는 가— 꺅?"

바제의 발언에도 일리가 전혀 없는 것은 아니었으나, 약간 도가 지나쳤다. 나는 바제를 말리고자 그녀의 꼬리를 잡아당겼다.

"바제야, 점원 분을 너무 괴롭히지 마라. 죄송합니다. 이 아이가 아직 인간에게 익숙하지 않거든요."

"누가 「아이」라는 거냐! 누가!"

「바로 그대를 가리키는 말이야, 아가씨」라는 말이 목구멍까지 올라왔지만, 나는 가까스로 그 말을 거두어들였다. 바제의 보금자리에서야 무슨 짓을 하건 아무 문제없겠으나, 여기서 섣불리 그녀를 도발할 경우엔 골네브라는 도시 자체가 불바다 속으로 잠겨 버릴 수도 있거든.

"어쨌거나, 성질을 약간만 죽여라. 나를 상대론 상관없다만, 너의 눈초리는 점원 분들의 심장에 안 좋아. 자신의 힘과 존재를 정확히 파악하고서 행동하란 말이다."

그런 식으로 달래다 보니, 바제 또한 일을 크게 키울 생각은 없다는 듯이 조그맣게 혀를 차기만 하다가 물러섰다.

"칫, 너의 설교를 좋아하는 성격은 변함이 없군."

그야 영혼부터 전 세계를 통틀어 가장 나이 많은 용이니 어쩔 수 없다. 육체가 젊어진 만큼 정신 역시 약간이나마 젊어졌다는 느낌은 들지만, 결국은 늙은 축에 속할 수밖에 없거든.

나와 바제가 그런 식으로 대화를 나누던 동안, 우리에게 가까이 다가와 있던 파티마 일행이 유리 상자 위로 아무렇게나 쏟아져 있는 금은보화들을 보자마자 감탄 어린 한숨을 내쉬었다.

"우와, 대단하다~. 바제 양은 정말 부자였나 봐~."

"전부 진품이야? 엄청나군."

진짜 귀족일 뿐만 아니라 상당히 넉넉한 가문의 따님인 파티마와 네르조차 치켜세울 정도니, 바제가 아무 생각 없이 쏟아 버린 보물들의 가치는 완벽하게 보장된 거나 마찬가지였다.

하긴 용종인 바제가 진짜와 가짜를 구별 못 할 리가 없으니, 지극히 당연한 얘기였다.

크리스티나 양은 바제로부터 약간 멀리 떨어져서 지켜보고 있을 뿐이었지만, 다른 이들과 마찬가지로 감탄 중인 모양이다.

그나저나 그녀의 심미안은 거의 칼과 검을 알아보는 데만 쓰일 것 같다만, 실제론 어떨까?

파티마와 네르의 칭찬을 받은 바제는, 기분 좋게 「흥!」 소리가 나도록 코웃음을 쳤다.

"흥! 용의 권속인 이상, 이 정도의 물건들은 당연히 가지고 다닌다."

바제의 입으로부터 용의 권속은 당연히 보물을 가지고 다닌다는 발언이 나오자, 용의 전생자인 나의 정체를 알고 있는 크리스티나 양이나 세리나의 시선이 나의 등 뒤로 모였다.

흐음, 일단 못을 박아둬야겠군. 나는 두 사람에게만 들리는 낮은 목소리로 말을 걸었다.

"예전에야 어쨌거나 지금의 나한텐 아무것도 없으니, 그런 식의 기대는 조금 부담스러워."

"그런가?"

크리스티나 양이 무심코 나에게 되물어 왔다.

물론 마음만 먹는다는 전제하에, 아무런 대가 없이 대륙만한 크기의 보석이나 바다를 뒤덮을 정도의 황금을 연성할 순 있다. 하지만 전 세계의 경제 구조와 인간들의 가치관 그 자체를 붕괴시킬 공산이 크다 보니, 절대로 섣불리 할 수 있는 짓은 아니었다.

"쓸모없는 남자라서 미안하군."

그렇게 기분이 상한 듯한 시늉을 하자, 크리스티나 양은 곤혹스러운 얼굴로 양 어깨를 으쓱거렸다. 물론 진심이 아니라는 사실 정도는 잘 알고 있을 테니, 어디까지나 서로의 속마음을 잘 아는 친구 간의 별것 아닌 장난 같은 대화였다.

"걱정 마. 금은보화만이 남자의 가치는 아니거든."

크리스티나 양의 의견에는 완전히 동의하고 싶다만, 여기서 그냥 넘어가는 것 역시 그건 그것대로 무기력하게 느껴졌다.

나는 그 가게를 뒤로하기 전에, 지금껏 신세를 진 마을 사람들의 몫까지 포함한 진주 장식품들을 구입했다. 나중에 사람들에게 선물할 때가 기대되는군. 기뻐해주기를 바랄 뿐이다.

우리는 그 이후로도 귀족 계급을 대상으로 한 가게들을 몇 군데 정도 돌아다니다가, 대로변의 카페테리아로 들어가 마음 편히 휴식 시간을 가졌다.

그런데 거기서, 우연히 뒤숭숭한 소문을 들었다.

남아도는 시간을 주체 못 하는 걸로 보이는 하급 귀족 부인 일행이, 요즘 유행하는 반투명 세공을 한 부채를 써서 입가를 가린 채로 목소리를 낮춰 이런 대화를 나누기 시작한 것이다.

그녀들끼리 말하기로는, 최근 몇 달 동안에 걸쳐 누군가가 매일 밤마다 죄 없는 백성들을 죽이고 다니는 잔인하기 짝이 없는 사건들이 연속으로 발생되고 있는 모양이다. 사람들이 살해당한 장소에는 정체불명의 젖은 발자국이 적지 않게 남아있는데다가 하나 같이 물갈퀴가 달려 있는 걸로 봐서, 범인은 인간이 아닌 걸로 추정된다. 범인은 바다의 정령? 아니, 가까운 바다를 서식지로 삼는 어인이 아닌가? 혹은 사교(邪敎) 집단이 소환한 해마일지도 모른다. 부인들은 그런 식으로 즐겁게 소문에 관한 이야기를 나누고 있었다.

실제로 몇 명이나 사망자가 나왔는데도 불구하고, 그녀들은 마치 구경거리에 관한 이야기를 하듯이 위기감이나 동정심이 결여되어 있는 것 같군.

어차피 남의 일이라는 건가? 나는 좀 더 자세한 정보를 입수하기 위해, 우리를 따라온 세바스찬에게 낮은 목소리로 물었다.

"세바스찬 씨?"

"예. 말씀하시지요, 드란 님."

"방금 전, 저쪽의 부인 분들께서 피비린내 나는 사건이 연속 발생하고 있다는 대화를 나누고 계시더군요. 혹시 짚이는 데가 없으십니까?"

세바스찬은 아주 잠시만 골똘히 생각하는 듯한 거동을 보이더니, 나의 눈동자를 똑바로 바라보다가 입을 열었다. 들려주기 적합한 상대라는 판단이 섰나?

"있긴 있습니다. 바다로부터 올라온, 두 다리로 걷는 정체불명의 존재가 야음을 틈타 민가로 침입해 들어가서 주민들을 살육하거나 납치한 것으로 추정되는 사건이 잇따르고 있습니다."

"바다로부터, 올라왔단 말입니까? 그리고 발자국에는 물갈퀴 같은 흔적까지 있었다고요?"

"그렇습니다. 이 지방 사람들은 아주 옛날부터 엇비슷한 사건이 있었다는 이유로 겁을 먹고 있으며, 골네브 지도부는 이를 해마들의 소행으로 판단한 모양입니다. 바다를 다스리는 신들에 대한 기도와 신관 전사단의 파견 등까지 검토 중이라더군요."

"바다의 마물을 상대하는데 바다의 신에게 힘을 빌리겠다는 건가요? 올바른 판단이군요. 하지만 소수의 해마들이 소란을 피우는 정도는 큰 문제가 아니겠으나, 그 녀석들이 본격적인 침공을 계획하고 있을 경우엔 지상만의 문제가 아닐 겁니다. 아니, 순서가 반대로군요. 해마들은 바다 속의 싸움을 평정하고 나서야 지상으로 침략의 마수를 뻗어올 겁니다."

"인어나 바다 속을 본거지로 삼고 있는 용종들을 먼저 상대해야 한다는 겁니까? 태곳적부터 그들은 지상의 생물들과 상관없는 데서 치열한 싸움을 벌여왔다지요. 때로는 섬나라나 대륙에게까지 막대한 피해를 입힐 정도의, 그야말로 이 세상의 광경 같지 않은 싸움이었다더군요."

"무척이나 박식하시군요. 바다의 넓이를 고려할 땐 오직 골네브에만 영향이 있으리라곤 예측하기 힘듭니다만, 괜한 풍파가 일어나지 않기만 기도할 뿐입니다. 특히 파티마 같은 경우엔, 끔찍한 현장을 보자마자 몹시 마음 아파할 테니까요."

"동감입니다. 아가씨께선 너무나 다정한 천성을 타고나셨거든요."

나는 세바스찬에게 감사 인사를 한 다음, 그로부터 떨어졌다.

그나저나 참으로 뒤숭숭한 이야기로군. 세계 각지를 무대로 빈번히 발생하고 있는 위기들을 처리해 온 나의 근황을 고려하자면, 여기서도 한 바탕 소란이 벌어질지도 모르겠다.

흠, 지금부턴 경계를 엄중히 하는 편이 좋아 보인다.

나는 한창 이야기꽃을 피우고 있는 세리나나 파티마 일행들과 달리, 혼자서 침울한 기분에 잠겨 있었다. 얼마 전 만난 류키츠의 태도로부터도 신경 쓰이는 낌새를 느낀 참인데, 아무래도 세리나와 만난 이후의 나는 가는 데마다 위험과 맞닥뜨리는 경향이 있군.

나는 마음속으로 남몰래 혼잣말을 중얼거렸다.

†

"우와아~."

그렇게 들뜬 심정을 잘 표현한 감탄사가, 백사장이 펼쳐진 바닷가로 녹아 들어갔다.

귀족들을 위한 용도의 상업 구역까지 가서 쇼핑을 끝마친 우리들은, 파티마와 그녀의 고용인들을 따라 바다에 도착했다.

바다를 난생 처음 보는 세리나가, 진심 어린 놀라움과 기쁨의 감정에 따라 크게 함성을 지른 것이다. 몇 번이나 바다를 구경한 적이 있는 탓일까? 크리스티나 양이나 네르 등은 세리나만큼 놀라진 않았지만, 온몸으로 기쁨을 표현하는 세리나를 향해 따뜻한 미소를 짓고 있었다.

"에헤헤, 그만큼 좋아해주니 초대한 보람이 있는 것 같아~. 음~, 하지만 바제 양은 별로 즐겁지 않아 보여~."

파티마는 오로지 그것만이 유감스럽다는 듯이, 우리와 거리를 벌리고 있는 바제의 옆얼굴을 바라봤다. 풍만한 가슴 앞으로 팔짱을 낀 바제는, 뚱한 얼굴로 푸르른 해수면 위를 응시하고 있었다―보다 정확한 표현으로는, 노려보고 있었다.

다홍빛 비늘로 휩싸인 꼬리가 초조한 듯이 좌우로 흔들리자, 그 꽁무니가 하얀 모래를 흩뜨렸다. 아직 한참 젊은 나이니 어쩔 수 없다지만, 자신의 심정이 너무 솔직하게 몸으로 나오는군.

"흠, 불 속성을 띠고 있는 바제는 필연적으로 바다와 잘 어울릴 수가 없는 체질이거든. 그런 이유로 언뜻 볼 땐 몹시 불쾌한 상태라는 인상을 받는 거야. 하지만 특별히 불만에 관한 언급 없이 우리와 함께 있는 이상, 정말로 심각하게 기분이 나쁜 건 아니야. 아마도 모래 장난이나 뱃놀이 정돈 함께 즐길 수 있지 않을까 싶군."

"정말?"

"응, 내가 보증할게."

물론 선뜻 승낙할 리야 없겠지만, 나나 파티마가 진심으로 하는 부탁까지 매몰차게 거절하진 않을 듯이 보였다. 저래 봬도 바제는, 꽤나 파티마를 마음에 들어 하는 듯한 구석이 있다. 이대로 친밀한 교류를 이어감에 따라, 지금보다 더더욱 마음을 열 날 또한 가까울지도 몰라.

"바제, 마치 부모의 원수라도 보는 듯한 눈으로 바다를 바라보지 마라. 우선, 뺨의 힘을 좀 더 풀어. 파티마를 본받아서, 나처럼 말랑말랑한 분위기를 연출해 봐."

바제는 바다를 바라보던 날카로운 시선을 곧장 나에게 향하더니, 「흥!」 소리가 나도록 코웃음을 쳤다. 바제의 「흥!」이나 「하!」같은 소리가 나는 코웃음은, 나의 「흠」과 비슷하게 단순한 버릇에 불과했다. 요컨대 코웃음을 쳤다는 이유로 반드시 기분 나쁜 상태는 아닌 모양이군. 물론 바제의 매우 거친 성정으로 판단하자면, 거의 항상 불쾌한 상태일 테니 그렇지 않을 때의 그녀와 만날 기회는 흔치 않겠지만 말이다.

"그렇지 않아도 야무지지 못한 네 얼굴이 지금은 더욱더 풀려 있단 말이다. 꼴불견이라는 사실 정돈 스스로 알고 있어라."

"흠, 꽤나 호된 대답이 돌아왔군. 그런데 바제야, 사실 나는 이날 이때까지 네가 웃는 얼굴을 거의 본 적이 없다. 모르긴 몰라도 네가 웃는 얼굴은 대단히 아름답지 않을까 싶다만, 가끔씩이나마 그 풍한 얼굴로 미소를 지어줄 순 없겠느냐?"

나의 소망을 듣자마자 곧장 얼굴을 돌린 바제는, 머나먼 바다의 저 너머로 시선을 되돌렸다.

"다, 닥쳐라. 나는 네가 하는 말은 일일이 진지하게 받아들이지 않기로 결심했다."

좌우로 흔들리던 바제의 꼬리가 상하로 흔들리기 시작하더니, 붉은 연꽃 같은 빛깔의 곱슬머리 사이로 엿보이는 뾰족한 귀가 빨갛게 물들었다.

이 녀석은 지금, 쑥스러워 하는 걸로 보이는군. 정말로 귀여운 아가씨야. 고분고분한 바제를 보고 싶은 마음이 들기도 하지만, 지금 상태로도 충분히 매력적으로 느껴졌다.

신이 난 나는 바제를 좀 더 놀려보기로 마음먹었다.

"그렇군. 꽤나 섭섭한 소릴 다 하는구나. 그런 말을 하는 걸 보니, 더 이상 너의 보금자리로 놀러가긴 힘들겠다."

"흐, 흥! 너, 너, 너, 너의 얼굴을 안 볼 생각을 하니, 소, 속이 다 시원하다!"

"바제와 만나지 못 하게 되는 건, 나한텐 무척이나 섭섭하군."

"으, 으음? 그, 그러냐?"

흐음. 바제는 불안한 마음이 들 때마다 꼬리를 약간 마는 버릇이 있군.

바제 녀석, 몸이 자신의 속마음을 솔직하게 표현하고 있다는 사실을 언제쯤 깨닫게 될까?

그런 식으로 바제를 놀려먹는 동안, 파티마나 세리나는 신나게 모래사장을 향해 밀려오는 물결로 놀고 있었다.

흐음, 참으로 사랑스럽군. 방금 벗은 신발을 손에 든 채로 신나게 웃으면서 발바닥을 어루만지는 물결과 노는 소녀들의 모습을 지켜보던 나의 얼굴표정은 자연스럽게 풀려 버렸다.

루우나 류키츠까지 데려 왔다면, 더욱더 즐거운 시간을 가질 수 있었으리라. 하지만 오지 않은 이들에게 미련을 가져 봤자 아무 소용없었다. 지금은 눈앞의 행복을 만끽할 뿐이다.

"아하하, 차갑고 시원해~. 드란도 어서 와~."

파티마에게 불린 순간, 나는 손짓과 함께 지금 가겠다는 대답을 입에 담았다. 우리가 놀러온 모래사장 일대는 파티마의 가문이 소유하고 있는 사유지인 관계로, 우리들 말고는 아무도 없었다. 주위의 눈에도 신경 쓴 결과, 근방 일대를 뒤덮는 은폐 결계의 효과로 멀리서 이곳을 훔쳐볼 수도 있는 제3자의 시선을 차단한 모양이다.

평민한테는 용납될 리가 없는, 지나치게 쓸데없이 사치스러운 구조였다.

바제는 변함없이 당당히 서서 부동의 자세를 유지하고 있었다. 흠, 마음이 내킬 때까지 기다려야 하나?

나 역시 물가로 가기 위해 신발을 벗은 맨발바닥으로 태양열을 받아 가열된 모래를 밟았다. 예상보다 조금 더 뜨겁긴 하군.

용궁성을 방문할 땐 머리로부터 바다로 뛰어들기도 했다만, 이렇게 인간의 모습으로 몰려오는 물결을 즐기는 것 또한 나쁘지 않게 느껴졌다.

모래사장으로부터 뻗어 있는 부두에는 작은 배가 몇 척이나 묶여 있는 듯이 보였다. 저 배는 우리가 쓸 수 있는 밴가? 나중에 기회를 봐서 파티마에게 물어보자.

우리가 제각각 바다에 대한 반응을 보이고 있자니, 파티마가 큰 소리로 우리를 불렀다.

그녀는 어느 틈엔가 바닷가에 지은 가옥 안으로 들어간 모양이다. 약간 열린 문틈으로 조그맣게 얼굴을 내민 자세로 손짓을 하고 있다.

흐음, 저런 식으로 크게 고함을 지르는 행동은 교육 담당에게 경박하다는 이유로 혼날 것 같다만…… 가정교육에 관해선 큰 집착이 없는, 너그러운 분위기의 가문일지도 모르겠군.

"얘들아~, 날 따라와~! 수영복을 준비해 놨거든~."

이 지방의 물놀이라 함은 유명한 모래 장난이나 뱃놀이, 조개 수집 등을 제외하고도 물을 흡수하지 않는 성질의 특수한 천이나 가죽 등으로 만든 작은 면적의 속옷 같은 옷을 입고선 헤엄치러 나가는 놀이를 가리킨다.

수영복들은 목부터 허벅지까지 빈틈없이 뒤덮는 종류가 있는가 하면, 가슴이나 다리 사이만 가림으로써 배나 배꼽 등이 노출되어 있는 종류나 가슴부터 시작해서 배와 하복부까지 가리는 종류까지 무척이나 다양한 모양이다. 공교롭게도 그러한 종류의 물건들은 평민들의 기준으론 무척이나 값이 비싼데다가 내륙의 베른 마을 출신인 나하곤 전혀 인연이 없는 물건이었기 때문에, 그다지 자세히 알고 있는 것은 아니었다.

목욕용 가운의 물놀이 판으로서, 꽤나 맨살의 노출이 많은 발칙한 복장이다— 라는 정보만을 단순한 지식으로 알고 있는 정도였다.

우리는 한꺼번에 소나무 아래 자리 잡고 있는 가옥으로 발걸음을 옮겼지만, 바제만은 지금껏 서 있던 데서 바다를 잠자코 바라보고 있을 뿐이었다.

"바제, 안 올 거냐?"

"나에게 인간들의 옷은 무의미하다. 그리고 지금은 바다로 들어갈 기분이 아니야. 너나 얼른 다녀와라."

하긴 자신의 피부나 비늘을 옷 모양으로 변화시킬 수 있는 바제는, 자유자재로 옷을 만들 수 있다. 그러한 사실을 고려하자면, 그녀에게 수영복 따위는 완전한 무용지물이었다.

바제를 혼자만 바깥에 남기게 되는 셈이지만, 멋대로 어디론가 놀러갔다가 미아가 될 리는 없을 것이다. ……흠, 혹시 어린아이 취급이 조금 지나쳤나?

얼른 오라는 의미로 손짓을 하는 파티마를 따라, 우리는 그녀를 향해 달려갔다.

바다로 와서 물놀이를 할 때만 이용하기 위해 지은 가옥은 단층집이었지만, 그럼에도 불구하고 고향의 우리 집 정도는 몇 채나 들어가고도 남을 만큼 드넓기 그지없었다.

새하얀 돌을 면도날 하나만한 빈틈조차 없이 빼곡하게 쌓아 올렸으며, 바닥 타일의 모양들은 하나 같이 무척이나 참신하게 보였다. 현관에 깔려 있는 작은 카펫 하나부터 별장의 가구들과 거의 차이가 나지 않는 품질과 품격을 자랑하는 것 같군.

흐음, 빈부격차라는 개념에 관해 진절머리가 날 만큼 교육받고 있는 기분이 드는군.

실내는 남녀가 쓰는 방이 따로 구분되어 있었다. 나는 아까 전부터 따라다니던 안경 집사님을 따라 현관 오른쪽 통로의 한 방으로 발걸음을 옮겼다. 평상시에는 객실로 이용되는 듯이 보이는 방으로 들어온 나는, 준비되어 있던 수영복으로 갈아입었다.

남자들이 착용하는 수영복은 기본적으로 하반신의 허리부터 사타구니까지 감춘 다음, 상반신에는 아무 것도 입지 않거나 셔츠를 걸쳐 입는 정도라는군. 여성용에 비해선 사용할 천이 적은 관계로, 비교적 저렴한 모양이다. 역삼각형 모양의 아슬아슬한 것까지 준비되어 있었지만, 개인적으론 그 정도까지 과감한 도전을 할 생각은 들지 않았다. 그런 고로, 내가 선택한 것은 무릎까지 가리는 반바지 모양의 짙은 연보랏빛 수영복이었다.

신고 다닐 샌들까지 준비되어 있었던 관계로, 거리낌 없이 빌렸다.

뜨거운 모래사장을 걷는 데는 평범한 가죽 구두보단 샌들이 훨씬 편하고도 기능적일 것이다.

나는 잽싸게 수영복으로 갈아입자마자 허리끈을 느슨히 묶었다. 이제 준비는 다 끝났다. 나는 돌출된 자신의 복근을 있는 힘껏 두드렸다. 흠. 그러고 보니 우리가 수영복으로 갈아입는 동안, 고용인 여러분은 비교적 얇은 옷감의 긴 소매에다가 옷깃까지 달린 복장을 입고 있군. 땀 한 방울조차 흘리지 않다니, 일류 고용인으로서 교육받은 성과는 더위조차 능가한단 말인가?

그들의 복장으로부터 물이나 얼음의 마력은 느껴지지 않으니, 냉각화 효과를 지닌 마법이 부여된 상태는 아닌 모양이다. 그런 고로, 그들의 순수한 인내력에 관해선 경의를 표할 수밖에 없다.

모르긴 몰라도 여성들이 옷을 갈아입을 때는 시간이 좀 더 걸릴 테니, 나는 한동안 기다려야 할 걸로 예상되는군. 기다리는 동안 바제와 잡담이라도 하면서 시간을 죽이기로 결심한 나는, 안경 집사님에게 양해를 구했다. 그리고 밖으로 나오자마자, 바제에게 되돌아갔다.

아직 바다와 눈싸움을 하고 있을 걸로 예상되는 그녀를 보기 위해, 현관문을 연 나의 시야로 들어온 것은 바제의 엉덩이와 거기서 뻗어 나온 다홍빛 비늘로 뒤덮인 꼬리였다. 일단 엉덩이와 꼬리는 아까와 전혀 다르지 않았으나, 다른 데가 변한 듯이 보였다. 등 뒤로부턴 조금 알아보기 어려웠지만, 바제의 복장이 어딘지 모르게 아까와 다른 것처럼 보였던 것이다.

원래부터 바제의 옷차림은 배꼽이 나와 있는데다가 가슴팍이 크게 열려 있다 보니 깊은 가슴골을 언제든지 마음껏 구경할 수 있을 뿐만 아니라, 허벅지 정도가 아니라 사타구니와 아주 가까운 부분까지 아슬아슬하게 다 보이는 복장이었다. 그런 고로 노출 면적 자체는 거의 변함이 없었지만, 복장의 재질 자체가 분명하게 변화된 상태였다.

"흐음?"

나는 「어라?」라는 의미가 담긴 평소의 입버릇을 흘린 다음, 모래사장에 발자국이 남도록 바제의 옆으로 돌아 들어가자마자 신경질적인 아가씨의 얼굴을 똑바로 들여다봤다.

바제는 변함없이 팔짱을 낀 채로 바다와 눈싸움을 하고 있었지만, 나의 예상은 확실하게 들어맞았다. 그녀의 복장은 우리가 수영복으로 갈아입으러 들어가기 전과 확실하게 달랐다.

평상시의 바제는 핑크빛의 얇은 옷감으로 최소한의 부분만 가리고 다니는 선정적인 차림새였지만, 지금은 훨씬 더 과격한 모습이었다. 평소와 똑같은 핑크빛의 작은 삼각형 천으로 누르고 있는 가슴은, 거의 흘러넘치기 일보 직전처럼 보였다. 아마도 아주 약간의 움직임만으로도 전부 다 나와 버리고야 말리라. 그야말로 이보다 더할 수 없을 만큼 대담한 수영복 모습을 자랑하는군. 바제가 예리한 눈초리로 나를 노려봤다. 팔짱을 낀 팔의 압박을 받은 가슴이 더욱더 강조되어, 터무니없는 장관을 연출하는 중이었다. 만약 벨크나 제논까지 따라왔다면, 지금 보는 광경을 영원히 기억하고자 눈알이 빠져 달아날 만큼 최선을 다하지 않았을까 싶군.

"나머지 여자들은 아직 옷을 다 못 갈아입었나?"

"몸의 일부를 변화시킬 수 있는 너하곤 전제조건부터 달라. 너무 재촉하지 말아다오."

"흥! 저 녀석들한테 타인을 너무 오래 기다리게 하지 말라는 교육을 시킬 생각은 없는 거냐? 최소한 그 정도 말은 얼마든지 편하게 할 수 있는 사이 아닌가?"

"이럴 때는 여성들에게 마음껏 채비할 시간을 준 다음, 끝날 때까지 잠자코 기다려야만 남자의 체면이 서는 걸로 알거든."

"너는 정말로 얼빠진 녀석이군. 흥! 뭐, 어찌됐건 나하곤 상관없다."

"흠? 평소와 마찬가지로 호되기 그지없다만, 사실 나의 주위 사람들 가운데 너처럼 말해주는 상대는 상당히 적은 편이야. 너의 의견은 항상 귀중한 참고자료로 삼고 있단다. 그런데 바제야, 그 수영복 차림 말인데……."

의도적으로 회피하고 있던 바제의 수영복에 대한 언급을 드디어 입에 담은 순간, 바제의 꼬리가 기대와 불안을 느끼고 있을 때처럼 마구 흔들렸다. 좀 더 빨리 복장의 변화에 관해 언급해주기를 바라던 걸로 보이는군. 아니, 혹시 반대로 언급을 피해주기를 바라던 건가?

참고로 여자들은 이럴 땐 칭찬을 듣고 싶긴 하지만, 반대로 안 어울린다는 말을 들을 수도 있기 때문에 몹시 불안한 모양이다. 파티마와 이리나에게 빌린 연애 소설로부터 얻은 지식이다.

솔직히 그 지식들의 신빙성에 관해선 확신이 안 간다만, 주위 사람들 가운데 연애 같은 분야에 능숙한 이가 없다 보니 어쨌거나 지금은 믿어볼 수밖에 없다.

나는 사랑하는 소녀의 마음이라는 요소가 인간의 수많은 심리들 가운데 특히나 이해하기 어렵다는 사실을, 인간으로 환생한 이후로 몇 번이나 실감한 바 있다. 요컨대 지금의 심리 상태는 이른바 지푸라기라도 잡는 심정에 가까웠던 것이다.

"흥! 인간들은 이런 차림을 즐기는 모양이니, 대충 맞춰준 것뿐이다. 인간들을 상대할 땐 인간들의 습관을 따르라는 너의 잔소리가 귀찮았을 뿐, 결단코—."

수영복으로 갈아입은 이유를 멋대로 해명하기 시작한 바제의 모습은, 차분하지 못한 꼬리의 움직임과 아우러지다 보니 꽤나 사랑스럽게 느껴졌다.

최근 들어 바제의 이런 모습을 볼 기회가 꽤나 늘었다. 나한텐 정말 훌륭한 눈요깃거리였다.

"잘 어울리는구나."

어쨌거나 나는 솔직한 소감을 입에 담았다. 나의 진면목은 쓸데없이 에둘러 말하는 것보단 솔직한 말투를 쓰는 걸로 자부하고 있거든.

그 한 마디를 듣자마자 입을 다문 바제의 꼬리가 철사로 꿴 것처럼 꼿꼿이 뻗었다가 굳어 버렸다. 흠, 효과는 탁월했던 모양이군. 나는 최근 들어 바제를 다루는 방법을 깨우친 것 같다.

아니, 나의 깨우침보단 바제의 태도가 예전에 비해 상당히 부드러워진 탓인가?

나는 그녀가 루우만큼 자신을 따라주길 바라는 건 아니다. 하지만 지금보다 조금만 더 솔직한 모습만 보여준다면, 개인적으로 더할 말은 없었다.

"……그, 그러냐?"

"음. 용의 모습을 하고 있을 때부터 그렇긴 하지만, 드래고니안의 모습을 본뜨고 있을 땐 매력적인 몸매가 폭력적일 만큼 두드러지니까 그 옷차림은 약간 자극이 심한 편이긴 하군."

"으으, 닥쳐라! 인간들의 관습에 따라 일부러 이런 차림을 하고 있는 것만으로도 얼마나 양보를 하고 있는 줄 알긴 하냐?!"

나는 새빨간 얼굴로 어깨를 으쓱거리는 바제를, 말에게 하는 요령으로 달랬다. 나 원 참…… 칭찬을 듣고도 이런 반응을 보이다니, 정말 성가신 아가씨로군.

팔짱을 끼고 있던 팔을 푼 관계로, 지금껏 팔로 억눌려 있던 커다란 가슴이 폭력적으로 출렁거렸다. 그렇다, 저건 사실상 시각적인 폭력이나 마찬가지야.

흐음? 바제 녀석, 처음 만났을 때보다 가슴이 약간 커진 것 같군.

앞으로 몇 번이나 탈피 과정을 거치게 될 테니, 그에 따라 육체의 성장은 더욱더 촉진되리라. 그 결과, 장차 드래고니안 상태의 몸매 또한 훨씬 더 성장할 것으로 예상된다.

물론 지금 상태로 나의 수명은 길게 잡아 봤자 앞으로 70년 정도일 테니, 바제가 성장을 마치는 모습을 볼 순 없을 것이다. 세리나나 디아드라, 루우와 드라미나보다 먼저 이 세상을 떠나야 한다는 건 역시나 조금 시원섭섭하군.

"그런데 바제야. 그러한 옷차림이 익숙하지 않다 보니, 너무 무방비하구나. 욕정에 사로잡힌 내가 너를 덮치기라도 할 땐 어쩔 테냐? 네 힘 정도론 별다른 저항조차 못 할 텐데?"

"어?"

얼굴을 붉게 물들이고선 날카로운 어금니가 드러날 만큼 불 같이 화난 표정으로 으르렁거릴 줄 알았다만, 바제는 나의 지적을 상상조차 한 적 없다는 듯이 넋 나간 반응을 보였다.

"흠?"

이건, 처음 보는 표정이군. 나는 그녀의 이런 얼굴을 좀 더 보고 싶다는 느낌이 들었다. 어디 한 번, 조금만 더 놀려볼까?

"인간의 몸은 만년 발정기 상태거든. 너만큼 매력적인 암컷과 함께 있을 때는, 거의 항상 욕망을 느끼고 있는 거나 마찬가지야."

대부분의 지적 생명체들은 그러한 욕망을 억제하기 위한 용도의 이성을 갖추고 있다 보니 충동적인 욕망을 참을 수 있지만, 여유를 상실한 바제는 거기까진 생각이 안 미치는 모양이다.

"아니, 멍, 아, 으……."

"걱정 마라. 아무리 네가 난폭하다 한들 너를 데려가주는 상대는 반드시 나타날 거야."

……혹시 나의 이런 구석이, 여자들의 마음을 모른다는 지적을 많이 받는 원인일까?

"……."

바제는 드디어 할 말을 잃었다. 예전에야 그녀가 이런 반응을 보일 경우엔 온힘을 다한 화염 탄환을 발사해 올 가능성을 무시할 수 없었으나, 지금 짓고 있는 표정으로 판단할 땐 곧장 그렇게 나오진 않을 것 같다. 정말로 나에 대한 태도 자체가 많이 부드러워진 것이다.

뭐, 바제의 외모는 상당히 아름다운 편이니 남편감 정도야 따로 신경 쓸 필요 없이 금방 찾을 수 있으리라. 바제가 고개를 숙인 채로 입을 다물자, 그제야 옷을 다 갈아입은 파티마 일행이 건물 밖으로 나왔다.

"드~란, 보다시피 다들 갈아입고 나왔어~. 오래 기다렸지?"

"흠, 원래 예상하던 시간보단 짧게 걸린 것 같군."

파티마의 목소리가 들려온 방향으로 고개를 돌리자, 제각각 개성적인 수영복으로 갈아입은 여성진들의 모습이 나의 시야로 들어왔다.

뱀의 하반신을 지닌 세리나의 경우엔 수영복을 조달하기 어려웠던 모양으로, 허리에다가 오렌지 빛 수건을 두르고선 무늬가 들어간 천을 가슴에 얹었을 뿐이었다. 하지만 바다로 놀러 왔다는 상황까지 어우러지다 보니, 평소의 두 배 정도는 사랑스럽게 보였다.

물론 다른 일행들 역시 마찬가지였다.

파티마나 이리나, 레니아 등의 검소한 몸매를 지닌 소녀들은 주름 장식이 잔뜩 달린 원피스 스타일의 귀여운 수영복을 입고 있었다. 그녀들 또한 온몸으로 태양빛을 쬐면서 건강한 매력을 뽐내고 있었다. 기본적으로 저 아이들을 볼 땐 귀여운 동생이나 딸과 함께하는 기분이 드는군. 마음속의 부성애가, 방금 전부터 조금씩 밖으로 나오려 하는 중이다.

약간 뜻밖이긴 했지만, 크리스티나 양 또한 수영복으로 갈아입고 나왔다. 그녀가 입은 것은 가슴과 하복부만을 가린 노출도가 높은 수영복이었다.

다만 크리스티나 양은 바다로 들어갈 생각은 거의 없다는 듯이, 수영복 위로 얇은 카디건을 겹쳐 입었을 뿐만 아니라 넓은 챙의 밀짚모자를 쓰고 있었다.

네르 역시 활동성을 중시한 듯이 팔과 다리가 시원하게 다 보이는 파란 바탕의 수영복을 입고 있었다. 지금껏 마법학원의 남자들은 구경조차 할 수 없었던 맨살을 노출시키고 있었다.

두 사람 다 비쳐 보일 듯이 하얀 피부의 소유자들인 관계로, 피부를 햇볕에 태우다가 쓰라리지나 않을까 걱정될 정도였다. 하지만 자세히 보니, 다들 어딘지 모르게 윤기 나는 피부가 눈에 띄는군. 아무래도 피부가 타지 않도록 예방하는 연고 등을 바르고 나

온 모양이다.

"이건 참 자극적인 광경이로군. 제논이나 벨크가 나를 향해 질투의 화산을 분화시키는 것조차 당연하게 느껴질 정도야. 이 광경만으로도 바다까지 온 보람은 충분하고도 남아."

마법학원의 동급생들은 이 광경을 보자마자 졸도하거나, 절정에 달해버릴 지도 모른다.

"응. 지금껏 나날이 단련해 온 몸이야. 당연한 평가군."

네르는 의기양양하게 콧김을 몰아쉬더니, 허리에 손을 괸 채로 당당하게 가슴을 폈다. 희미한 근육이 붙어있는 네르의 몸매는, 일상적인 단련을 통해 철저하게 군살을 제거한 듯이 보였다.

틀림없이 칭찬하고 있는 중이긴 하다만, 그렇게 받아들이는 건 좀 엉뚱하지 않나? 네르여.

네르가 야릇한 반응을 보인 반면, 크리스티나 양은 쑥스러운 듯이 웃다가 나를 가볍게 나무랐다.

"후후, 고마워. 칭찬을 듣는 건 나쁘지 않은 기분이야. 하지만 반응이 너무 엉큼하군, 드란."

"그거야말로 엉뚱한 소리군. 이만한 미녀들을 상대로 아무런 반응을 보이지 않는 건, 남성 기능이 끝장나 있거나 이성에게 무관심한 이들뿐이야. 나한테도 평균적인 욕구 정돈 있어."

엄밀하게 따질 땐 인간의 육체적인 욕구가 있는 반면, 정신적으론 거의 없지만…… 그에 관해선 언급하지 않는 편이 나아 보였다.

"그대는 아직 젊은 나이로 메마른 인상이 있었으니, 안심해야 하나? 반대로 불안감을 느껴야 하나…… 고민되는군."

나는 분명히 같은 나이의 남학생들에 비해선 여자들을 징그러운 눈으로 쳐다보는 경우가 적다는 평판이 널리 퍼져 있는 편이었다. 오히려 저 녀석은 여자에게 관심이 없을지도 모른다는, 개인적으로 도저히 그냥 들어 넘길 수 없는 헛소문까지 나돌 정도였다.

물론 헛소문의 진원지는 즉시 파헤쳐 버렸지만 말이야.

"홋, 드란 씨의 마음에 들 만한 수준의 여자들이 마법학원을 다니지 않을 뿐이다."

레니아가 어딘지 모르게 언짢은 듯한 얼굴로 끼어들었다.

어쨌거나 여신 중 한 사람인 카라비스의 창조물로서는, 아버지로서 존경하는 나와 관련된 쓸데없는 헛소문이 퍼져 나가는 건 무척이나 불쾌하게 느껴졌던 모양이다.

레니아는 의외로 얌전하게 수영복을 입은 듯이 보였지만, 본인의 성격과 선택한 수영복 사이의 괴리가 엄청났다. 좋게 말할 땐 미끈한 선을 그리는, 솔직하게 말할 땐 유아적인 체형을 가리고 있는 것은 핑크빛 원피스 수영복이었다. 허리나 어깻죽지 등으로 여러 겹의 주름 장식이 달린, 앳된 모습을 강조하는 취향이었다.

본인의 태도와 상관없이, 사랑스러운 모습은 사랑스럽다. 더군다나 나를 아버지로서 사모하는 자칭 딸인 이상, 나한테는 더욱더 사랑스러울 수밖에 없었다. 최근의 나는 레니아에게 완전히 마음을 열어 버린 것 같군. 스스로 그렇게 판단할 수밖에 없는 상황이었다.

"레니아구나. 꽤나 사랑스러운 수영복인데, 혹시 네가 직접 골라온 거냐?"

"아니요. 저는 몸을 치장하는데 신경을 전혀 안 쓰는 성격이라, 파티마와 이리나가 마음대로 하도록 내버려뒀습니다."

오호라, 그렇게 된 거였군.

나와 만나기 전까지 레니아는 오로지 자신의 영혼을 해방시키는 데만 관심을 두고 있었으니, 몸을 치장하는데 신경을 쓸 리가 없었다. 이리나가 필사적으로 레니아를 여성답게 만들기 위해 노력하고 있었지만, 지금으로선 별로 결실을 맺지 못한 듯이 보인다.

레니아의 등 뒤에 숨는 식으로 자신의 수영복 모습을 나로부터 숨기고 있던 이리나가 무력하게 입을 열었다.

"레, 레니아……가 뭐라도 좋으니 얼른 고르라는 말밖에 안 해서, 정말 힘들었어요."

레니아의 등 뒤로 숨어 있던 이리나가 나를 곁눈질로 훔쳐본 순간, 얌전한 취향의 짙은 파란색 수영복이 나의 시야로 들어왔다.

이리나는 조금만 더 자신 있게 허리만 펴고 다니더라도 금방 남자들이 자연스럽게 몰려들 만큼 반듯한 외모의 소유자다 보니, 어중간한 자세와 태도가 무척이나 아깝게 느껴진다.

사실 레니아와 같이 다니는 한, 레니아가 발산하는 압력 때문에 평범한 남자들은 감히 그녀에게 말조차 못 걸겠지만 말이야.

"이리나의 마음고생이 심하겠군. ……그런 구석은 레니아답긴 하지만, 약간이나마 여자다운 마음가짐을 가져달라는 건 너무 어려운 부탁인가?"

"드, 드란 씨께서 그렇게 말씀하신다면, 이 레니아는 부족하게나마 이리나의 힘을 빌려서라도 여자다운 마음가짐이라는 걸 터득해 보이고야 말겠습니다!"

흠, 자신감이라곤 전혀 없어 보이는 표정이군. 레니아 나름대로, 본인이 여자답다는 개념과 철저하게 동떨어져 있다는 사실 정도는 정확히 이해하고 있는 모양이다.

"아니, 너는 지금 이대로라도…… 음— 약간이나마 타인에게 관심을 가지게 되기를 바라긴 한다만, 억지로 자기답지 않은 짓을 할 필요는 없지 않을까 싶구나."

"예."

레니아가 한숨 돌린 듯한 반응을 보이자, 나와 이리나는 동시에 조용히 웃었다.

이리나는 이렇게 자신 없는 레니아를 난생 처음 목격한 표정이군.

함께 온 일행의 수영복 차림을 언제까지나 즐기고 싶은 참이었으나, 모처럼 놀러온 바다를 만끽하지 않는 건 큰 손해였다.

물놀이를 한 경험이 있는 귀족 따님 3인방의 지도 아래, 우리는 오늘 오후 동안 실컷 놀다 가기로 마음먹었다.

세리나와 함께 모래로 된 성과 산이나 조각을 만들거나, 네르가 마법으로 연성한 얼음 오두막으로 들어가 다 함께 더위를 피하거나, 크리스티나 양과 부두의 작은 배 중 하나로 가까운 앞바다까지 나가보는 등, 우리는 눈앞의 바다를 거의 완벽에 가깝게 즐겼다.

다만 바제가 바다로 들어갔다가 주위의 바닷물을 끓는 물로 바꿔 버렸을 때는, 열기에 당해서 바다 위로 두둥실 떠오른 물고기들의 뒤처리 때문에 진을 빼야 했다. 나 원 참, 정말 손이 많이 가는 아가씨로군. 나에게 흠씬 혼이 난 바제는, 의외로 순순히 움츠러들더니 반박조차 하지 않았다. 하지만 이렇게 갑자기 태도가 수그러지니, 섬뜩하다고 해야 하나? 어디 가서 머리라도 다쳤냐는 소리가 턱밑까지 올라올 정도였다.

나에게 혼이 난 바제는 잔뜩 토라진 표정으로, 바닷가로 올라오자마자 흘러들어온 나무 위에 주저앉은 이후론 바다로 들어가려 하지 않았다.

나는 그녀를 격려하고 싶었지만, 보다 못한 세리나와 파티마가 친분을 쌓고자 그녀에게 말을 걸려는 모습이 시야로 들어왔다. 일단은 한시름 놓겠군.

그 이후로도 나는 뱀의 하반신을 꿈틀거리는 방식으로 헤엄을 치는 세리나를 붙잡은 채로 함께 수영을 하거나, 레니아나 이리나와 함께 바람의 마법을 써서 바다 속을 산책하기도 했다.

시에라는 목소리와 얼굴을 끝까지 감추고 있었지만, 그 동안 계속 파티마의 그림자 속으로 숨어 들어가 있던 걸로 보인다. 파티마가 말하기로는, 거기서 느긋하게 뻗어 있는 상태라는군.

체력이 남는 한 계속 놀다가 간신히 놀기를 멈췄을 무렵엔 온몸으로 상쾌한 피로감이 퍼져나갔다. 우리는 피부에 남아 있던 소금이나 바닷물을 깨끗이 씻기 위해, 해변의 가옥으로 돌아갔다. 나의 몸은 전체적으로 새까맣게 타 있었지만, 미리 피부가 타지 않게 예방하는 연고를 발랐던 여성진은 거의 타지 않았다.

평소와 다르게 다갈색으로 탄 피부가 건강한 매력을 띠고 있다는 건 인정한다만, 새하얀 피부와 다갈색으로 탄 피부 중 하나를 선택하기는 무척이나 고민되는군.

우리는 몸을 깨끗이 씻자마자 원래 옷으로 갈아입은 다음, 별장으로 돌아가기로 했다.

나 원 참, 즐거운 시간은 정말 순식간에 지나가 버리는군.

해변의 집을 나서서 별장으로 돌아가는 길의 바닷바람이 시원하므로, 마차를 타기보다는 걸어서 돌아가기로 했다.

메이드 여러분을 마차로 먼저 별장으로 향하게 한 다음, 우리들은 별장으로 이어지는 암벽 위의 돌바닥이 깔린 언덕길을 유유히 걸어갔다.

짐받이에 물고기들을 산더미처럼 쌓은 마차를 타고 가는 사람들이나 피부가 새까맣게 탄 어부 같은 사람들이 길을 가득 메운 가운데, 호위로 남은 안경 집사님과 메이드들의 안내를 받고 있는 우리 일행들은 굉장히 눈에 띄었다. 우리가 발걸음을 옮길 때마다 사람들이 좌우로 갈라져 길을 비우다 보니, 통행인들이 많은 것치고는 꽤나 순조롭게 나아갔다. 약간 미안한 기분이 안 드는 건 아니었지만, 귀족 아가씨들을 따라다니는 덕을 톡톡히 보고 있는 걸로 치자.

우리는 길을 가다가 노점상의 조개나 산호로 만든 공예품들을 구경하거나, 물고기나 조개로 만든 꼬치 등을 먹으면서 나아갔다. 그런데 길을 가던 나는 뜻밖의 사실을 깨달았다. 어느 틈엔가 파티마나 이리나, 세리나에 대한 바제의 태도가 상당히 부드러워진 것이다.

입을 열 때마다 퉁명스러운 소리만 골라 지껄이는 점이야 변함없다만, 길을 가다가 조개껍질로 간단한 목걸이를 만들거나 인형 같은 걸 만드는 식으로 꽤나 사이가 좋아 보인다.

나한테 혼나서 풀이 죽어 있던 참에 위로를 받은 탓이 커 보인다만, 그런 점을 감안하고도 정말 대단한 변화였다.

흠, 혹시 바제한텐 친구가 적— 다기보다는, 전혀 없는 것이 아닐까?

전 세계에 여기저기 흩어져 있는 군생 지역 몇 군데를 제외하자면, 용종들은 부모 자식끼리 살거나 단독으로 서식하고 있는 경우가 대부분이다.

바제는 산맥을 넘은 북방의 본가로부터 독립한 이후로, 아직 크게 시간이 경과하지 않은 젊은이였다. 혼자 살다가 은근히 고독감을 느끼던 그녀에게, 붙임성 있는 성격의 파티마가 가까이 다가가자마자 감쪽같이 넘어가 버린 걸로 보인다.

용의 감성을 지닌 이상에야 고독에 대한 내성은 인간들에게 비할 바가 아니겠으나, 말할 상대나 놀 상대의 존재 여부는 하늘과 땅만큼 엄청난 차이를 낳을 수밖에 없다.

학원으로 와서 학생들의 훈련을 도와주던 와중에도, 파티마나 이리나가 가져온 과자나 가벼운 식사를 먹고선 단계적으로 길이 드는 걸로 보였거든.

개인적으로 친구가 적은 인물을 떠올릴 때마다 가장 먼저 생각나는 이는, 유감스럽게도 다름 아닌 크리스티나 양이었다. 루우 역시 보는 관점에 따라선 믿음이 가는 가신들은 많지만, 친구라 부를 상대는 무척이나 적은 편이다. 아마도 나는 친구가 적은 이들과 인연이 깊은 모양이군. 그건 그렇고 바로 그 크리스티나 양은, 원래 입고 있던 셔츠 차림으로 돌아오고 나서도 밀짚모자를 쓰고 있었다. 어지간히 마음에 든 것 같군. 기분 좋은 얼굴로 작게 콧노래를 흥얼거리는 그녀를 쳐다보던 나는, 자연스럽게 미소를 지었다.

최근의 그녀는 성격 자체가 상당히 명랑해졌을 뿐만 아니라, 붙임성까지 예전보다 좋아졌다. 그 변화가 우리들과 친구가 된 덕분이라면, 친구가 된 보람이 적지 않겠군.

최근 들어선 예전과 같은 어두운 표정을 짓는 빈도가 현격하게 준 듯이 보인다.

가끔씩 가볍게 억센 성격의 피니아 양을 상대할 때마다 꽤나 피곤하다는 푸념을 하긴 한다만, 그러한 현상은 피니아 양과 좀 더 친해졌다는 증거였다.

"콧노래를 흥얼거리다니, 기분이 꽤나 좋아 보이는군. 크리스티나 양?"

"음, 뭐? 듣고 있었나? 그대한텐 늘 창피한 장면만 목격당하는 느낌이 드는군. 난 그냥 오기 전부터 예상하던 대로— 아니, 예상보다 훨씬 즐겁다 보니 무심코 흥얼거리던 것뿐이야. 그대 역시 즐거운 걸로는 나랑 마찬가지 아니었나?"

허리의 칼자루를 만지작거리면서, 크리스티나 양은 나에게 동의를 요구해 왔다.

"맞아, 몹시 즐겁긴 하더군. 언젠가 기회를 봐서 모두 함께 다시 오고 싶을 정도긴 하지만, 학원을 졸업하고 나선 다들 뿔뿔이 흩어질 테니 아마 쉽진 않을 거야."

"그건 어쩔 수 없는 일이야. 네르네시아나 파티마는 고향으로 돌아갈 텐 데다가, 그대 역시 베른 마을로 돌아갈 계획 아닌가? 나는…… 높은 확률로 학원을 졸업한 이후로도 가로아에 머물게 되지 않을까 싶군. 하지만 경우에 따라선 어디론가 시집을 가야할 지도 몰라."

지금껏 동급생들에게 장래에 관한 계획을 물은 적은 없었다.

혹시 파티마나 크리스티나 양 등은, 나보다 훨씬 장래의 선택지 가 적지 않을까?

귀족이라는 이유로 감수해야 하는 속박과 귀족이라는 이유로 주 어지는 특권을 저울질할 경우, 과연 어느 쪽이 더 무거울까……?

"그렇게 된단 말이지? 하지만 아마도 가로아에 머문다면, 적어도 크리스티나 양은 만나고 싶을 때마다 금방 만날 수 있을 테니 그나 마 불행 중 다행이야. 그나저나 크리스티나 양? 이렇게 놀러 올 때 까지 검을 가져 오다니, 정말 어지간히 애착이 깊은 모양이군."

스스로 칼자루를 만지작거리고 있었다는 사실을 깨달은 크리스 티나 양은, 손가락의 움직임을 멈추더니 쓴웃음인지 미소인지 분간 이 안 가는 어중간한 표정을 지었다.

그녀의 얼굴로부터 최근 들어 구경할 횟수가 줄었던 어두운 그 림자가 엿보였다.

"이건 나의 나쁜 버릇 같은 걸까? 응, 하긴 정이 들긴 많이 들었지."

나는 조금만 더 크리스티나 양의 개인적인 사정으로 파고들어 갔다.

"그렇군. 혹시 가족 분들 중 누군가에게 받은 물건인가?"

지금껏 사정을 헤아려 물어보지 않았던 내막에 관해 일부러 파고들어가자, 크리스티나 양은 조금 놀란 듯이 보였다. 그녀는 두 눈을 크게 깜빡이더니, 잠시 망설이다가 입을 열었다.

지금껏 함께 다니던 과정을 통해, 대답을 들을 수 있는 관계를 구축하는데 성공한 모양이다.

오늘 이 순간까지 최선을 다한 자기 자신을 칭찬해주고 싶다는 기분이 들 정도야.

"아버지에게 받은 물건이야. 드란은 귀족 연감을 대강 훑어본 적이 있는 모양이니, 마법학원 학생들 사이에 소문이 나도는 우리 가문에 관해선 어느 정도 파악하고 있지 않을까 싶은데? 지금껏 물어보지 않은 건 나에 대한 배려 아니었나?"

"흠, 대충 그런 셈이야. 크리스티나 양의 아버님께선 알마디아 후작 가문의 당주님이시더군. 왕국이 건국된 이후로 혈통을 유지해 온 유서 깊은 일족으로서, 멀게나마 왕가의 혈통과 이어져 있는 걸로 알아. 과거의 베른 마을을 비롯한 북방 변경을 개척하신 분께서 크리스티나 양의 부계 쪽 할아버지뻘인 모양이니, 개인적으론 무척이나 깊은 인연을 느끼는 혈통이야. 올 초봄쯤에 크리스티나 양이 베른 마을로 체류하러 왔던 것 역시, 할아버님과 관련 있었나?"

"응. 그대는 이미 알고 있겠지만, 나는 아버지가 유랑 극단의 일원이었던 어머니로 하여금 낳게 한 사생아야. ……그렇다곤 하지만, 어머니가 아버지와 금방 헤어진 관계로 아버지는 나의 존재초자 몰랐다더군. 나 역시 아버지가 후작이라는 사실을 알게 된 시점은 어머니가 돌아가신 이후였지. 그때까진 모녀끼리 힘을 합쳐 살아 왔어. 처음으로 아버지를 만나 뵈러 갔을 땐 생활수준이 너무 다르다 보니 꿈이라도 꾸는 것 같더군."

크리스티나 양은 결심을 굳힌 듯이 어딘지 모르게 후련한 얼굴로 지금껏 살아온 인생 역정에 관해 설명했다.

"다만 아버지를 만나 뵈러 가서 봤던 배다른 오빠들이나 의붓어머니들의 시선은 이제 와서 돌이켜 봐도 숨이 막힐 정도였지. 뭐, 딱히 아버지의 학대를 받은 적은 없을 뿐만 아니라 제대로 된 교육과 의식주까지 제공해 주셨으니 토를 다는 건 벌 받을 짓이야. 그리고 할아버지는 첩의 자식인 나에게도 공평하게 마음을 주셨거든. 개척할 당시의 고생담 등을 들려주셨지. 베른 마을을 보고 싶다는 생각을 하게 된 원인은 바로 그 할아버지의 이야기들을 듣던 탓이야."

우리와 함께 걷고 있던 파티마나 네르 뿐만 아니라 레니아 일행까지 귀를 기울이고 있었지만, 크리스티나 양은 별반 신경 쓰이지 않는 모양이었다. 크리스티나 양이 첩의 자식이라는 소문은 마법학원 학생들 사이로 널리 퍼진데다가, 추가로 인간을 초월한 미모는 그녀를 더더욱 가까이 가기 어려운 존재로 만들고 있었다.

"베른 마을로 가서 한 경험은 아직껏 보석처럼 빛나고 있어. 이렇게 그대들과 같은 최고의 친구들과 만날 수 있었을 뿐만 아니라, 새로운 삶의 보람까지 생겨났거든."

나는 그러한 대사와 함께 밝게 웃는 크리스티나 양과 다를 바 없는 진심을 담아, 똑같은 미소로 그녀에게 답했다.

"그렇게 여겨주는 크리스티나 양한텐 더 할 말이 없군. 크리스티나 양과 만날 수 있었던 건, 나에게도 너무나 좋은 일이었어."

제3장 동란의 바다

별장이 조금씩 보이기 시작할 무렵, 수평선의 한복판까지 가라 앉은 석양은 근방 일대를 피가 연상될 만큼 강렬한 붉은빛으로 물 들이고 있었다.

붉디붉은, 불길한 예감까지 들 정도의 붉은빛이었다.

마치 저무는 석양이 세계에 뚫린 구멍이며, 그로부터 피가 마구 흘러나오는 듯한 붉은빛이다.

혹은, 저 광경 자체가 「그들」을 불러들였는지도 모른다.

한창 크리스티나 양과 담소를 나누던 나는, 바다로부터 암벽을 기어올라 가까이 접근해 오는 기척을 느끼자마자 오늘의 멋진 기 분을 완전히 잡치고 말았다.

나는 즉시 별장에 두고 왔던 장검을 손 안으로 전송시켰다.

곧이어 레니아와 크리스티나 양, 네르가 똑같이 반응을 보이더 니 각자의 무기들을 들었다.

바제는 이 인원들 중에선 나에게 버금가는 예민한 감각 기관을 지닌 걸로 안다만, 파티마와 즐겁게 담소를 나누다가 꺼림칙한 기 척을 깨닫는 시점이 조금 늦었군.

그리고 우리의 변화를 감지한 세리나와 시에라, 그리고 호위 메 이드들과 안경 집사님까지 잇달아 전투태세를 갖췄다. 파티마의 그림자 속으로부터 뛰쳐나온 시에라는, 벌써 태양이 기운 시간대인 관계로 활동하는데 큰 하자는 없는 모양이다. 이미 파티마를 지키기 위한 자리로 이동한 시에라는, 온몸으로부터 전투용 마력을 발산시킴으로써 잿빛 바람을 주위로 불러들였다.

갑작스럽게 바다 냄새가 물씬 풍겨 왔다.

다만 이 냄새에는 폐 속이 문드러질 듯한 썩은 냄새가 섞여 있다.

"흠……."

나는 맡은 적 있는 악취로부터, 귀족 부인들이 이야기하던 정체불명의 살인사건을 떠올렸다.

혹시— 아니, 따지고 들어갈 필요조차 없이 이 녀석들이 범인인가?

"이 녀석들은 해마의 권속이군. 물 속성의 공격은 절대로 쓰지 마."

나는 지금부터 싸우게 될 상대의 정체가 해마라는 사실을 주위 인원들에게 경고했다. 아마도 전원이 상대방의 얼굴을 보자마자 감을 잡았겠지만, 공통적인 인식의 중요성은 변함이 없다. 해변에 출몰하는 마물이나 요마들은 당연히 물 속성을 띠고 있으니, 다들 무장에 물의 마력을 부여하고 있을 리는 없다.

우리가 한꺼번에 살기를 띠기 시작하자, 우리들 가운데 전투와 가장 거리가 먼 파티마가 즉시 허둥거리기 시작했다. 바로 그 순간, 해상으로부터 기어 올라온 자들이 벼랑 위까지 도착했다. 초록빛 비늘로 뒤덮인 물갈퀴가 달린 손이 암벽 가장자리를 잡는가 싶더니, 그곳을 받침점 삼아 뛰어 올라온 비인간적인 외모의 괴물들이 그 낯짝을 우리에게 선보였다.

키가 나보다 두 배 이상 커 보이는, 두 다리로 걷는 어인들이었다. 온몸을 뒤덮는 비늘은 초록색이나 파란색, 그리고 붉은색 등의 다양한 색깔들로 이루어져 있었다. 여기저기 작은 조개나 바닷말들이 묻어있는 몸으로부터, 찔꺽거리는 바닷물이 방울져 떨어졌다. 입가로부턴 톱을 연상케 하는 어금니가 삐져나와 있었으며, 손가락으로부터 갈고 나온 듯이 예리한 손톱이 뻗어 나와 있었다. 선량한 신들이 창조한 어인이나 인어들과 완전히 다른, 사악한 신들이 창조한 해마들 가운데 최하급 병사에 해당되는 존재들이다.

해마들은 류키츠를 포함한 3용황(龍皇)을 선두로 삼는 용종들을 비롯한, 선량한 해신(海神) 진영과 아득한 태곳적부터 대립해 온 숙적들이다. 바다 가까이 사는 인간들이나 아인(亞人)들을 자주 습격하는 걸로 유명하다. 하지만 골네브를 들썩이게 하고 있는 소문에 따르면, 정체불명의 연속 살인범은 다들 잠든 심야에나 행동하지 않았나? 이미 해질녘이라곤 하나, 활동을 시작하는 시점이 평소보다 조금 이르다. 해마들의 상황이 변했다는 뜻인가?

어쨌거나, 우선은 눈앞의 해마들부터 전멸시키자.

안경 집사님과 메이드들이 파티마와 이리나를 중심으로 방어 진형을 짜자, 네르 역시 절친을 지키기 위해 그 옆으로 발걸음을 옮겼다.

우리들 앞으로 나타난 해마들의 숫자는 전부 열일곱 마리였다.

나와 크리스티나 양 · 바제와 레니아는 앞으로 나아가, 감정 없는 눈동자로 우리를 바라보던 해마들 사이로 파고들어갔다.

바다 속을 주된 싸움터로 삼는 해마들은 지상으로 올라오고 나선 움직임이 크게 둔해지지만, 그럼에도 불구하고 인간의 몸 정돈 가볍게 찢어발길 수 있는 괴력을 지니고 있을 뿐만 아니라 비늘의 내구력은 도저히 얕볼 수 있는 수준이 아니었다. 다만 우리들을 상대할 경우, 무딘 행동 속도는 너무나 치명적이었다. 해마가 인간을 상대할 땐 만에 하나라도 교섭 따윈 시도조차 하지 않는다는 사실을, 이 자리의 누구나 숙지하고 있었다. 게다가 해마들로부터 전해져 오는 살기만으로도, 자비를 베풀 필요 따위는 전혀 없다는 결론이 나올 수밖에 없었다. 그런 고로, 우리는 적들의 빈틈이 보이자마자 곧바로 공격해 들어갈 채비를 끝마친 상태였다.

어디 보자…… 우리와 해마 졸병들 중 과연 어느 쪽이 첫 수를 두게 될까?

손바닥으로 칼자루를 만지작거리다 보니, 갑작스럽게 막대한 열량이 나의 뺨을 어루만졌다.

바제가 발밑의 돌바닥들을 녹여 버릴 듯이 강렬한 불꽃을 온몸으로부터 발산하더니, 무지막지한 표정으로 해마병들을 노려보고 있던 것이다.

이건, 내가 반 장난으로 바제를 놀릴 때완 비교조차 되지 않는 엄청난 분노군.

"미천한 해마의 권속들 따위가, 뻔뻔스럽게 낯짝을 보이다니…… 모처럼의 좋은 기분을 완전히 잡쳤다! 혼백조차 태워 버리는 용의 불꽃을, 네놈들 자신의 몸으로 직접 맛봐라!"

아무래도 파티마 일행과 잡담을 나누던 짧은 시간은, 그녀에게 있어선 대단히 즐거운 한때였던 모양이다. 그리고 그 시간을 중단시킨 해마병들은, 바제의 엄청난 분노를 사게 된 셈이다.

이미 검을 뽑은 크리스티나 양과 마법의 영창을 마치자마자 대기 상태로 들어간 네르나 파티마의 그림자로부터 뛰쳐나온 시에라 등은, 바제가 뿜고 있는 분노의 여파를 견디느라 동작을 멈췄다.

특히 「용을 죽인 자의 인자」를 지니고 있는 크리스티나 양은, 분노한 용 그 자체인 바제와 함께 움직일 땐 추가적인 몸의 부담을 느낄 수밖에 없어 보인다.

바제를 에워싼 홍련의 불꽃과 진정한 살기를 정면으로 뒤집어쓰자, 우리를 덮치기 일보 직전이었던 해마들은 일제히 발걸음을 멈췄다.

해마들은, 우리가— 아니, 바제가 지금껏 먹이로 삼아온 사냥감들과 차원이 다르다는 사실을 그제야 깨달은 것이다. 깨닫는 시점이 너무 늦다만, 최하급 병사들한텐 이 정도가 한곈가?

"썩은 물 냄새나 풍기는 네놈들의 혼을, 단 한 조각의 파편조차 남기지 않도록 불태워주마."

날카로운 어금니를 드러낸 채로 불을 뿜는 바제의 입으로부터, 불타오르는 가슴속의 격렬한 감정과 정반대로 묵직하고도 조용한 목소리가 흘러나왔다.

아무래도, 그녀는 진지하게 화가 난 모양이다.

지금껏 인간의 피부처럼 보이던 바제의 위팔이 용의 비늘로 뒤덮이더니, 다섯 손가락까지 더욱 굵고도 예리하게 변화했다. 전체적인 모습이 한층 더 전투에 특화된 형태로 변한 것이다.

"GYUUUU……!"

해마들이 인간의 귀로는 굉장히 불쾌하게 들리는 괴성을 지르자마자 곧바로 움직였다. 찔꺽거리는 물소리와 함께 바닷물을 흩뿌리면서 포위망을 좁혀 들어왔다.

그들에게 반응한 크리스티나 양이 검을 든 채로 움직이려 했으나, 그보단 바제가 쏜 불꽃이 해마들을 집어삼키는 속도가 더 빨랐다.

물 속성을 지닌 해마들을 상대로 불 속성은 상성이 좋지 않았지만, 화룡(火竜)의 상위종인 심홍룡 바제가 뿜는 불꽃은 급수가 낮은 적을 상대로는 불리한 상성 따위는 아랑곳하지 않았다.

형형색색의 비늘들로 뒤덮여 있던 해마들의 육체는 바제의 선언대로, 한 줌의 재가 되어 흩어져 버렸다. 그리고 혼은 단 한 조각의 파편조차 남지 않도록 완벽하게 불타 버렸다.

그러나 사방으로 튄 불똥과 열은 우리한텐 전혀 피해를 주지 않았다. 바제가 태워야할 상대와 그렇지 않은 상대를 구별하고 있었기 때문이다. 용종들은 지극히 자연스럽게 할 수 있는 일이지만, 인간이나 그 이외의 아인종들한텐 상당히 어려운 작업인 모양이다.

근방 일대로 물고기를 태운 듯한 냄새가 퍼져 나갔지만, 역시 해마들의 냄새다 보니 구역질날 만큼 역겨운 냄새가 섞여 있었다.

다행히 그러한 냄새는 곧바로 바닷바람에 쓸려갔다.

레니아는 개운치 않은 얼굴로 바제의 불꽃을 쳐다봤다.

"아버니…… 크흠, 드란 씨를 따라다니는 만큼, 그 정도는 당연히 할 줄 알아야 한다. 우리로 하여금 쓸데없는 수고를 들이게 하지 않은 것만큼은 칭찬해 주마."

"레니아? 그런 소릴 해봤자 쓸데없이 바제 양을 도발하기만 할 뿐이야!"

바제의 차원이 다른 전투 능력을 목격한 이리나가 울음을 터뜨릴 듯한 얼굴로 레니아를 말렸지만, 레니아는 들은 척조차 하지 않았다.

……이 두 사람은 한평생 동안 이런 관계를 유지할 것 같군.

"심홍룡의 분노 따위는 두려워할 필요 없다. 이제 슬슬 그 정도 깨달아라."

"우으…… 하지만 불안한 걸. 레니아가 약간이라도 다치는 날엔, 난 울고 말 거야!"

"으음…… ."

흐음? 눈물을 머금은 이리나의 진심 어린 고함소리를 듣자, 레니아는 입을 꼭 다문 채로 반박하려던 말을 거두어들였다. 흠, 흐음, 흐음? 레니아 녀석, 무의식적으로 이리나에게 상당히 무르다고 해야 하나? 약해 보이는군. 후후. 앞으로도 이리나와 친구 관계를 유지해 나갈 경우, 레니아는 좀 더 인간적인 성격을 가지게 될 수도 있겠군. 레니아와 이리나는 그런 식으로 한가한 대화를 나누고 있었지만, 다른 이들은 그럴 수 없었다. 방금 전까지 자신들을 포위하고 있던 해마들이 눈 깜짝할 사이에 재가 되어 흩어져 버린데 관해 상당히 놀라고 있었다. 특히나 파티마를 지키던 고용인들은 규격을 아득히 벗어난 바제의 전투력을 목격하자마자 경계심을 더욱더 크게 키웠다. 스커트나 품속으로 숨겨 두고 있던 접이식 나이프나 지팡이를 들고 있던 그들의 시선은, 단 한 치의 방심조차 없이 바제를 꿰뚫어보고 있었다. 바제는 해마들을 몽땅 재로 만들어 버리고도 분이 덜 풀린 듯이 긴박한 분위기를 연출하고 있었다. 지금의 바제를 건드릴 경우, 손가락 끝마디부터 숯 덩어리가 되어 산산이 흩어져 버리고야 말리라.

"너희들은 지금 당장 파티마를 별장으로 데리고 가라. 거기가 완전히 무사하리라는 보장은 없다만, 아마도 여기보단 훨씬 나을 거야."

바제가 파티마의 안전에 관해 신경 쓰는 말을 입에 담았다. 아마도 이 짧은 시간 동안, 진심으로 그녀가 마음에 든 모양이다.

안경 집사님은 양손의 순은제 단검을 움켜쥔 채로, 의아하다는 듯이 바제에게 되물었다.

"그 말씀은 무슨 뜻입니까?"

"흥, 둔한 녀석이군. 아까 만난 세바스찬이라는 남자는 금방 알아차렸을 거다. 바람에 피 냄새가 섞여 있다. 추잡한 해마들이 나타난 곳은, 여기뿐만이 아니라는 소리야."

대충 보아 하니 골네브 시가지의 해안과 가까운 지점으로부터 연기가 피어오르고 있을 뿐만 아니라, 느닷없이 큰 소란이 일어나고 있는 중이다. 인간의 코나 귀로는 알 도리가 없겠으나, 이미 인간들의 피 냄새와 비명이 바람 속으로 섞이기 시작했다.

전부 다 신선한 피 냄새는 아니라는 것만이 불행 중 다행인가? 해마들의 몸에 찌들어 있는 옛 희생자들의 흔적인 것 같군.

해마 녀석들은 상당한 대군으로 골네브를 습격한 모양이다. 그런데 일부러 이 도시로 쳐들어온 목적은 도대체 뭐란 말인가?

해마에게 있어서 인간은, 기껏해야 식량이나 가축 같은 존재에 지나지 않는다. 일반적으론 좀 더 소규모의 사냥을 전개하는 걸로 안다. 이번 공격은 단순히 해마들의 첨병을 동원한 침공은 아닌 것 같군. 해마…… 류키츠와 루우가 언급하던「용건」과 전혀 상관이 없으리라는 보장은 없어 보여.

"나는 지금부터 저 찌꺼기들을 재로 만들고 오마. 너희들은 얼른 별장으로 돌아가라."

"흠, 나는 바제를 따라가마. 파티마와 이리나는 시에라나 네르와 함께 별장으로 돌아가. 그리고 별장의 호위 분들과 협력해서 대피소를 찾으러 온 사람들을 보호해줘. 물론 개개인의 수용 여부에 관해선 전적으로 파티마의 판단에 맡기도록 하지."

파티마는 갑작스럽게 출현한 해마들에게 놀라 굳어 있었지만, 지금 당장 할 수 있는 일을 단적으로 전해 듣자마자 곧장 정신을 차렸다.

"으, 응. 알았어. 마을의 수비병 분들한테도 얘기해서, 피난민들을 받아들일 준비를 할게!"

아무리 파티마라도 다급할 때까지 평소처럼 한가로운 말투는 쓰지 않는다.

네르는 우리와 함께 해마들을 섬멸하고 싶은 듯이 보였지만, 곧장 본인 곁의 절친을 지키기 위해 엄청난 참을성을 발휘하는 모습을 선보였다.

"응, 일단 파티마와 피난민들은 우리가 꼭 지킬게. 너희는 내 몫까지 해마들을 무찌르고 와."

바다까지 가져갔던 본인의 지팡이를 든 네르는, 기합이 충분한 얼굴로 나에게 대답했다.

습격을 받고 있는 시가지로 향할 나의 몸을 걱정하는 말이 없는 까닭은, 오로지 나의 실력을 완벽하게 믿고 있는 탓이다.

"나만 믿어. 뿌리째로 소탕하고 올 생각이야."

당연히 나를 따라갈 생각이 넘쳐흐르던 세리나는, 이미 나의 곁에 서서 언제든지 이동할 수 있도록 준비를 하고 있다. 크리스티나 양 역시 엘스파다를 지참해 왔던 것이 다행이라는 표정으로 동행을 제안해 왔다.

"이왕 이렇게 된 바엔, 나는 드란과 바제를 따라가도록 하지. 물고기 괴물들과 싸우는 건 처음이지만, 모르긴 몰라도 아주 쓸모가 없진 않을 거야."

흠, 물속을 무대로 한 싸움이 아니고서야 크리스티나 양의 실력으로 해마들에게 뒤쳐질 일은 없을 것이다. 그녀는 무척이나 든든한 아군이었다.

한 시라도 빨리 뛰쳐나가고 싶은 듯이 보이는 바제가 초조하게 날개를 펄럭거리자, 원래는 해마들의 몸이었던 재들은 사방으로 흩어졌다.

"얼른 준비해라! 지금의 나는 해마들을 재로 만들고 싶어 견딜 수가 없단 말이다!"

초조한 감정을 내비친 바제의 주위로, 단 한 순간 만에 불꽃이 솟아올랐다. 여느 때보다 더욱더 끓는점이 낮게 느껴진다만, 상황을 고려할 땐 지극히 당연한 반응인가?

지금 당장 적의 목덜미를 물어뜯을 듯이 보이는 바제의 기백과 마주한 안경 집사님이나 시에라가 숨을 죽였다. 나는 총총히 바제에게 다가갔다.

"아무튼 그렇게 된 셈이야. 더 이상 바제의 신경을 곤두세워봤자 소용없으니, 이제 출발하자. 일단, 크리스티나 양과 세리나는 나를 따라와."

"예."

"응?"

세리나와 크리스티나 양이 나의 손짓을 보자마자 의아한 얼굴로 바제에게 다가올 때까지 기다렸다가, 나는 약간의 「힘」을 담아 바제에게 명령했다.

"좋아, 어흠. 바제, 나와 세리나와 크리스티나 양을 끌어안은 채로 날아올라라!"

"어, 아, 예!"

용종으로서 타고난 절대적인 수준 차이로 인해, 바제는 본능적으로 대답했다. 미처 망설일 틈조차 없이, 그렇게나 혐오하던 크리스티나 양의 허리를 끌어안자마자 크게 날개를 펄럭였다.

바제의 모습은 드래고니안 형태 그대로였기 때문에, 우리들한텐 약간 비좁게 느껴졌다. 하지만 거대한 용이 도시 한 가운데 출현할 경우, 그렇지 않아도 혼란 중인 상황을 더욱더 악화시킬 공산이 컸다. 그러한 사태를 회피하기 위해선, 거의 필연적인 이동 방식이었다.

「어?」라는 세리나와 크리스티나 양의 혼잣말을 마지막으로, 우리는 바제의 품안에 안긴 채로 단숨에 드높은 상공까지 날아올라 왔다.

"오오! 눈 깜짝할 사이에 높은 데까지 도착했군!"

자신의 발밑으로 엄청나게 작아진 파티마 일행에게 놀라던 크리스티나 양은, 무척이나 유쾌하다는 표정으로 중얼거렸다. 크리스티나 양은 나와 다를 바 없이 바제의 허리를 끌어안은 채로 바제의 가슴에 여유 없이 얼굴을 파묻고 있는 상태였다.

상공으로 다다를 무렵, 바제는 그제야 나로부터 받은 명령의 영향이 빠진 듯이 깜짝 놀란 표정으로 나의 얼굴을 들여다봤다. 그녀의 눈동자로부터 또렷한 경악의 감정이 느껴졌다.

지금껏 실컷 나에게 깨져 왔기 때문에 실력의 격차 정도는 이해하던 걸로 보이지만, 나의 말에 아무런 저항조차 하지 못 했다는 사실이 분명하게 상당한 충격으로 다가온 것이리라.

"드란, 너는……."

"이봐, 심홍룡! 꼬리를 자꾸 꿈틀거리지 마라. 붙잡기 힘들다."

바제의 말을 가로막은 장본인은, 바제의 꼬리를 붙잡고 올라온 레니아였다.

눈물을 머금던 이리나를 놔두고 올 결단을 한 레니아는, 바제가 날아오르는 순간을 노려 꼬리를 붙잡아서 우리를 따라온 것이다. 바제는 레니아의 목소리를 듣고 나서야 그녀가 자신의 꼬리를 붙잡고 있었다는 사실을 알아차렸다. 바제는 원래부터 물과 기름처럼 사이가 안 좋았던 레니아를, 정말로 불이라도 뿜을 듯한 눈빛으로 쏘아봤다.

"네, 네 녀석은 누구의 허락으로 나의 꼬리를 붙잡았나?!"

"흥! 굳이 말하자면, 나 자신의 허락을 받은 셈이다! 나는 드란 씨가 가시는 곳마다, 반드시 따라다녀야 하거든. 저열한 해마들 때문에 드란 씨가 직접 힘을 쓰실 필요까진 없다."

"그으윽! 해마들에게 당하기 전에, 나의 불꽃으로 타죽고 싶냐!"

바제의 튀어 나온 가슴으로 얼굴의 왼쪽 절반을 파묻고 있던 크리스티나 양이, 일촉즉발 상태의 두 사람에게 말하기 거북한 듯이 끼어들었다.

"두 사람 다…… 평화롭게 노는데 방해하긴 미안하다만, 이제 슬슬 시가지로 가야 할 시간이야. 골네브의 수비병들이 드디어 움직이기 시작한 모양이거든."

크리스티나 양의 말마따나, 해마들이 본격적으로 시가지 침공을 시작한 모양이다. 시가지로 들어온 자잘한 해마들을 소탕하는 데는 만만치 않은 시간이 걸릴 것이다.

하지만 나의 진짜 목표는 따로 있었다.

크리스티나 양의 말을 들은 바제가 불쾌한 듯이 하강 동작으로 들어가려 한 순간, 나는 그녀를 말렸다.

"바제야, 기다려라. 현재의 고도를 유지해 다오. 우선 시가지로 파고들어온 해마들의 제1파는 여기서 치워 버리자꾸나."

바제는 유황 냄새가 감도는 장소를 보금자리로 삼고 있는 것치고는 여성다운 달콤한 향기가 나는데다가 몹시 부드럽다 보니 안겨 있을 때는 무척이나 아늑한 기분이 들었지만, 가슴이 너무나 커다란 나머지 코와 입이 압박을 당해서 약간 입을 열기 어려웠다.

"뭔가 뾰족한 수라도 있나?"

"흠, 단순한 완력으로 밀어붙이는 정공법이다."

"뭐?"

바제뿐만 아니라 크리스티나 양까지 머리 위로 물음표를 떠올리는 가운데, 나는 자유롭게 움직일 수 있는 왼손의 검을 허공으로 휘둘러 순수한 마력에 의해 구성된 마력의 화살들을 잔뜩 전개시켰다. 나의 주특기 중 하나인 【에너지 레인】이었다.

술사의 역량에 따라 동시 전개 가능한 마력 화살의 숫자를 늘릴 수 있는 관계로, 나는 마음먹기에 따라 무한에 가까운 숫자의 화살을 발현시킬 수 있다. 하지만 오늘은 최소한으로 필요한 만큼만 쓸 계획이다. 우리는 순식간에 바제의 주위로 출현한 녹색 마력 화살들로부터 나오는 빛을 쬐었다.

규격을 벗어난 나의 힘을 목격하는데 완전히 적응한 세리나나 크리스티나 양은, 전혀 놀란 듯이 보이지 않았다. 레니아에 이르러서는 「흐흠」이라는 식으로 의기양양한 태도를 보이고 있을 정도였다. 나 역시 레니아의 반응에 관해선 이제 슬슬 적응되기 시작한 참이었다.

"시가지로 들어와 있는 해마들의 숫자는 227마리군. 아직 해안으로부터 올라오고 있는 모양이지만, 시가지로 들어온 녀석들부터 먼저 제거한다. 수많은 적들을 꿰뚫어라, 에너지 레인!"

나는 주위로 펼쳐져 있던 자신의 충실한 하인이나 다름없는 마법의 화살들에게 비행을 명했다. 227발의 【에너지 레인】은, 석양에 의해 붉게 물든 하늘을 녹색 궤적으로 수놓았다. 그리고 포착하고 있던 모든 해마들에게 내리쏟아졌다.

수비병과 정면으로 승부를 펼치던 놈, 도망 다니던 부모와 자식을 공격하려던 놈, 다리를 삐어 쓰러진 노인을 향해 팔을 치켜들던 놈, 가게 앞에 진열되어 있던 식료품들을 게걸스럽게 먹어치우던 놈…… 그 모든 해마들에게 【에너지 레인】은 평등하고도 무자비하게 쏟아졌다.

머리나 심장을 일격으로 꿰뚫린 모든 해마들이 즉사했다.

흠, 전탄 명중했군. 모든 적들을 섬멸하는데 걸린 시간은 대략 2초 정돈가?

"일단 제1파는 이 정도야. 우선 골네브 수비병들이 태세를 정비할 시간은 번 셈이군."

해마들이 소멸되는 광경을 지켜보던 레니아가, 희희낙락한 얼굴로 나를 치켜세웠다.

"드란 씨는 역시 대단하십니다. 저런 녀석들 따위는 드란 씨에게 있어선 쓰레기나 다름없는 오합지졸 이하의 존재들이니까요. 먼지만도 못한 어중이떠중이들에 지나지 않지요!"

바제는 자신의 꼬리를 붙잡고 있는 레니아가 정말로 성가시다는 듯이, 몇 번이나 뿌리치고자 꼬리를 크게 휘둘렀다. 그러나 레니아는 바제한텐 전혀 신경 안 쓴다는 듯이 싱글벙글 웃는 얼굴로 매달려 있었다.

"레니아 양은 정말로 드란 씨가 좋으신가 봐요. 하지만 저도 동감이에요. 최근 들어, 드란 씨가 이제껏 완전히 내숭을 떠셨다는 사실을 분명히 깨달았거든요. 이 정도론 놀랄 리가 없죠."

나와 함께 꼬리로 바제를 휘감고 있던 세리나는, 실로 차분하게 중얼거렸다.

그녀는 사역마가 되어 나와 영적인 상관관계가 구축됐음에도 불구하고 나 자신이 의도적으로 힘을 억제함에 따라 한동안 나의 힘을 깨닫지 못했다. 그 일로 아직껏 꽁한 마음을 먹고 있는 건가? 최근의 세리나는 이따금씩 이런 식으로 가볍게 나를 비꼴 때가 있다. 도대체 언제쯤 그만둬 줄까 싶은 반면, 오늘처럼 약간 엉뚱하게 화가 난 얼굴로 토라지는 모습까지 사랑스럽다 보니 조금 더 바라보고 싶기도 하다. 참으로 고민되는 순간이로군, 흠.

"나의 경우엔 다수의 적들을 일망타진할 수 있는 마법을 가지고 있던 덕분에 간단히 끝난 거야. 충분한 시간을 들일 땐 크리스티나 양이나 레니아, 바제의 힘으로도 가능한 일이었어."

"아무리 나라도 혼자서 수백을 상대하는 건 무리야……."

크리스티나 양은 메마른 목소리로 웃었지만, 그녀의 잠재능력을 고려할 땐 이런 해마 200이나 300 따위— 아니, 그 정도 수준이 아니라 1000마리를 상대할 수 있을 만큼 성장하는 것은 그다지 먼 미래가 아니리라. 뭐, 지금은 그보다 눈앞의 해마들을 소탕하는 것이 먼저군.

시가지로 들어왔던 해마들을 나의 힘으로 전멸시켜 버린 결과, 자신의 분노를 풀 배출구를 잃어버린 바제는 적잖이 언짢아 보였다. 나는 그녀를 자극하지 않도록 침착하게 말을 걸었다. 그리고 검으로 시가지의 서쪽 끝인 거주 구역을 가리켰다.

"바제야, 일단 나를 저기로 데려다 다오."

"뭐라고? 바다 쪽으론 안 갈 생각이냐? 이제 곧 다른 해마들이 뒤따라올 테니, 그 녀석들을 쓸어버려야 하지 않겠나?"

"아니. 해마들의 기척을 살펴봤다만, 바다뿐만 아니라 저기서도 느껴지더군. 말인즉슨, 시가지로 해마들을 불러들이고 있는 해마의 권속이나 신도가 숨어들어 있을지도 모른다는 뜻이야. 나는 그 녀석들을 처리하러 가마."

"호오, 너는 변함없이 눈치가 빠르군. 하지만 나는 시가지 한복판으로 가선 마음껏 날뛸 수가 없다. 나는 너를 데려다주자마자, 바다 쪽으로 가서 내 맘대로 해마들을 짓밟도록 하마."

"상관없다. 그러는 편이 너한텐 더 편할 거야. 레니아, 너한테도 저 쪽이 나아 보인다. 바다 쪽의 해마들을 상대로 날뛰고 와라."

"잠깐, 그 불쾌한 냄새가 나는 꼬마 계집을 나한테 떠넘길 셈이냐?!"

바제가 나에게 큰 고함을 침과 동시에 입가로부터 불똥을 튀겼다.

표면상으론 서로 으르렁거리는 사이였지만, 바제는 루우를 진심으로 싫어하진 않았다. 하지만 레니아는 틀림없이 정말로 혐오하고 있었다.

그러나 정작 당사자인 레니아는 나에게 지시를 받았다는 사실에 들뜨다 보니, 지시의 내용에 관해선 전혀 개의치 않는다는 듯이 두 눈동자를 반짝거렸다.

"예! 드란 씨의 말씀을 따르겠습니다!"

크리스티나 양과 세리나로부터 약간 질린 듯한 「으아……」라는 목소리가 들려왔다. 그러고 보니 요즈음, 레니아가 마법학원 학생들로부터 드란 중독이라거나 드란 신도라고 불린다는 소문을 들은 적이 있다. 그야 이런 광경을 많이 본 학생들로선 그런 소릴 하고야 싶겠다만……

"무리를 하지 않는 정도로만 활약하고 오려무나."

"예!"

천진난만하기 그지없는 만면의 미소를 띤 레니아는, 무한한 존경심이 담긴 눈빛으로 인해 찬란히 빛나 보일 정도였다. 지금의 레니아와 바제가 지닌 실력을 고려하자면, 상급 해마장(海魔將) 정도까진 감당하고도 남을 테니 바다 쪽은 두 사람만으로도 문제없을 것이다.

"에이잇! 이 녀석을 바다로 데리고 간 이후론, 난 알 바 아니다!"

나는 초조한 기분을 숨길 생각조차 없어 보이는 바제에게, 거듭 부탁했다.

"잘 부탁한다. 시가지 쪽을 깔끔하게 청소하자마자 너희들을 살피러 가마."

"흥! 어차피 적들은 우리가 먼저 전멸시킬 테니, 너무 오래 기다리게나하지 마라!"

무척이나 믿음직스러운 바제에게, 나는 고개를 끄덕이는 동작으로 화답했다.

지금으로선 나의 경계망에 걸려들 만큼 강대한 마계의 기적은 우리의 세계로 강림하지 않았지만, 골네브의 해마들을 소탕하자마자 류키츠와 루우의 기적을 찾아봐야 할지도 모른다.

†

　석양이 수평선 너머로 거의 다 저물자, 주위는 서서히 땅거미로 뒤덮이고 있었다.

　밤이 찾아오기 직전의, 낮과 밤사이의 틈바구니에 해당되는 시각이다.

　인간들은 이 시간대가 올 때마다 뜻 모를 불안을 느낀다더군. 그들은 현세로부터 어긋난 정체불명의 존재와 만날지도 모른다는 두려움을 담아, 이 시간을 「황혼」이라 부른다.

　원래 햇빛조차 닿지 않는 차가운 바다 밑바닥을 삶의 터전으로 삼아 꿈틀거리는 해마들이, 하필 이 시간을 골라 지상으로 출현한 것 또한 우연은 아닐지도 몰라.

　바제의 날개를 빌린 우리들은, 골네브 거주 구역의 한 모퉁이에 도착했다. 바제가 우리를 거칠게 내던졌다. 나와 크리스티나 양, 그리고 세리나는 돌바닥이 깔린 도로 위로 내려섰다. 레니아는 여전히 바제의 꼬리를 붙잡고 있었지만, 일부러 시비를 걸듯이 자신의 힘에 의해 구현된 사념룡(思念龍)의 발톱으로 바제의 비늘을 가볍게 꼬집고 있었다.

　나의 감각으로 해마의 기척을 감지한 장소는, 드넓은 부지를 지닌 4층 구조의 저택이었다.

　높은 담으로 둘러싸인 그 저택은, 형형색색의 꽃들이 아름답게 피어난 정원뿐만 아니라 세련된 단층집에다가 인공 연못과 분수까지 갖추고 있었다. 그야말로 사치의 극치에 달한 장소군.

하지만 지금은 이곳을 마치 자기 집 앞마당처럼 여기는 해마 떼들만이 나돌아 다니니, 결국은 전부 다 허사였다. 하늘 위로 올라가 날개를 퍼덕거리던 바제가, 우리를 굽어보더니 불꽃을 흘리는 입으로 크게 고함을 쳤다.

"나는 지금부터 바다 쪽의 찌꺼기들을 쓸어버리고 오마! 너희는 얼른 이곳의 추악한 쓰레기들이나 청소하고 있어라!"

바제는 순간적으로 자신의 꼬리를 움켜쥐고 있는 레니아에게 시선을 돌렸지만, 그녀가 자신에게 전혀 신경을 안 쓰고 있다는 사실을 짐작하고선 씁쓸하게 표정을 일그러뜨렸다.

"알고 있단다. 바제, 레니아? 너희들을 걱정할 필요야 전혀 없겠지만, 만약 해마장이나 대형 해마수(海魔獸)가 나오거든 최대한 조심해야 한다."

흔치 않은 해마장이 이곳까지 무거운 발걸음을 옮길 가능성은 높지 않았지만, 대형 해마수 정도는 얼마든지 출현할 가능성이 있었다. 마력 그 자체는 별거 아니었지만, 단순히 몸이 커다란데다가 강력한 완력과 생명력을 지닌 존재였다. 그런 고로 파괴 활동을 벌이는데 특히 적합한 대형 해마수는, 이런 국면이 올 때마다 해마들이 적극적으로 동원하는 수단 중 하나였다.

"흥! 하등한 해마수 따위는 나의 적수조차 못 된다! 나는 그 녀석들보다, 가짜 해룡(海竜)들이나 상대하고 싶던 참이야!"

사악한 신들이 우리들 진정한 용종을 본떠 창조한 거짓된 용들 말인가? 해마들에게도 적지 않은 숫자가 가담하고 있는 것은 틀림없다. 하지만 그놈들이야말로 해마장들에게 필적할 정도로 무척이나 희귀한 존재인 만큼, 오늘의 바제가 그들과 맞닥뜨릴 가능성은 거의 없었다.

바제는 진심으로 최소한 그 정도 수준의 적이 아니고선 싸울 보람이 없다는 생각을 하고 있는 모양이다. 투지로 가득 찬 바제의 대사에 자극을 받은 걸까? 레니아가 오만하기 그지없는 미소를 띤 채로 나에게 말을 걸어 왔다.

"훗! 이 녀석은 해마들에게 잡아먹힐지도 모릅니다만, 저는 드란 씨께서 부끄러이 여기시지 않도록 멋지게 싸우고 오겠습니다!"

그 대사를 들은 바제의 관자놀이로, 순식간에 굵은 핏줄이 솟아올라왔다. 추가로 주위의 기온까지 급격히 올라갔다.

과연 이 조합의 두 사람에게 바다를 맡긴다는 건 올바른 결정이었을까? 하지만 전투력만 따질 땐 충분하고도 남을 정도란 말이지…….

"제발 그만 좀 싸워라. 얼른 가기나 해."

어쩔 수 없이 두 사람에게 주의를 주자, 그제야 방향을 돌린 바제가 바다 쪽으로 날아갔다.

꼬리를 붙잡고 있던 레니아는, 마지막까지 나를 향해 천진난만한 얼굴로 손을 흔들었다. 흐음. 멀어지는 심홍룡 아가씨들을 배웅한 우리는, 새삼 상황을 확인하고자 주위로 시선을 돌렸다.

길 위로는 방금 나의 힘으로 물리친 해마들의 시체가 굴러다니고 있었다. 주위를 가득 메운 썩어 빠진 물고기와 물 냄새를 맡은 코가 비명을 질러 왔다.

"마을 사람들은 이미 도망치셨나 봐요. 주위를 둘러보니, 저기……
시체가 없으니까요."

손수건으로 입과 코를 틀어막은 세리나가, 악취로 눈썹을 찌푸리면서도 간신히 말했다.

나의 힘으로 발동시킨 자동 추적 술식과 조합된【에너지 레인】이 해마들의 제1파를 전멸시킨 결과, 당장 골네브 시민들 가운데 사상자는 발생하지 않았다.

하지만 이 저택 안이나 바다로부터 쳐들어오는 중인 해마들을 소탕하자마자 그 뿌리를 근절하지 않는 한, 언젠간 다수의 부상자가 발생할지도 모른다.

저택의 열린 문 사이로부터 추악함을 진화의 방향으로 잡은 듯이 역겨운 생김새의 해마들이 잇달아 튀어 나왔다. 개중에는 집사복이나 메이드 복을 입고 있는 이들까지 눈에 띄는 걸로 봐서, 시금껏 인간처럼 위장한 얼굴로 태연하게 생활해 왔으리라는 짐작이 갔다.

나는 우선, 주위의 대기에 간섭함으로써 주위를 가득 메운 악취를 정화하기로 마음먹었다. 보아 하니 세리나뿐만 아니라 크리스티나 양까지 자극적인 악취로 인해 눈물을 머금고 있군.

숨을 쉴 때마다 눈물이 나거나 재채기가 나올 경우, 전투하는데 지장이 있을 수밖에 없었다.

"바람이여 그대는 언제나 청정하라 막히지 마라 더럽혀지지 마라 우리의 소원을 이루어주기를 풍정세계(風淨世界)."

대군을 대상으로 삼는 광역 독 마법에도 유효한, 바람의 정령에게 힘을 빌려 발동시킨 정화 마법의 새하얀 빛이 바람 속으로 녹아들자마자 골네브 전역으로부터 해마들의 시체 냄새를 씻어 버렸다. 이 냄새만으로도 컨디션이 악화될 수 있는 이들이 존재한다는 사실까지 감안한 나는, 골네브 전역으로 효과 범위를 확대시켰을 뿐만 아니라 지속적으로 정화를 이어 가는 종류의 마법을 선택한 것이다.

"이젠 약간이나마 움직이기 편할 거야. 크리스티나 양, 세리나. 실내를 무대로 한 전투가 될 것 같군. 너무 동작이 큰 공격은 삼가도록 해."

"굳이 말할 필요조차 없는 소리군. 우선은 안뜰을 돌파한 다음, 저택 안으로 돌입하자."

오른손으로 뽑은 엘스파다의 힘을 해방시킨 크리스티나 양은, 전의의 불꽃이 이글거리는 새빨간 눈동자로 우리에게 다가오는 해마들을 노려봤다.

"알겠습니다. 일단 저는, 평소처럼 마안(魔眼)으로 엄호할게요."

호흡이 편해졌다는 사실을 깨달은 세리나는, 입가로부터 손수건을 치우자마자 뱀처럼 보이는 세로동공으로 마력을 집중시켰다. 세리나의 눈동자가 단 한 차례의 예리한 눈초리로 마주보는 해마들의 움직임을 봉쇄할 수 있는 상태로 이행된 것이다.

두 사람 다 즉석으로 완벽한 전투태세를 갖추다니, 정말 믿음직스럽군. 스무 살조차 되지 않는 젊은 나이로 수많은 수라장을 극복해 온 경험이 진면목을 발휘하고 있는 셈이야.

"어쨌거나, 많은 시간을 들일 정도의 상대는 아니야. 신속하게 처리하자."

해마들은 질척거리는 발자국소리와 함께 깔끔하게 정돈되어 있던 장미 화단이나 초록빛 산울타리를 짓밟으면서 우리에게 다가왔다.

해마는 순수한 마성(魔性)을 지닌 존재로서, 육지로 올라온 상태로도 어지간한 맹수 정도는 가볍게 능가하는 위협적인 괴물로 꼽힌다. 복부를 두세 번 정도 꿰뚫리거나 칼로 베는 것 정도론 물리칠 수 없는 강력한 내구력과 강철 갑옷이나 방패조차 찢어발기거나 우그러뜨릴 수 있는 예리한 손톱을 지니고 있을 뿐만 아니라, 항상 집단으로 출현한다는 점이 그 이유였다.

그러나 우리들에게 있어선 「많은 시간을 들일 정도의 상대」조차 아니었다.

해마들의 선봉이 한껏 허리를 숙였다가 우리에게 달려들려 한 바로 그 순간, 세리나가 마비의 마력을 품은 뱀의 눈으로 그들을 노려보자마자 30마리를 넘는 해마들이 일제히 동작을 멈췄다. 턱 밑의 아가미로부터 새까만 물을 마구 뿜던 해마들은 어떻게든 몸을 움직이고자 발버둥을 쳤지만, 기껏해야 아주 약간 움찔거리는 정도가 고작이었다.

움직임을 멈춘 적들을 상대로 한 공격을 망설일 만큼, 나와 크리스티나 양은 다정한 마음씨의 소유자가 아니었다. 일방적으로 적들의 숫자를 줄일 수 있는 좋은 기회였다. 따라서 공격할 때는 단 한 줌의 자비조차 필요 없다. 변경 출신의 나나, 고통과 불운을 타고난 출생 환경을 가진 크리스티나 양으로선 즉시 그렇게 결론지을 수밖에 없었다.

"GUGYAAAAA?!"

바닷물로 젖은 집사 복을 걸친 해마의 오른쪽 몸통을 베어 넘긴

나는, 그 해마의 비명을 듣자마자 무심코 눈썹을 찌푸렸다.

"귀에 거슬리는 비명소리로군."

초록빛 비늘 위로 검은 반점들이 잔뜩 나 있는, 메이드 복을 입고 있던 해마의 목을 정면으로부터 찌른 크리스티나 양 역시 나와 같은 의견인 모양이다. 아름다운 미모가 어렴풋이 불쾌한 빛을 띠었다.

"자신들의 영토만으로 만족했다면, 우리와 이런 식으로 맞닥뜨릴 일은 없었을 텐데."

대마계(大魔界)의 바다를 근거지로 삼는 사악한 신들에 의해 지상 세계로 파견된 해마들은, 본능적으로 선량한 신들이 창조한 생명들을 살육하거나 지상을 침략해야만 살아갈 수 있다.

그런 고로, 해마들은 그 어떤 수단으로든 이해하거나 대화를 시도하는 것 자체가 불가능한 존재들이었다. 자비나 용서나 동정심 따위는 필요 없다. 그들을 상대할 땐 오로지 서로를 적대하거나 죽이는 거야말로 문제를 해결할 수 있는 유일한 길이었다.

나와 크리스티나 양은 움직임을 멈춘 해마들을 잇달아 베어 넘겼다. 목을 베거나 몸통을 쓸어 넘기다 보니, 그들의 누런 체액이나 검붉은 피가 안뜰을 더럽혔다.

해마들의 두꺼운 근육과 지방, 그리고 그것들을 뒤덮는 강철에 필적하는 강도를 자랑하는 수많은 비늘들 또한 우리들에게 있어선 얇디얇은 종잇장이나 마찬가지였다.

그 늪지로 갔다가 처음 만났을 때보다, 세리나의 마안은 훨씬 강화된 상태였다. 해마들은 절반 이상이나 몰살을 당하고도 아직껏 몸을 움직일 수 없었다.

그러나 그들은 결코 수수방관만 하고 있던 것은 아니었다.

저택 안으로부터 연달아 나타난 해마의 증원들이 우리의 앞길을 가로막았다.

마안의 영향으로 몸이 묶여있던 해마들 또한, 순간적으로 가슴을 부풀리더니 마력을 써서 연성한 독물을 입으로 뿜어 왔다. 고속으로 가늘게 방출된 자줏빛 독물은, 바위조차 갈라버리는 칼날 같은 강도로 우리에게 날아들었다. 나는 우리의 등 뒤에 서서 마안을 사용하던 세리나를 겨누던 독물의 칼날을, 영창 없이 발동시킨 【에너지 애로우】를 날려 해마채로 꿰뚫어 버렸다.

크리스티나 양 역시 때로는 엘스파다의 가운뎃부분으로 공격을 받아넘기거나, 경쾌한 몸놀림으로 회피했다. 흠, 이렇게 적의 숫자가 많을 때는 차라리 저택채로 날려 버리는 편이 간편해 보이는군. 하지만 장차 골네브의 공무원들로부터 항의가 올 가능성을 고려하자면, 한정된 수단으로 섬멸해나갈 수밖에 없나? 새롭게 저택 안으로부터 나타난 해마들은 「끼익, 끼익!」이나 「기아아악!」 같은 식의 바위끼리 비비는 것 같은 끔찍한 목소리로 우리를 위협해 왔다.

나는 검을 휘두르는 동작과 함께 새로운 【에너지 애로우】를 생성시켰다. 안뜰로 나와 있는 놈들뿐만 아니라 확장시킨 감각으로 포착한 저택 안의 해마들까지 일망타진시키기 위한 공격이다. 나의 마력만으로 생성된 【에너지 애로우】는 새하얀 빛과 함께 허공을 달려 나가더니, 저택의 현관과 문을 통과하자마자 내부를 돌아다니던 해마들의 머리와 심장을 꿰뚫어 버렸다.

정면으로 마주보고 있던 해마 세 마리의 목을 한꺼번에 날리던 크리스티나 양은, 【에너지 애로우】가 자신의 옆으로 지나가자마자 깜짝 놀란 듯이 몸을 뒤로 젖혀 왔다.

"처음부터 그런 식으로 싸웠다면, 약간이나마 우리의 수고를 덜 수 있지 않았을까?"

크리스티나 양은 약간 어이가 없다는 얼굴로 나를 쳐다봤다.

"저택 안의 생존자 존재 여부를 확인해야 했거든. 그리고 크리스티나 양의 활약상을 구경하고 싶더군. 우리들 세 사람이 온 이상, 만에 하나의 사태조차 일어날 수 없으니까 말이야."

"뭐, 솔직히 그대 혼자서 해마 1000마리나 2000마리 정도는 간단히 몰살시킬 수 있을 테니 설득력은 있군."

나의 정체가 환생한 용이라는 사실을 아는 크리스티나 양은, 차분한 실감이 담긴 목소리로 중얼거렸다. 하지만 아직 엘스파다를 칼집으로 거두어들이지 않은 걸로 봐선, 완전히 주위에 대한 경계를 푼 건 아닌 모양이군. 세리나가 저택의 뜰이나 돌바닥 위로 흩날린 해마들의 체액과 닿지 않도록 신중하게 하반신을 꼬아 나의 옆으로 다가왔다.

배가 찢겨 나가 내장들이 튀어 나와 있는 놈들이나 이마가 갈라져 골수를 사방으로 흩뿌린 놈들까지, 안뜰은 해마의 시체들로 무지막지한 참상을 연출하고 있었다. 시체들이 산더미처럼 쌓여 있는 광경을 목격한 세리나가 얼굴을 일그러뜨렸다.

"드란 씨한텐 하찮은 상대들일지도 모르지만, 대부분의 사람들한텐 그렇지 않으니까요. 얼른 이 저택에 숨어 있는 해마의 앞잡

이라도 물리쳐서, 시가지의 안전만이라도 확보하고 싶어요. 바다
로부터 오고 있는 해마들을 상대론, 바제 양과 레니아 양이 대활
약 중인 것 같지만요."

세리나를 따라 바다 쪽으로 시선을 돌리자, 아직 무수히 꿈틀거
리는 해마들의 기척으로 충만한 바다 한 가운데로부터 하늘까지
닿을 듯한 다홍빛 불기둥이나 성대한 폭발 등이 일어나고 있었다.
수많은 작은 그림자가 천공을 향해 말려 올라가는 광경이 우리의
시야로 들어왔다. 주위의 환경에 관해선 단 한 줌의 배려조차 없
이 힘을 떨치는 바제와 레니아가, 떼를 지어 몰려오는 해마들을
닥치는 대로 쓸어버리고 있는 것이다.

바제에게 이 저택까지 오는 운반책을 맡긴 시점으로부터 그다지
긴 시간은 경과하지 않은 걸로 안다만, 두 사람은 이미 수백 마리
이상의 해마들을 물리친 모양이다.

서로에게 으르렁거리면서도 물리친 해마들의 숫자로 경쟁하는
두 사람의 모습을 쉽게 상상할 수 있었다. 듬직하지만, 동시에 난
감한 아가씨들이로군. 나로서는 쓴웃음을 금할 수가 없었다.

"이대로는 바제에게 느려 터졌다는 소리나 듣겠군. 목표는 저택
의 지하야. 방금 가볍게 살펴본 바로는, 바다와 연결된 동굴이 있
는 것 같아. 혹시 원래부터 있던 건가? 인공적으로 판 건지도 몰
라. 아무튼 해마들은 그곳으로부터 골네브 시가지로 숨어들어온
모양이야."

우리는 해마들의 시체나 체액으로 젖은 땅을 밟지 않도록 조심
하면서, 저택 안으로 진입했다. 골네브로 잠입했던 해마들의 내통

자가 살아온 과정은 확실치 않은데다가 솔직히 관심조차 없었다만, 본색을 드러낸 주민들이 날뛴 저택 안으로 들어가 보니 눈부신 귀금속과 보석 종류가 어지러이 흩어져 있었다. 말하자면, 이 자리와 어울리지 않는 광채들로 넘쳐나 있던 것이다.

흠, 소문을 듣기론 해마들은 바다 밑으로 침몰한 선박에 실려 있던 보물 등을 팔아 쌓아올린 재산을 밑천 삼아 지상의 거점을 만드는 경향이 있다더군. 이곳 역시 그런 사례 중 하난가?

돈을 앞세워 수집한 그림이나 항아리, 석상 등이 흠뻑 젖은 카펫 위로 아무렇게나 굴러다니고 있을 뿐만 아니라 일부는 산산이 조각나거나 마구잡이로 찢어져 있었다.

지상으로 올라와서 생활하는데 필요했던 체면을 유지하기 위해 준비되어 있던 고급품들은, 그들이 본성을 드러내자마자 길바닥의 돌멩이들처럼 가치 없는 물건들로 전락한 것이다.

우리는 나의 【에너지 애로우】로 머리가 날아가거나 가슴에 커다란 구멍이 뚫린 수많은 해마들의 시체를 피해서 저택 안으로 걸어 들어갔다.

주인의 방인 것처럼 보이는 커다란 방 안으로 들어가자, 섬세하고도 대담한 필치로 폭풍우가 휘몰아치는 바다를 그린 그림이 벽에 걸려 있었다. 그러나 그 그림에도 【에너지 애로우】로 관통당한 구멍이 몇 개나 뚫려 있었다. 이 그림을 관통한 【에너지 애로우】는, 나의 감각으로 감지한 지하의 해마들에게 향한 것이다. 이 그림의 뒤로는 지하로 가기 위한 통로나 계단 등이 숨겨져 있는 걸로 예상되는군.

구멍투성이가 된 그림을 치운 다음, 언뜻 봐선 벽과 구별이 안 가도록 위장된 비밀 문을 크리스티나 양의 엘스파다를 휘둘러 우격다짐에 가깝게 베어 버렸다.

지하로 가는 통로가 열리자마자 뜨뜻미지근한 바닷바람이 우리들의 온몸을 뒤덮었다. 그 기분 나쁜 바람을 직접 느낀 크리스티나 양과 세리나가 나란히 몸을 떨었다.

지금껏 나의 힘으로 발동 중인 대기 정화 마법 덕분에 악취는 느껴지지 않았으나, 지금부터 터무니없는 존재들이 기다리고 있는 곳으로 가게 되리라는 것 정도는 다들 예상하고 있었다.

"마음은 내키지 않겠지만, 일단 들어가 보자."

나 스스로 선두에 서서 비밀 문 너머의 지하로 향하는 계단을 디딘 순간, 벽의 좌우로 설치되어 있던 양초에 자동으로 불이 붙었다. 계단이 향하는 저 너머까지 불빛의 행렬이 생겼다. 계단은 미끄러운데다가 습기가 차 있던 관계로, 단 한 순간의 방심만으로도 발을 헛디디거나 넘어질 듯이 보였다. 이렇게 미끄러운 계단이야말로, 해마들에게 있어선 가장 쾌적한 길이리라.

통로를 가로질러 나아가던 우리들은 전혀 해마들의 습격을 받지 않았다.

적을 요격하는 역할을 맡고 있던 해마들은 이미 나의 손으로 전멸시켰으니 당연하다.

한 시라도 빨리 탈출하고 싶게끔 하는 최악의 환경이라는 사실과 통로 그 자체가 해마를 제외한 생물들의 신경을 뒤틀려는 의도로 지어져 있다는 점 말고는, 크게 곤란한 요소는 없었다.

좌우의 촛불만으론 전부 밝힐 수 없는 어둠이, 불규칙적인 경사를 이루고 있었다. 계단부터 천장까지의 높이가 한 단마다 다르다 보니, 평범한 인간은 스무 단 정도 만에 반 고리관이 마비되어 곧장 정신을 잃어버리고야 말리라. 하지만 나는 물론이거니와 나의 가호를 받고 있는 세리나, 그리고 초인종으로서 인간을 초월한 감각 능력을 지닌 크리스티나 양이기 때문에 이 계단을 태연하게 내려갈 수 있는 것이다.

미끄러운 계단에도 서서히 적응되어 약간 빠른 걸음으로 내려가다 보니, 이윽고 커다란 입구가 뻐끔히 뚫려 있는 천연 동굴로 나왔다.

동굴 끝은 탁 트인 원형 광장으로서, 절반 정도가 바닷물에 침수된 반달 형태였다.

그나마 남아있는 광장은 기존의 돌바닥을 인공적으로 평평하게 고른 듯이 보이는 지형으로서, 군데군데마다 서 있는 촛대로 밝혀져 있는 땅은 흑요석을 연상케 하는 빛깔과 윤기를 띠었다.

이곳에도 역시, 머리를 잃거나 가슴에 구멍이 뚫려 있는 해마들의 시체가 무수히 굴러다녔다.

광장으로 들어온 우리를 맞이한 것은 중심부에 선, 유별나게 커다란 덩치의 늙은 해마였다.

이 저택의 주인 역할을 맡고 있던 걸로 보이는 늙은 해마는, 호화로운 파란 가운을 걸쳐 입고 있을 뿐만 아니라 목이나 팔부터 발목에 이르기까지 수많은 보석 장식품들을 몇 겹에 걸쳐 둘러 감고 있었다. 그야말로 전형적인 벼락부자의 차림새로군.

얼굴 생김새로부터 인간으로 위장했을 때의 모습이 약간이나마 비쳐 보였지만, 군데군데마다 누런 비늘이 벗겨진 자리로 검붉은 맨살을 내비치고 있었다.

물갈퀴가 달린 손으로 잡고 있는 것은, 해마의 머리를 본뜬 장식을 한 지팡이였다. 그 지팡이로부터 해마들 특유의 마력이 발산되고 있는 걸로 봐서, 그것이 바로 바다 밑바닥의 동료들을 지상으로 인도한 원흉이라는 사실을 짐작할 수 있었다.

"주인의 허락 없이 흙발로 저택 안까지 들어온데 관해선 사과드리오."

내가 전투태세를 취하지도 않은 채로 은근히 무례하게 입을 열자, 늙은 해마는 엄청난 분노가 서린 눈동자로 나를 노려봤다.

나의 좌우 후방으로 빈틈없이 따라온 크리스티나 양과 세리나가, 모든 방향으로부터 들어올 수 있는 습격에 대비했다. 광장에는 100마리가 넘는 해마들의 시체가 굴러다닐 뿐이었으나, 눈앞의 늙은 해마에게 시체를 조종하는 힘이 있을지도 모를 뿐만 아니라 죽은 해마들을 제물로 삼아 특별한 주술을 사용할 가능성 또한 부정할 수 없었기 때문이다. 크리스티나 양과 세리나는 아무리 3대 1의 상황이라도 경계심을 늦출 이유가 안 된다는 사실을 잘 알고 있었다. 늙은 해마는 불명확하긴 하지만, 충분히 알아들을 수 있는 목소리로 나에게 저주를 퍼부어 왔다. 행동 자체는 격렬한 감정에 사로잡힌 몸동작인 듯이 보였으나, 혹시 바다로부터 지원

군을 부르기 위한 시간벌기를 겸하고 있는 건가?

"설마 너희 같은 애송이들에게 우리의 계획을 방해당할 줄이야. 인간들 사이에 뒤섞여 이 땅에 뿌리를 내린 그날로부터 200년……. 단 한 순간 만에 200년간의 노력이 무위로 돌아갈 줄은, 꿈에도 예측할 수 없었다."

늙은 해마의 지팡이를 잡은 손이 마구 부들거리자, 호화로운 복장을 입은 추악한 육체로부터 엄청난 분노가 서린 기운이 피어 올라왔다.

나의【에너지 애로우】세례로부터 살아남을 걸로 판단하자면, 해마장 정도의 수준까진 아닐지라도 일반적인 해마들 중에선 꽤나 상위에 해당되는 존재로 보였다.

물론 해마장이건 해마왕이건, 그야말로 저들이 숭배하는 신일지라도 나에게 있어선 큰 차이가 없는 존재들이었다.

"200년이라? 이제 슬슬 헛된 노력이었다는 사실을 깨달아라. 사악한 신들의 창조물인 네놈들의 영혼은, 육체의 멸망과 함께 대부분 창조주에게 되돌아간다더구나. 하지만 나는 먼 옛날, 너희들 같은 패거리와 싸울 땐 영혼까지 완전히 멸망시켜야 한다는 교훈을 배웠다. 신과 하나 되는 명예를 얻지 못한 채로 죽게 되는, 아니, 멸망할 수밖에 없는 너의 운명을 받아들여라."

나의 혼으로부터 발생된 마력이 고신룡으로서의 본질을 강하게 띰에 따라, 등 뒤의 크리스티나 양과 세리나가 당황하는 기척이 전해져 왔다. 특히나 나와 지극히 인연이 깊은 용을 죽인 자의 인자를 보유한 크리스티나 양은, 더욱더 민감하게 감지한 듯이 보였다.

"헛소리 마라! 우리 왕의 크나큰 야망을 이루고자, 우리 일족은 태어난 그날부터 모든 목숨들을 아낌없이 바쳐 왔다. 너희 같은 애송이들에게 방해당할까 보냐! 동포여, 어두운 바다와 썩은 물, 원한과 함께 흐르는 바다의 동포들이여! 오래된 해마, 아가나의 목소리에 답하라!"

늙은 해마— 아가나가 치켜든 지팡이가, 파란 빛을 사방으로 뿜었다.

그에 따라 등 뒤의 해수면이 갑작스럽게 거품을 일으키는가 싶더니, 그로부터 튀어 나온 수많은 그림자가 우리와 아가나의 사이로 내려섰다.

썩은 바닷물의 방울로 발밑을 적신, 50마리가 넘는 해마들이 우리의 앞길을 가로막았다.

아가나가 지니고 있는 지팡이는 단순히 멀리 있던 동포들을 불러들이는 능력 말고도, 미약하게나마 소유자가 있는 곳으로 그들을 공간 전이시키는 기능까지 갖추고 있는 모양이다.

"이 동굴은 우리 신의 가호가 강한 곳이야. 지금 소환한 동포들은, 밖에서 네 녀석들과 싸우던 동포들과 차원이 다를 것이다. 동포들아, 어리석은 침입자들을 뼈까지 통째로 잡아먹어라!"

그의 말마따나 해마들의 기운과 마력으로 가득 차 있는 이 광장은, 그들에게 막대한 은혜를 선사하고 있었다. 생명력이나 마력을 비롯한 모든 능력들이, 2할부터 3할 정도까지 강화된 상태였다. 하지만 지금은 일일이 자랑스럽게 소개하는 대사나 읊기보다는, 새롭게 소환한 해마들로 곧장 우리들을 공격해야 하는 순간이었다. 오랫동안 인간들의 부유층 사이에 섞여 산 탓인가? 아가나의 전투에 관한 직감은 완전히 무뎌진 듯이 보이는군.

"나의 피에 깃든 뱀이여 그대의 독니로 나의 적을 물어뜯어라 쟈두크!"

아니나 다를까, 세리나가 구현한 마성의 뱀이 가까운 해마 한 마리에게 달려들었다.

물고기와 인간과 문어가 뒤섞인 늙은 해마의 얼굴이 경악스럽게 일그러졌다.

저주받은 뱀의 어금니가 비늘과 살점을 세차게 꿰뚫자, 대량의 연자줏빛 독액이 해마의 몸 안으로 흘러 들어갔다. 온몸으로 독이 퍼진 해마는 온몸의 모든 구멍으로부터 엄청난 양의 피를 뿜다가, 단말마의 비명을 지를 틈조차 없이 숨을 거뒀다.

세리나의 기습을 목격한 아가나는 허를 찔린 듯이 보였으나, 다른 해마들은 밤낮으로 수룡(水龍)이나 어인들과 전쟁을 치르고 있는 현역 전사들이었다. 그들은 아무런 감정적 동요 없이 우리를 공격해 왔다.

"머릿수만 믿는 적들이야. 아마도 굳이 그대가 나설 필요는 없을 것 같군, 드란."

나는 냉정하게 피아의 전투력 차이를 분석하는 크리스티나 양에게 자신의 의견을 말했다.

"아마도 평균적인 전사나 마법사들로는, 상대의 네다섯 배 가까운 숫자를 준비해야 하는 상황이겠지만……."

오늘과 같은 경우, 해마들한테는 「상대가 안 좋았다」는 말밖에

안 나오는군. 같은 의견인 듯이 보이는 크리스티나 양의 옆얼굴로
희미한 쓴웃음이 스쳐 지나갔다.

"그야 뭐, 우린 우리니까 말이야. 아무튼 가볼까?"

자신의 온몸을 대상으로 신체 강화 마법을 건 크리스티나 양은,
마력의 칼날을 중첩시킴으로써 공격 범위를 대폭으로 연장시킨 엘
스파다와 함께 해마들에게 파고들어갔다.

세리나가 소환한 마성의 뱀이 커다란 몸통으로 적들의 움직임을
얽어 맨 가운데, 바람에게 사랑받는 듯한 몸놀림으로 가로질러 들
어간 크리스티나 양이 마력의 검을 휘둘렀다.

"해마의 신에게 받은 가호 따위는, 우리들한텐 지극히 사소한
차이에 불과한 모양이군."

너무나 믿음직스럽기 그지없는 아군 두 사람 덕분에, 나한텐 거
의 할 일이 없어 보였다.

크리스티나 양의 활약상이 인간의 규격을 초월한 거야 평소와
다를 바 없었지만, 세리나 또한 나와 만난 이후로 경험한 수많은
전투를 통해 완연히 전투적인 1류 마법사로 성장했다. 나의 비늘
을 사용한 펜던트에 의한 가호까지 고려하자면, 거의 라미아 퀸의
경지까지 도달한 상태일지도 모른다. 결국 전투가 시작된 이후로
내가 한 행동은, 황급히 새로운 지원군을 불러들이려던 아가나의
머리와 심장을 두 번째 【에너지 애로우】로 날려버린 것뿐이었다.

†

아가나의 지팡이를 봉인하고 그가 불러들였던 해마들까지 모조리 소탕한 우리는, 아까 바제와 약속한 대로 해안을 무대로 펼쳐지고 있던 전투의 상황을 살피고자 급히 이동했다.

아가나의 지팡이는 차후에 골네브 지도부에게 증거품 중 하나로 제출할 예정이다.

시가지를 지키는 경비병들에 대한 상황 설명은, 일단 해마들을 물리치고 나서 파티마나 네르와 합류한 다음에 하는 편이 덜 성가시리라는 생각이 들었다.

아가나가 소유하고 있던 별장 말고는 골네브 시가로 통하는 진입로는 존재하지 않았기 때문에, 파티마의 별장을 공격하는 해마들은 보이지 않았다. 아무튼 지금으로선 시가지 쪽을 지나치게 걱정할 필요는 없으리라는 느낌이 드는군.

해안선과 가까운 도로로 나온 우리는 해마였던 존재의 흔적으로 추정되는 잿더미나 절구 모양으로 잘려 나간 단면이 고열에 의해 유리질로 변한 모래사장, 혹은 원형의 거대한 구멍이 뚫려 있는 바다 밑바닥을 목격했다.

레니아의 염동력에 의해 사지가 갈가리 찢겨 나간 해마들의 잔해가 눈에 띄었지만, 의외로 숫자가 많진 않았다. 하지만 그렇게 된 까닭은, 원형조차 남지 않도록 미세하게 으깨버린 탓이었다. 레니아가 조종하는 파괴의 사념은, 무자비하게 짓이겨 버린 해마들의 영혼을 두 번 다시 환생이나 재생조차 불가능한 상태로 만들어 버릴 만큼 엄청난 위력을 지닌다.

"이건 혹시…… 자연 경관을 파괴한 죄로 신고당하지나 않을까?"

해안의 일부라곤 하나, 경치가 아름다운 관광지로 유명한 골네브의 지형을 무자비하게 바꿔 버렸다는 사실에 관해 크리스티나 양은 입가를 움찔거리면서 말했다.

배상을 하게 될 경우의 지불해야 할 금액을 어림잡아 계산하고 있었는지도 모른다.

평민들과 다를 바 없는 금전 감각을 지닌 크리스티나 양에게 있어선, 위가 쑤셔올 정도의 어마어마한 금액을 상상한 듯이 보이는군.

"모르긴 몰라도, 해마들의 침략으로부터 인명을 구하기 위한 싸움이었으니 정상참작 정도는 받을 수 있지 않을까요?"

그러는 세리나 역시 어중간한 표정을 짓고 있는 걸로 봐선, 마음속으론 의외로 초조한 건지도 모른다. 물론 두 사람의 불안을 이해 못 하는 건 아니었다.

방금 전까지 파티마나 네르, 이리나와 함께 놀던 모래사장은 다른 토지가 아니었나 싶을 만큼 우리들의 눈앞으로 펼쳐진 광경은 너무나 극단적인 양상을 띠고 있었기 때문이다.

"만일의 경우가 벌어졌을 땐 바제가 모아두고 있던 금은보화들로 치르게 하자. 저 녀석은 겉보기보다 훨씬 부자니까, 어떻게든 지불 자체는 가능할 거야."

"바제 양을 날뛰게 할 수 있는 말씀을 태연하게 하시네요, 드란 씨. ……어디 보자, 레니아 양과 바제 양 본인들은…… 찾았다, 저기 있어요!"

세리나가 가리킨 쪽으로 시선을 돌리자, 먼 바다까지 나간 레니아가 사념에 의해 자신을 부유시켰다가 사념룡을 휘감은 채로 바닷속을 향해 잠수하던 참이었다.

해수면은 물가부터 먼 바다에 이르기까지 검붉은 해마들의 피로 물들어 있는데다가, 해마들의 살점이나 내장의 일부가 물결 사이로 떠돌아 다녔다.

"레니아는 예상보다 훨씬 분발하고 있는 모양이군. 상처를 입은 듯한 흔적조차 없어 보이니, 일단은 한시름 놓은 것 같아. 하지만 바제는 의외로 고전 중인가?"

해수면으로부터 뛰쳐나온 세 개의 기다란 오징어 다리 같은 촉수가 바제의 몸을 휘감고 있었다. 예쁜 배꼽을 노출하고 다니는 배나 나의 손으로부터 흘러넘칠 만큼 커다란 가슴 사이, 윤기 난 근육과 지방이 올라 있는 허벅지로 검붉은 바닷물로 축축한 다리들이 휘감겨 왔다. 드래고니안의 모습으로 변신한 상태로도, 원래 성체(成體)까지 성장한 용종인 바제는 겉보기와 달리 엄청난 질량과 내구력을 지닌다. 일단은 아직 고통을 느낄 정도의 압력은 아닌 듯이 보이는군. 바제의 얼굴빛은 신체적인 고통보다는 강한 생리적 불쾌감을 호소하고 있었다.

흠뻑 젖은 촉수에 휘감긴 바제의 몸은 촉수의 점액 때문에 번질거리고 있었으며, 원래부터 풍만한 몸매로 인해 터질 듯이 팽팽하던 복장은 바닷물에 젖어 속이 비쳐 보이기 시작했다.

바제의 배나 가슴, 허벅지와 목으로 조여 들어오는 오징어 괴물의 다리는 더욱더 늘어났다. 이젠 바제의 모습 자체가 미끄럽게 빛나는 하얀 다리 사이로 파묻혀 얼굴과 발부리, 꼬리 정도밖에 보이지 않는다. 하지만 설마 이 정도로 항복할 만큼 나약한 아이는 아닌 걸로 안다. 그렇지 않느냐, 바제야?

그녀가 나의 마음속을 꿰뚫어봤을 리야 없겠다만, 완전히 구속당한 상태였던 바제의 온몸으로부터 멀리 떨어진 우리의 살갗까지 달궈 버릴 듯한 불꽃이 솟아 나왔다.

"흔적조차 남지 않게 불살라 주마!!"

바제의 고함소리와 함께 발산된 홍련의 불꽃은 사방으로 퍼져나가, 주위의 땅거미를 순간적으로 대낮처럼 밝혔다. 그 눈부신 광경을 목격한 내가 눈을 찌푸린 순간, 바제의 몸을 구속하고 있던 오징어 다리 같은 촉수는 눈 깜짝할 사이에 숯덩이로 변하더니 비릿한 바닷바람에 휩쓸려 산산이 흩어졌다.

몸을 적시고 있던 바닷물과 점액이 증발함으로써 불쾌한 감촉이 사라지자, 바제는 그제야 작게 한숨을 쉬었다. 그녀는 지금 당장이라도 불을 뿜을 듯이 예리한 시선으로 바다 속을 노려봤다. 오징어 다리들을 숯덩이로 만들었다곤 하나, 본체한테는 불과 열기가 닿지 않은 상태일 테니 아직 방심하지 않는 태도에 관해선 합격점을 줄 만 하다.

다리가 타서 화라도 났나? 촉수의 본체들이 해수면 위로 흉측한 본모습을 선보였다.

엄청난 거구로부터 검붉은 물을 흩뿌리면서 나타난 것은, 도합 세 마리의 대형 해마수였다.

바제를 구속하고 있던 다리들의 겉모양으로부터 오징어나 문어

같은 괴물일 것으로 추측했다만, 아무래도 절반 정도만 정답이었던 모양이다.

다 자란 용에게 필적할 정도의 거구를 자랑하는 대형 해마수들은 하나 같이 오징어나 문어의 다리 위로 해삼이나 해파리, 거북이나 상어, 게나 새우 등의 몸이 무절제하게 융합된 괴물들이었다. 접합 부분으로부터 온갖 색깔의 체액을 흘리는 꼴은 더할 나위 없을 만큼 추악했다.

그 녀석들이 바다 위로 출현한 순간, 그렇지 않아도 모래사장을 가득 메우고 있던 악취가 더욱더 심해졌다. 나의 힘으로 발동시켰던 정화 마법이 없었다면, 골네브의 모든 인간들이 엄청난 양의 토사물을 흩뿌릴 참이었다. 코의 점막은 물론이거니와 악취와 직접 닿은 피부가 즉시 썩어 문드러질지도 모른다는 느낌이 들 만큼 무지막지한 냄새였다.

"마침 잘 됐군. 나 역시 네놈들 같은 찌꺼기들에게 일일이 수고를 들이기 귀찮은 참이었다."

바제가 회심의 미소를 지었다. 그녀의 투지에 비례하듯이 늘어만 가는 열량에 의해, 주위의 대기가 아지랑이처럼 일그러졌다. 대형 해마수들은 엄청난 거구에 걸맞지 않는 얇은 다리를 해수면 위로 치켜들었다. 검붉은 바다 속으로부터 100개를 넘는 하얀색이나 파란색이나 자주색 등의 온갖 빛깔을 띤 연체동물의 다리들이 하나의 숲처럼 마구잡이로 솟아났다. 지금 보니, 골네브 부근의 바다 속은 바로 방금 전까지 이 녀석들의 다리로 온통 뒤덮여 있었는지도 모르겠군. 빨판이 달려 있는 것 말고도 어긋나나 발톱이 달려 있는 것들과 새의 부리나 기다란 바늘을 뻗고 있는 것까지 우뚝 선 다리들의 형상은 각양각색이었다.

"흥! 기분 나쁜 녀석들. 하지만 네 녀석들은 오늘부로 이 세상과 작별할 신세들이다. 나한텐 네 녀석들에게 베풀 자비나 용서 따위는 전혀 없거든!!"

흉악한 미소를 지은 바제의 온몸으로부터 지금껏 방출한 화염의 총량을 훨씬 웃도는 열과 불꽃이 폭풍처럼 흘러넘치자, 마치 작은 태양이라도 나타난 듯한 빛이 근방 일대를 비췄다.

바제가 뿜는 화염의 열량이 더욱 올라가자, 순식간에 전의를 상실한 대형 해마수들은 뚜렷하게 겁을 집어먹은 듯이 보였다. 제대로 된 지성이 없는 만큼 생존 본능이 강하다 보니, 서로 간의 전투력 차이를 민감하게 감지한 모양이다.

상위종인 용종을 상대로는 아무리 대형 해마수라도 승산이 거의 없었다. 더군다나 지금의 바제는 이보다 더할 수 없을 만큼 전투 본능이 들끓는 상태였다. 이길 가능성은 만에 하나조차도 없었다. 나는 편안한 마음으로 바제와 그들의 전투를 지켜볼 수 있었다.

"흥! 이제 와서 수준 차이를 깨달았느냐? 하지만 이미 늦었다. 네 녀석들을 모조리, 한꺼번에 화장시켜 주마!!"

바제가 양손을 크게 치켜들자, 그녀가 주위로 일으켰던 불꽃과 열기가 소용돌이처럼 모여들었다. 그리고 눈 깜짝할 사이에 거대한 불꽃 덩어리를 완성시켰다.

그야말로 소형의 태양이라 표현할 만한, 막대한 열량의 덩어리였다.

커다란 불구슬의 열량은 우리들에게 해를 끼치진 않았으나, 그 눈부신 빛과 어마어마한 마력을 목격한 크리스티나 양과 세리나는 경악을 금할 수 없다는 표정을 지었다.

자신들의 피할 수 없는 죽음을 상징하는 커다란 불구슬과 마주하자마자 자포자기 상태에 빠진 대형 해마수들은, 꿈틀거리고 있던 100개 이상의 다리들로 일제히 바제를 덮쳤다.

세차게 가격하건 찔러 버리건 둘러 감건, 그 촉수들은 대형 범선조차 간단히 파괴하고도 남을 정도의 힘을 지니고 있었다. 그러나 그것들은 커다란 불구슬의 열량에 의해 미처 바제에게 닿기도 전에 불타오른 숯덩이가 되어 산산이 부서져 버렸다.

흐음, 아마도 바제의 기량은 나의 예상보다 훨씬 크게 상승된 모양이군.

나는 자연스럽게 감탄 어린 한숨을 쉬었다. 정말 대단하구나, 바제야.

"하하하하, 더 이상 쳐다보기도 싫은. 추악한 괴물들아! 썩어 빠진 바다와 함께 영원히 사라져라!!"

바제가 치켜들었던 양손을 적들에게 휘두른 순간, 커다란 불구슬은 공포의 포효를 지르는 대형 해마수들에게 일직선으로 날아갔다.

주위의 방대한 바닷물뿐만 아니라 바다 밑바닥의 모래와 바위까지 증발시킨 거대한 불구슬은, 대형 해마수들을 직격으로 덮쳤다. 아울러 미쳐 날뛰는 폭풍과 폭염이 일어났다. 나는 세리나와 크리스티나 양, 그리고 골네브 시가지를 지키기 위한 광역 마력 장벽을 펼쳤다.

꽤나 오랫동안 이어지던 폭풍에 의한 광란이 겨우 잦아들고 나서야, 우리는 대형 해마수들의 결말을 확인할 수 있었다. 육안으로 확인해 보니, 커다란 불구슬이 명중된 지점을 중심으로 바다가 반구 형태로 잘려나가 있었다. 그리고 주위의 바닷물들이 그곳으로 흘러들어가는 중이었다. 그러나 아직껏 대기에 잔류 중인 열로 인해, 오염된 바닷물들은 흘러들어가자마자 모조리 증발해 버렸다. 그 결과, 지금 이 일대를 뒤덮고 있는 것은 물이 아닌 수증기였다.

폭심지를 아무리 살펴본들 대형 해마수들의 모습은 그 파편조차 남아있지 않았다. 심지어 지금껏 확인할 수 없었던 바다 밑바닥까지 샅샅이 들여다보일 정도였다.

깔끔한 반구 모양으로 잘려 나간 바다 밑바닥은, 자세히 보니 유리 상태로 녹아 있었다. 바제의 일격이 지니고 있던 어마어마한 위력을 뚜렷하게 증명하는 광경이었다.

나의 예상을 약간 능가하는 힘을 선보인 건 사실이지만, 원래부터 바제는 이 정도의 잠재능력은 갖추고 있는 아이였다. 참고로 대형 해마수들은 지금 날린 일격으로 완전히 소탕된 모양이다. 바다 속으로부터 느껴지던 해마들의 기척이 급속한 속도로 멀어지는 중이거든.

바다 위의 바제가 날뛰던 동안, 레니아 역시 상당한 숫자의 해마들을 도륙한 걸로 보이는군.

세리나와 크리스티나 양이 넋 나간 얼굴로 바제를 올려다보고 있는 동안, 우리의 존재를 알아차린 바제가 가벼운 날갯짓과 함께 완만한 각도로 강하해 왔다.

"흥! 커다란 덩치 말고는 전혀 쓸모가 없는 놈들이었군."

바제는 여느 때와 다를 바 없이 거만하게 느껴지는 목소리로 중얼거렸지만, 어딘지 모르게 「어떠냐!」라는 자랑스러운 속마음이 비쳐 보일 만큼 당당하기 그지없는 태도였다.

팔짱을 낀 팔위로 커다란 가슴이 출렁거리는 광경은 세상 남자들에게 있어선 최고의 눈요깃거리겠지만, 개인적으론 바제가 자신의 성과를 부모에게 자랑하는 소녀처럼 보이는 관계로 그저 훈훈하게만 느껴졌다. 고향에서도 이런 식으로 다정한 부모님과 오빠의 무한한 사랑을 받고 자란 것이 틀림없다.

나 스스로가 바제를 상대할 땐 연장자이자 종족의 상위자로서 행동하고 있으니, 바제 또한 무의식적으로 나에게 기대는 식의 행동을 보이는 것 같군.

개인적으론 훌륭하게 성장한 제자를 칭찬하는 스승 같은 기분이었다.

"수고했다. 정말 멋지더구나, 바제야. 과연 심홍룡의 후예라는 감탄밖에 안 나오더군."

나는 남에게 아첨을 하거나 겉치레 말로 치켜세우는데 관해선 절망적으로 서툴렀다. 따라서 상대방을 칭찬할 때는, 항상 진심으로 칭찬한다.

바제는 그러한 나의 속마음을 헤아린 듯이 더더욱 자랑스럽게 코웃음을 치더니, 꼬리를 경쾌하게 흔들었다. 어딘지 모르게 뺨과 입가까지 누그러진 듯이 보인다.

꽤나 까다로운 아가씨지만, 마음을 허락한 상대한테는 참으로 알기 쉬운 태도를 취하다 보니 그녀와 관계를 유지하는 방법을 익히는 건 그다지 어려운 편은 아니었다.

"후훗, 당연한 결과다. 이 몸이 저열한 해마의 권속들 따위에게 뒤처질 리가 없거든!"

바제는 더더욱 당당하게 기쁜 표정을 지어 보였지만, 유감스럽게도 나는 그녀의 기분이 나빠지리라는 사실을 알고도 단 한 가지 사항을 짚고 넘어가야만 했다.

"앞으로도 방금 전처럼만 부탁하마. 다만, 전혀 다친데 없이 이기지 못한 건 아쉽구나. 바제야, 목 부근이 빨갛다. 적의 촉수가 몸으로 감겨 들어왔을 때의 흉터 같다만, 통증은 없느냐?"

자세히 보니 오른쪽 목덜미부터 턱 밑까지 붉게 부어올라 있었다.

아마도 그곳만이 바제의 몸 가운데 피부나 비늘이 얇은 부분이거나, 마력을 환기시켜 만드는 방어막이 취약한 장소였던 걸로 보이는군.

나의 지적을 듣고 나서야 상처를 발견한 바제는, 곧장 눈썹 사이를 찡그리더니 굵은 갈고리 손톱과 용의 비늘로 뒤덮인 오른손으로 잽싸게 흉터를 가렸다. 100점 만점을 받을 뻔 했다가 단 한 치의 흠이 생긴 거나 다름없는 상황이니 기분을 잡친 건 이해가 간다만, 방금 전까지 기고만장에 가까운 상태였다가 순식간에 변화하는 모습은 참으로 극단적인 표정 변화였다.

"칫, 이 정돈 별거 아니야. 대충 침이라도 묻혀두마. 어쨌거나 이런 상처 따윈 금방 아물 테니, 너무 신경 쓰지 마라."

"하지만 이대로는 나의 기분이 썩 좋지 않아. 이리 오렴."

"뭐?! 그, 그럴 필요 없다."

뭔가 불길한 예감이라도 들었나? 바제는 뒷걸음질 쳤지만, 나는 아무 상관없이 앞으로 나아가 그녀의 목덜미를 어루만졌다.

"힉? 가, 간지럽다. 만지지 마, 만지지 말라니까!"

바제가 항의를 하건 말건, 나는 손가락을 통해 용종으로서 지니고 있는 생명력의 일부를 그녀에게 아주 약간만 주입시켰다. 바로 그 순간, 바제의 상처는 온데간데없이 자취를 감췄다. 나의 손가락을 뗀 자리에 남은 것은, 상처라곤 전혀 없는 옥구슬 같은 피부뿐이었다.

"이제 큰 문제는 없을 거다. 이런 상처조차 나지 않도록 지금보다 조금만 더 주위의 지형을 고려한 방식으로 전투를 펼칠 수 있었다면, 100점 만점까지 줄 수 있었을 텐데 말이야."

바제가 나의 손가락과 직접 닿았던 부분을 오른손으로 감싸더니, 화난 얼굴로 볼을 부풀렸다. 나의 지적에 대한 불만을 온몸으로 표현한 것이다. 바제의 이런 구석은 참 어린아이 같군.

"주위를 일일이 신경 쓰는 방식으로 적들을 제대로 물리칠 수 있을까 보냐. 애초부터 이 근방을 철저하게 파괴한 주범은 내가 아니라, 오히려 천방지축처럼 날뛰던 저 멍청이 쪽이야."

"저 멍청이라……."

바제가 지긋지긋하다는 듯이 먼 바다 쪽으로 돌린 시선을 따라가 보니—

크게 부풀어 오른 해수면으로부터 수많은 물기둥과 물보라가 솟아났다. 그리고 바다 속으로부터 사념룡을 거느린 레니아가 나타 났다.

물기둥에는 바제가 상대하던 놈들과 다른 종류의 해마들이나 대형 해마수의 잔해가 무수히 섞여 있었다. 추악한 빗줄기가 쏟아지는 가운데, 레니아가 큰 소리로 당당하게 웃고 있었다.

해안까지 걸어 나온 나를 알아본 그녀는, 꽃이 핀 듯한 밝은 미소를 띤 채로 있는 힘껏 벌린 양손을 마구 흔들었다. 자신의 활약상을 필사적으로 어필하고 있군.

저 몸짓만 볼 땐 참으로 훈훈하기 그지없는 광경이다만…….

"드란 씨~!! 보십시오, 전부 쓸어 버렸습니다. 모조리 전멸시켰다고요!! 썩어 빠진 해마 놈들을 남김없이 짓이겨 버렸단 말입니다. 어차피 하등한 해마신들의 창조물에 지나지 않는, 추악한 비린내 말고는 존재가치가 전혀 없는 오합지졸들이니까요! 저한테 걸렸을 땐 몇 천을 동원하건 몇 만을 동원하건, 한꺼번에 쓸어버릴 티끌들이나 마찬가집니다! 하하, 하하하, 후하아아하하하하하하하하하하하하————하하하하하하!!"

우리한테 도달하고도 남을 정도의 엄청난 음량으로 웃는 레니아와 시선이 마주친 우리들은, 잠시 동안 넋이 나간 표정으로 말없이 그녀를 쳐다봤다.

그러던 가운데, 크리스티나 양이 나직한 목소리로 중얼거렸다.

"드란, 그대는 정말로 그녀의 호감을 사고 있는 모양이군. 나한테는 레니아가 그대의 칭찬을 받고 싶어 주체를 못 하는 어린 소녀로 보여."

"저 역시 크리스티나 양과 같은 의견이에요. 레니아 양은 언제나 드란 씨 말고는 안중에도 없는 것 같거든요. 아, 어쨌거나 이리나 양을 상대할 때만은 약간 태도가 부드럽지만요."

당장 대답할 말을 떠올릴 수 없었던 나는, 두 사람을 향해 작은 미소나 지을 수밖에 없었다. 고신룡이건 뭐건, 이럴 땐 아무 소용없군.

아무튼, 우리는 골네브의 안전을 확보하는데 성공했다. 그러나 유감스럽게도, 모든 사건들이 완벽하게 해결된 것은 아니었다.

전투를 치르다가「어떤 불안요소」를 떠올린 나는, 골네브를 습격하던 해마들을 일망타진하자마자 감각 기관의 효과 범위를 확장시킴으로써 이 혹성의 바다 전역을 살폈다.

단순한 소규모 습격 정도야 그냥 넘어갈 수 있겠으나, 해마들이 하나의 도시를 대상으로 습격을 감행한 이번 사건 자체가 무척이나 흔치 않은 경우였다. 해마들을 상대로 치른 오늘의 싸움과 류키츠 일행들로부터 입수한 정보를 서로 비춰 보자면, 이번 사건에는 당연히 후속타가 있을 걸로 예상된다.

해마들에게 있어선 당연히 바다 속의 적들이야말로 가장 큰 장애물이었다. 따라서 이번 사건 역시 바로 그 바다의 적— 말인즉슨 류키츠 일행을 대상으로 뭔가 특별한 목적을 이루기 위한 행동일 공산이 컸다. 대규모 습격을 감행함으로써 류키츠 일행의 눈을 한 순간이나마 지상으로 돌리거나, 혹은 용궁국(龍宮國)의 병력을 각지로 분산시키기 위한 양동작전일지도…….

하지만 용궁국 공략을 목적으로 벌인 행동일 경우, 류키츠 본인을 유인하지 못 하는 작전은 무의미하다. 그리고 이 정도의 습격으로 그녀가 친히 움직일 리는 없다. 이런 건 고작해야 시간벌기 정도겠지. 그리고 그렇게 번 시간으로 도대체 뭘 하려는 거지?

"흠……."

해마들의 계획에 관해 대충 감을 잡은 나는, 바다를 살피던 감각 망의 정확도를 더더욱 올렸다. 그 결과, 어떤 바다 밑의 특정한 장 소를 무대로 격렬한 전투가 펼쳐지고 있는 기척을 느꼈다. 나의 예감은 보기 좋게 적중해 버린 셈이다.

나의 감각 기관은 해마들뿐만 아니라, 그들과 격돌 중인 상대편 의 힘까지 감지했다.

마성의 존재들만이 바다에 사는 것은 아니다. 선량한 신들의 진 영에 소속된 해신의 권속, 바다의 정령이나 환수(幻獸), 마수, 그 리고 류키츠나 루우와 같은 수룡, 창유에와 같은 인어나 크샤우라 등의 어인까지 다양한 종족들 또한 드넓은 바다를 삶의 터전으로 삼고 있다.

예로부터 해마들이 움직일 땐 항상 그들의 사악한 음모를 막으 려 하는 자들이 나타났다.

바다 밑바닥으로부터 류키츠가 통솔하는 용궁국의 군대가 해마 들의 대규모 군세를 상대로 본격적인 전투를 시작하려는 기척이 느껴졌다. 거의 100만에 가까운 각각의 군세가 발산하는 투기와 마력이 서로 충돌하는 중이었다.

류키츠 녀석, 무슨 일이 있을 땐 언제든지 협력하겠다는 말을 건 넨 걸로 기억한다만…… 아니, 그녀의 성격이나 이 별의 바다에 사는 이들의 심정을 고려할 땐 갑작스럽게 나타난 나 같은 자에게 도움을 청하기는 쉽지 않은가?

흠, 지금부터 그녀들의 싸움에 끼어드는 건 극단적으로 눈치 없는 행동일지도 모르겠군.

해마들과 용궁 군단의 전쟁은, 기나긴 역사와 함께 오랫동안 이어져 온 숙명의 대결이었다.

류키츠의 부군이자 루우의 아버지였던 용 또한, 해마들의 왕비와 그 자식들을 길동무로 삼아 전사했다는군.

말하자면 류키츠와 루우에게 있어서, 지금부터 깊은 바다 밑을 무대로 시작되려 하고 있는 전쟁은 타인의 난입을 절대로 용납할 수 없는 유일무이한 싸움이라는 뜻이다.

나는 이 전투에 개입해야 하나? 혹은 개입하지 말아야 하나?

나는 류키츠와 루우의 얼굴을 머릿속으로 떠올렸다. 그리고 답은 금방 나왔다.

류키츠와 루우가 나의 결론을 어떻게 받아들이건, 결코 후회는 하지 않을 것이다.

그리고 나는—.

"흠."

—평소와 다를 바 없는 입버릇을 읊조렸다.

†

"드란 씨~~!"

나의 머리 위까지 와서 사념에 의한 비행 상태를 해제한 레니아는, 등골이 오싹거릴 듯한 콧소리와 함께 나를 향해 떨어졌다.

레니아는 내가 자신을 받아 주리라는 사실을 믿어 의심치 않는 순수한 표정을 짓고 있었다.

이거야 원, 정말 크리스티나 양의 말마따나 아버지의 칭찬을 받고 싶어 주체를 못 하는 딸이 따로 없군. 카라비스가 창조한 신조마수치고는 이따금씩 기묘할 만큼 순진무구한 모습을 보인다만, 혹시 나로부터 유래된 요소가 약간 관여하고 있는 건가?

"나 원 참…… 기대를 저버리기는 좀 딱한가?"

나의 혼잣말을 놓치지 않은 세리나와 크리스티나 양은 살며시 시선을 딴 데로 돌렸다. 참으로 야박한 친구들이군.

한편 바제는, 한껏 어금니를 악문 채로 추락 중인 레니아를 죽일 단 한 순간의 빈틈을 노리듯이 무섭게 쏘아보고 있었다. 저건 거의 진심이군, 흠.

주위의 여성진에게 도움을 받을 수 없는 상황임을 깨달은 나는, 어쩔 수 없이 레니아에게 양손을 펼쳤다. 나에게 안길 수 있다는 사실을 안 레니아의 미소가 더욱더 눈부시게 빛났다. 이 세상의 어느 누가, 잉여신 카라비스가 창조한 신조마수라는 저 소녀의 진짜 정체를 과연 짐작이나 할 수 있을까? 레니아는 나에게 부담이 오지 않도록, 안기기 직전까지 와서 사념으로 몸을 띄우는 묘기를 선보였다. 그 결과, 그녀는 아무 문제없이 부드럽게 나의 품안으로 들어왔다. 레니아는 가냘픈 양팔로 나의 허리를 붙잡더니, 있는 힘껏 나의 몸을 꺼안았다. 몸집이 작은 레니아의 얼굴은 나의 배 언저리와 힘차게 맞닿고 있다만, 숨은 잘 쉬어지나?

"하하, 의외로 응석꾸……."

평소부터 나를 순수하게 아버지로 따르는 레니아가 상대인 만큼, 나로서도 꽤나 흐뭇한 기분이 들던 참이었다. 그런 이유로 그녀의 머리를 쓰다듬고자 손을 뻗은 순간, 「어떤 소리」를 듣고 만나는 무심코 팔의 움직임을 멈출 수밖에 없었다.

―킁킁, 흐으음, 하아아―.

"―리기, 로구나……."

나는 의도치 않게 입을 벌린 채로 말문이 막혀 버리고 말았다.

세리나와 크리스티나 양, 바제의 얼굴을 순서대로 둘러보니, 세 사람 다 눈가나 입가가 움찔거렸다. 제각각 개성적인 미모를 자랑하는 세 소녀의 얼굴이 경악과 당혹으로 굳어 버리는 광경은 꽤나 흔치 않은 구경거리였다만, 개인적으론 그런 것보단 지금 당장 도움을 받고 싶군.

―킁킁, 킁킁, 흐으음, 하아아, 흐으음, 하아아―.

방금 전부터 들려오는 것은, 나의 배에다가 얼굴을 파묻은 레니아가 심호흡을 되풀이하는 소리였다. 아니, 레니아? 정말이냐? 진심이냐? 이건 현실인가? 네가 나를 잘 따른다는 사실에 관해선 이해하고 있는 줄 알았다만…… 설마, 이렇게…… 나의 체취를 심호흡씩이나 해서 맡고 싶을 정도였단 말이냐? 나의 냄새로 폐 속을 채우는 것이야말로 너의 행복이냐?

지금의 나는 인간들이 자신의 힘으론 어쩔 도리가 없는 사태를 당했을 때, 구원을 바라는 의미로 신들에게 기도하는 심정을 진심으로 이해할 수 있을 듯한 기분이 들었다.

지금껏 수없이 목격해 온 그러한 이들은 현재의 나와— 똑같다는 말은 그들에게 무례한 표현이겠지만 — 비슷한 감정을 느꼈을 것이 틀림없다.

무심코 온힘을 다해 현실 도피를 시도하려던 가운데, 새로운 소리가 나의 고막을 뒤흔들었다.

—크큭, 헤헤, 헤헤, 크헤헤헤헤헤.

복부 언저리를 간지럽히는 레니아의 웃음소리를 인식한 순간, 나는 그녀가 틀림없는 카라비스의 딸이라는 사실을 새삼 재확인했다. 가능한 한 인식하고 싶지 않았다만, 때는 이미 늦었다. 흐으음.

레니아의 기행을 목격한 나는 크나큰 정신적 충격을 받았다. 하지만 아직은 할 일이 남아 있었다. 레니아의 어깨를 잡은 나는, 오기로라도 떨어지지 않으려는 그녀를 떼어내자마자 스스로 뜻밖일 만큼 의기소침한 목소리로 세리나 일행에게 출발하자는 말을 건넸다.

세리나나 크리스티나 양, 바제에 이르기까지 다들 동정심 어린 시선으로 나를 바라보고 있다는 사실이 나의 마음을 더욱더 상처 입혔다. 타인의 동정심을 산다는 것이 이렇게까지 한심한 기분을 불러일으킬 줄이야, 크윽. 하지만 언제까지나 이 기분을 끌고 갈 순 없다.

일단 마음을 안정시킨 나는, 별장으로 돌아가서 피난민 수용 등의 작업을 하고 있던 파티마 일행에게 해마들을 물리쳤으니 중심가는 이제 안전하다는 정보부터 전달했다.

뒤이어, 해안가와 먼 바다를 무대로 일어나고 있던 이상사태를 확인하러 온 경비병들에게 우리가 시가지와 먼 바다를 제압하고 있던 해마들의 증원까지 섬멸한 사실을 알렸다.

당연하게도 우리가 대형 해마수를 비롯한 해마들을 섬멸했다는 사실을 믿게 하는 건 쉽지 않았으나, 참다못한 바제가 경비 책임자들에게 심홍룡으로서 진짜 모습을 선보인 덕분에 일단은 매듭을 지을 수 있었다. 파티마와 네르, 크리스티나 양 등을 비롯한 고위 귀족 영애들의 증언 또한 사태를 수습하는데 크게 공헌한 요인 가운데 하나였다.

하지만 바제가 심홍룡의 본색을 선보인 일로 인해, 디시디아 가문의 아가씨들이 진정한 용종과 교류를 한다는 소문이 사교계를 뒤흔들지도 모른다는 걱정은 드는군.

사람들은 매우 짧은 시간 동안이나마 해마들의 폭주에 의해 황폐화된 시가지의 복구나 어쩔 수 없이 발생된 소수의 부상자들을 위한 응급조치, 바제와 레니아의 활약에 의해 화려하게 파괴된 해안선을 확인하는 작업 등을 추진하기 시작했다. 그러나 나는 해마들이 출현한 바로 그 순간부터 신경 쓰이던 방향으로 정신을 집중시켰다.

머나먼 저편의 바다 속으로부터 느껴지던, 용궁국의 군대와 해마들의 군세가 벌이고 있는 투기와 마력의 격돌이 드디어 임계점을 돌파하려던 참이었기 때문이다.

류키츠와 루우가 나에게 숨겼던 사실은, 지금 진행 중인 자신들과 해마들의 본격적인 충돌에 관한 이야기였음이 틀림없다. 용궁국 최강의 전투력을 자랑하는 류키츠가 최전선으로 나설 경우, 해마들로부턴 그들의 정점인 해마왕이 나오게 되리라.

해마왕은 진정한 신들 중 하나인 자신들의 창조신으로부터 권능과 영적인 격을 짙게 물려받은 존재였다. 아무리 지상 최강의 일각인 류키츠라 할지라도, 해마왕 상대로는 목숨을 잃을 가능성이 없지 않아 있었다.

"흠, 가벼운 불평 정도는 감수해야할지도 모르겠군."

굴러 넘어졌다가 골절상을 당한 아이를 치료하던 나는, 아득히 머나먼 바다 속으로 백룡의 분신체를 출현시키기 위해 마력과 정신을 집중시켰다.

제4장 검디검은 물속 깊숙이

햇빛조차 도달하지 못할 만큼 깊숙한 바다 속을 무대로, 양쪽 다 100만을 넘는 용궁국과 해마들의 군세가 서로를 마주보고 있었다.

지상에 사는 이들의 전쟁과 달리, 바다 속에 사는 이들로 이루어진 군세의 진용은 보다 입체적인 양상을 띠게 된다. 해마들이 마치 새까만 구체처럼 한 덩어리로 모여 서로의 독기와 마력의 밀도를 높이는 공 모양의 진형을 펼치고 있는데 비해, 용궁국의 군세는 3열 3층의 아홉 집단으로 병사들을 나누는 진법을 펼친 채로 상대방을 노려보고 있었다.

용궁국의 군세를 통솔하는 총대장 역할은 수룡의 모습으로 돌아간 루우가 맡고 있었다. 하지만 그녀의 역할은 어디까지나 병사들의 사기를 고조시키는 일종의 상징에 가까운 것으로서, 그녀가 직접 전투 지휘를 담당하진 않았다.

이번 전쟁은 용궁국의 군세가 자신들의 신을 소환하려는 해마들의 영역으로 쳐들어가는 형국이었다. 그런 고로, 용궁국의 군세는 해마들이 서식하는 깊은 바다 밑바닥으로 진군해야만 하는 입장이었다. 수많은 해마들이 서식하는 깊은 바다 속은 그들의 독기로 가득 차 있다 보니, 평범한 바다의 생물들은 전혀 서식하지 않았다. 마계의 바다로부터 흘러들어온 해마수나 돌연변이 산호초 등이 지배하고 있는 해역을 무대로 한 전쟁이다.

용궁국의 군세는 항상 주위의 독기를 정화하지 않고선 심신을 좀먹는 맹독으로 가득 차 있는 해역을 향해 진군해야 하는 관계로, 전황은 압도적으로 불리할 수밖에 없었다.

현재, 용궁국의 군세가 펼치고 있는 진형은 주위의 독기를 정화함으로써 원래의 능력을 발휘하는데 주안점을 둔 진법이었다. 2층세 번째 줄의 본진에 머물며 전황을 지켜보던 루우의 얼굴 근처로, 근위군과 함께 참전한 창유에가 다가왔다.

"루우 님, 독기의 농도는 버틸 만하십니까?"

시시각각으로 농도가 상승하기만 하는 독기 덩어리를 혹독한 눈길로 둘러보던 루우가, 어렸을 때부터 함께 자라온 소꿉친구에게 시선을 돌렸다.

지금 용궁국 측의 정화 작용을 주도하고 있는 장본인은 다름 아닌 루우였다.

주위의 무녀나 술사들의 지원과 전군의 진용에 의해 루우의 피와 영혼에 잠들어 있는 수룡황의 권능을 증폭시켜, 해마의 접근을 용납하지 않을 뿐만 아니라 독기를 정화하여 용궁국 군사들의 힘을 늘리는 등의 여러 가지 효과를 지닌 결계를 전개하고 있는 중이었다.

그런 고로, 루우가 감수해야 하는 부담은 결코 적지 않았다. 루우를 사랑해 마지않는 창유에로서는, 너무나 걱정스러워 견딜 수가 없을 지경이었다.

용의 모습으로 돌아온 상태의 루우는, 자신보다 훨씬 작은 창유에에게 미소를 지었다.

파랗게 번쩍이는 비늘로 뒤덮인 용의 미소였으나, 어렸을 때부터 용궁성을 터전 삼아 함께 성장한 창유에가 그 표정의 변화를 놓칠 리가 없었다.

"창유에, 소첩에 관해선 걱정 마세요. 이렇게 창유에나 여러분의 보호를 받고 있는데다가 동시에 여러분을 보호할 수 있는 이상, 이 정도의 부담은 짐조차 아닙니다. 필요에 따라선, 이대로 100년이건 200년이건 결계의 핵심을 유지하는 역할을 수행할 수 있을 정도랍니다. 하지만 해마들 역시 어리석기만 한 자들은 아닙니다. 이제 슬슬 소첩과 여러분이 자신들을 신전으로부터 멀리 떼어 놓기 위한 미끼라는 사실을 깨달을 때가 올 겁니다. 소첩에겐 오히려 그쪽이 더 마음에 걸립니다. 창유에, 전체적인 전황은 어떤가요?"

루우의 웃는 얼굴로 희미한 그늘이 졌다.

"예, 루우 님께서 잘 보셨습니다. 신전으로부터 나오는 증원의 숫자가 서서히 감소하고 있습니다. 크샤우라나 라오셴 일행을 비롯한 그 외의 장수들 역시, 우리가 미끼라는 사실을 간파당한 듯이 보인다는 의견을 밝혔습니다. 해마들이 신전으로 돌아가고자 등을 돌리거나 집결시켰던 군사들을 분할시키는 등의 움직임을 보이는 바로 그 한 순간이야말로, 우리가 건곤일척의 기세로 쳐들어갈 수 있는 최고의 기회가 될 줄로 압니다."

"알겠습니다. 소첩은 기회를 봐서 결계의 성질을 공성(攻性) 결계로 전환시키겠습니다. 저희들의 역할은 해마들의 신전으로 돌입하신 어머님, 아니, 폐하와 일행 분들의 부담을 줄이기 위해 해마들의 병력을 한 마리라도 더 많이 신전 밖으로— 멀리 나오도록 유인하는 겁니다. 미끼라는 사실을 간파당한 이상, 사악한 해마들을 한꺼번에 정화하는 급물살이 되어 거칠게 몰아치는 거야말로 폐하와 일행 분들을 위한 가장 큰 도움이 될 테니까요."

"예!"

지금은 피가 이어진 유일한 가족인 어머니가 걱정스러워 견딜 수 없을 텐데, 루우는 자신에게 주어진 임무를 완수하기 위해 그러한 감정을 전혀 내색조차 하지 않았다. 그녀를 마주보던 창유에는 거짓 없는 존경심을 담아 루우에게 깊숙이 머리를 숙였다. 하지만 창유에가 머리를 드는 것보다 빨리, 해마들의 군세가 움직였다. 용궁국의 군세가 새로운 긴장감에 휩싸였다.

그야말로 지금 막 루우와 창유에가 나눈 대화의 내용과 다를 바없이, 용궁국의 노림수를 간파한 해마들은 텅 비어 있던 자신들의 본거지로 돌아가려는 움직임을 보였다.

용궁국의 군세를 묶어두기 위한 목적으로 남은 절반 정도의 해마들은, 죽음을 각오한 임전무퇴의 투지를 불태우듯이 주위를 향해 더욱더 많은 양의 독기를 발산했다.

"해마 놈들…… 설마 썩은 물로만 꽉 차 있는 머리통으로, 우리의 목적을 꿰뚫어볼 줄이야. 이미 폐하께서 신전으로 돌입하시고도 남을 정도의 시간을 벌었다곤 하나, 아직껏 해마왕의 목을 베시진 못한 걸로 보입니다. 루우 님, 어떻게 대응하시겠습니까?"

창유에는 움직이기 시작한 해마들을 긴박한 표정으로 노려봤다.

"방금 말씀드렸다시피, 진법을 공성으로 전환시키자마자 저들을

토벌합니다. 세세한 지휘는 여러분들께 맡기겠습니다. 준비는 끝
나셨나요, 창유에?"

"예, 우리 군의 용사들에게 그와 같은 확인은 일일이 필요 없는
줄로 압니다. 루우 님— 아니, 황녀 전하. 저희들은 모두 존귀하신
옥체를 지키는 검입니다. 단 한 차례의 명령만으로도 적들을 모조
리 베어 보이겠나이다. 아무쪼록, 저희에게 명령을 내려 주십시
오. 사악한 해마들을 물리치라는, 단 한 마디를!"

루우는 재빠르게 힘차고도 늠름한 눈동자로 명령을 바라는 창유
에와 자신의 말을 기다리는 용궁국 장병들의 얼굴들을 만감이 교
차하는 눈빛으로 둘러봤다.

자신의 명령 한 마디로, 망설임 없이 목숨을 건 싸움을 시작할
충신들의 얼굴이다. 아울러 믿음직스러운 전우들이자, 같은 나라
와 바다를 삶의 터전으로 삼는 가족들의 얼굴이다.

자신의 말 한 마디가 이 자리에 모인 100만을 넘는 용궁국 병사
들의 목숨을 좌우한다는 현실이, 새삼스럽게 루우의 양 어깨를 터
무니없이 무거운 압력으로 짓눌러 왔다.

루우는 단 한 순간 동안 눈꺼풀을 감았다.

철이 들었을 때부터 납득하고 있던 입장이긴 하다.

용궁국의 군주인 수룡황의 딸로 태어나 어머니의 보호 아래 자
라온 이상, 언젠가 이러한 순간이 찾아오고야 말리라는 것 정도는
아주 옛날부터 각오하고 있었다.

드란이 이 자리에 없다는 사실이 공연히 쓸쓸하게 느껴진 루우
는 그의 입버릇을 듣고 싶어 견딜 수가 없었으나, 그러한 마음은

곧장 거두어들였다.

─이 싸움이 끝나자마자 드란 님을 뵈러 가자. 여느 때처럼 여러 가지 잡담을 나누거나 놀이상대를 부탁드리자.

─분명히 바제 양까지 따라 나와 떠들썩하겠지만, 소첩한텐 그 시간이 좋았어요. 자신의 행복을 실감할 수 있었거든요.

자신의 각오를 굳게 다진 루우가 자각증상 없는 짝사랑을 품고 있던 남자의 얼굴을 떠올린 채로 100만을 넘는 장병들에게 전투를 명하는 말을 입에 담으려던 바로 그 순간, 그 사건은 일어났다. 마치 일종의 희극처럼 허무하기 짝이 없는 순간이었다.

루우의 결심을 완전한 허사로 돌리듯이, 혹은 안심시키듯이 새하얀 빛과 함께 헤아릴 수 없을 만큼 강대한 힘을 가진 존재가 지독하게 오염된 바다의 한 가운데로 출현한 것이다.

바다 위로부터 떨어지거나 바다 밑바닥으로부터 솟아난 것이 아니었다. 그것은 갑작스럽게, 아무런 사전 예고조차 없이 공간을 무시하는 형식으로 나타났다.

아직껏 완전히 각성한 상태는 아니라곤 하나, 수룡황의 정통 후계자인 루우가 앞장서서 발동시킨 결계를 아무렇지도 않게 통과한 순수할 만큼 압도적인 힘과 빛이 주위를 가득 메웠다.

사실 단 한 순간조차 되지 않는 아주 짧은 시간 동안의 일이었다. 그러나 그 빛이 잦아들고 나니, 100만을 넘는 대군을 자랑하던 해마들은 그 흔적조차 남아있지 않았다.

방금 전까진 틀림없이 존재하던 무시무시한 바다의 괴물들은, 마치 처음부터 용궁국의 백성들이 보던 환각이 아니었나 싶을 만큼 깔끔하게 사라졌다.

그리고 사라져 버린 것은 해마들뿐만이 아니었다. 주위의 바닷물은 물론이거니와 공간 그 자체까지 오염시키던 해마들의 독기가 소멸된 결과, 바다 밑바닥을 온통 뒤덮고 있던 산호초나 변질된 모래바위까지 정화되어 바다 전체가 원래의 아름다운 형상을 되찾은 것이다.

병사들뿐만 아니라 장유에조차 말문이 막힌 채로, 단 한 순간 동안 일어난 현상을 도저히 받아들일 수 없다는 듯이 넋 나간 표정으로 주위를 둘러봤다. 용궁국의 병사들이 몹시 허둥거리는 가운데, 루우는 경악을 금치 못 하는 표정으로 빛의 중심을 멍청하게 쳐다봤다.

그녀만은, 상식을 아득히 초월한 눈앞의 현상을 일으킨 장본인의 이름을 부를 수 있었다.

"드란 님, 어째서 이런 곳까지?!"

단 한 순간 전까진 해마들이 들끓던 공간으로 시선을 돌리자, 순백의 비늘과 피막이 달린 날개를 지닌 파란 눈동자의 용이 시야로 들어왔다.

다 자란 백룡의 모습을 본뜬, 드란의 분신체였다.

골네브로부터 공간 도약을 시행하자마자, 용궁국의 군세와 마주보고 있던 해마들을 섬멸시켰을 뿐만 아니라 오염되어 있던 바다를 정화한 것이다.

루우 일행에게 등을 돌리고 있던 드란은, 그녀를 향해 천천히 고개를 돌려 왔다.

드란과 만난 적 있는 일부의 병사들이나 최근 들어 연습 시합을 치렀다가 무참하게 깨져 버린 크샤우라 등의 무장들, 그리고 창유에는 경악을 금할 수 없는 표정으로 굳어 있었다.

그들은 드란이 지극히 높은 지위에 해당되는 용의 전생자라는 사실까진 파악하고 있었지만, 그럼에도 불구하고 100만을 넘는 해마들을 삽시간에 섬멸시키는 광경은 눈으로 보고도 도저히 믿겨지지 않았다.

"며칠 전, 너에게 놀러 가자는 말을 한 건 기억나지? 그런데 우리가 놀러온 장소가, 바로 이 근방의 도시였거든. 그곳이 해마들의 습격을 받고 있던 관계로, 그 원흉을 자르러 온 거란다."

드란은 그야말로 이보다 더할 수 없이 편안한 태도로 루우에게 답했다.

일개의 떠돌이 용 따위가 수룡황의 따님에게 쓸 수 있는 말투가 아니었다. 하지만 이 순간, 용궁국의 신하들은 단 한 사람의 예외 없이 류키츠의 힘과도 비교조차 할 수 없을 만큼 엄청난 권능과 분위기를 지닌 드란에게 몸과 마음을 완전히 지배당하고 있었다.

3차원의 지상 세계에 존재할 수 있도록 규격을 낮춘 현재의 드란은, 모든 측면의 질을 전부 떨어뜨린 상태였다. 그러나 원래부터 아득할 만큼 고차원적인 존재다 보니, 그의 권능을 일부분이나마 느낄 수 있는 자들은 이처럼 철저하게 압도당할 수밖에 없었다.

특히나 군세의 일각을 책임지고 있던 수룡(水龍)이나 빙룡(氷竜)들은, 종족의 근원적인 존재와 만나고 있다는 사실을 혼으로 깨달은 듯이 심장 박동까지 잊은 것처럼 미동조차 하지 않았다.

"루우야, 너희 어머님과 함께 나에게 숨겼던 용궁성의 계획은 역시 이거였나?"

"아, 예. 해마들의 동향이 수상하던 관계로, 저희 용궁성의 백성들은 전쟁을 준비하고 있었습니다. 그리고 자신들의 신을 소환하려는 해마들의 목적이 판명된지라, 그들의 계획을 막고자 군사를 움직인 겁니다."

"흐음, 해마들의 신이란 말이렷다? 그 녀석들은 꽤나 숫자가 많다만…… 왕족 급까지 나선 걸로 봐선, 상당한 고위급 신을 소환할 속셈인가? 공주님께선 어디 계시나?"

"폐하께선 일부의 신하들과 함께 신전으로 돌입하시어, 앞장서서 싸우고 계십니다. 소첩들은 폐하와 그 일행들을 지원하고자, 방금 전까지 해마들을 신전 밖으로 유인하고 있었습니다."

"그렇단 말이지? 나는 이왕 이곳까지 온 이상, 공주님을 도우러 가마."

다시 루우에게 등을 돌린 드란은, 아득한 눈 아래로 펼쳐진 해마들의 신전을 굽어봤다. 해마왕 네르토나가 지배하는 해마들의 본거지는 이곳과 멀리 떨어진 크루도이라는 성이었지만, 신을 소환하는 의식은 이곳의 깊은 바다에 존재하는 특별한 신전을 무대로 거행되고 있다.

완만한 바다 밑바닥은 이미 드란에게 정화되어, 마계의 바다로부터 침략해 온 괴이한 형상의 생물들은 완전히 자취를 감췄다.

하지만 정화된 바다의 모든 구역들 가운데, 그 신전만은 아직껏 자신의 위용을 자랑하고 있었다. 해마들의 추악한 형상이나 단 한 줌의 지성조차 느껴지지 않는 행동으로부터는 상상하기 어렵지만, 그들의 신전은 인간의 100배를 넘는 거구를 자랑하는 거인들이 사는 도시를 방불케 할 만큼 거대한 건조물들이 불규칙적이고도 어수선하게 난립되어 있는 한 가운데로부터 우뚝 솟아 나와 있었다. 연보랏빛 이끼나 검푸른 따개비, 현란한 빛깔의 산호 등으로 장식된 잿빛 돌 건조물은 인간의 감각으론 도저히 정확하게 파악할 수 없는 형상을 취하고 있었다. 게다가 표면의 문양들은 시시각각 변하고 있다. 드란은 바다라는 하나의 세계를 능욕·유린·침략하는 사악한 자들의 중요한 거점 중 하나를 차분하게 노려봤다.

"하, 하지만 드란 님? 저 신전의 방어 체계는 지극히 굳건합니다. 아무리 드란 님이실지라도 간단히 뚫기는 어려울 겁니다. 철저하게 기회를 살피시던 폐하께서도, 저 신전과 주위의 방어를 돌파하기 위해 결코 적지 않은 대가를 치르셔야 했습니다."

"아니, 공주님의 힘으로 깬 것을 나의 힘으로 깨지 못할 리는 없단다. 아무튼, 다녀오마."

분명히 루우의 말마따나, 저 신전의 방어 체계는 심상치 않았다.

3차원뿐만 아니라 수많은 차원에 걸쳐 존재하는 저 신전은, 언뜻 볼 땐 직선으로 구성되어 있는 것 같은 부분이 동시에 크게 굽어 있는 듯이 보이거나 금방 만질 수 있을 듯한 거리의 장소가 아무리 손을 뻗어 봐야 닿지 않는 먼 거리의 장소로 보이기도 한다.

그리고 신전에는 외부로부터 가해지는 모든 힘을 다른 차원으로 유출시키는 술법이 걸려있다.

그런 고로, 3차원의 영역을 초월하지 못 하는 힘으로는 아무리 압력을 가해봤자 긁힌 상처 하나조차 나지 않으리라. 높은 차원으로 간섭할 수 있는 능력이 필요한 이상, 용궁성의 전사들이 류키츠를 따라 그 문을 돌파하지 못한 것은 지극히 당연한 결과였다.

"그러나…… 나에게 있어선 어린아이들의 소꿉장난이나 마찬가지다."

드란이 커다란 입을 벌린 순간, 루우 일행에게는 그저 강대하다 고밖에 달리 표현할 길이 없는 엄청난 기운이 이 해역뿐만 아니라 이 별의 모든 것들을 진동시키기 시작했다.

아직껏 확신을 가지지 못 하던 루우는, 그제야 그에게 기대를 품기 시작했다.

다음 순간, 드란의 크게 벌린 아가리로부터 작은 태양과 같은 덩어리가 나타나는가 싶더니 곧바로 한 줄기의 빛으로 이루어진 급물살이 되어 신전을 향해 날아갔다.

루우와 창유에는 물론이거니와 다른 용궁성의 병사들 또한, 영혼까지 산산이 조각날지도 모른다는 착각이 들 정도의 엄청난 파동을 뒤집어썼다. 순간적으로 눈뿐만 아니라 모든 영적 감각 기관까지 차단해야 할 만큼 강렬한 충격파였다. 그러나 뭔가가 부서지는 소리나 폭발하는 소리, 충격파나 빛 등이 새롭게 발생하진 않았다. 아무런 여파를 느끼지 못한데 관해 의아한 느낌을 받은 루우가 조심스럽게 눈을 뜬 순간, 해마들의 거대한 도시와 신전은 온데간데없이 사라져 버렸다. 마치 처음부터 존재조차 하지 않았던 것처럼, 완전히 소멸된 것이다.

"아니, 어? 이럴…… 수가…….."

루우가 무심코 넋 나간 얼굴로 중얼거린 혼잣말은, 그 자리에 있던 드란을 제외한 모든 이들의 심정을 대변하는 것이었다.

해마들이 이 혹성의 바다에 출현한 이후로 수천만 년, 혹은 억을 넘는 세월 동안 존재하던 신전과 도시가 단 한 마리의 용에 의해 흔적조차 찾아볼 수 없도록 완벽하게 사라지고 말았다.

지금껏 수많은 선량한 해신의 권속들이나 용종, 인어, 어인들이 목숨을 걸고서라도 몇 세대에 걸쳐 싸워 왔던 원수이자 숙적들이 이렇게나 싱겁고도 간단히…….

동포들이나 선조들이 흘려온 피와 잃어버린 생명들을 돌이켜 보니 지금껏 해온 모든 일들이 완전한 헛수고였을지도 모른다는 무력감과 허무감이 그녀들을 엄습할 때까진, 잠시 동안 시간이 필요했다. 받아들이기 어려운 현실과 너무나 비상식적이고도 압도적인 힘을 목도한 결과, 일시적으로 정상적인 판단을 하는데 필요한 이성을 잃어버린 탓이다.

신전과 도시였던 자리의 주위를 나다니는 그림자들이 완전히 없어진 것은 아니었다.

신전의 옛터였던 곳의 중심으로 시선을 돌리자, 드란의 분신체로도 올려다봐야 할 만큼 커다란 양 여닫이문의 주위로 용궁국의 정예들이 어리둥절한 표정으로 서성거리고 있었다.

아공간에 존재하는 의식의 장소로 이어지는 문을 확보하기 위해, 류키츠와 함께 해마들의 신전으로 돌입한 결사대 일행들이었다. 그들 가운데 용의 모습으로 돌아간 쟈오나 릴리아나 등까지 섞여 있는 걸로 판단하자면, 그야말로 정예 중의 정예들만 모여 있는 걸로 보였다.

이번 전쟁이 용궁국의 모든 역량을 집결시킨 총력전이었다는데 관해선 의심할 여지가 없었다.

루우로서는, 제3자의 자격으로 난입한 드란의 속마음을 그의 옆 얼굴만 가지곤 감히 짐작조차 할 수 없었다. 넋을 놓고 있다가 가까스로 정신을 차린 루우가 잘 안 나오는 목소리로나마 드란에게 말을 걸려 한 바로 그 순간, 드란이 등을 돌린 채로 일체의 반발이나 이의 제기를 용납하지 않는 강한 목소리로 입을 열었다.

"루우야. 나에게 이번 사태를 숨긴 벌로, 나중에 기회를 봐서 류키츠와 함께 울면서 빌 때까지 볼기를 때려줄 테니 각오해라."

루우의 뇌가 드란의 말을 이해하는 데는 찰나의 시간이 필요했다.

간신히 그의 말뜻을 파악한 순간, 루우는 경망스럽게 큰 소리로 고함을 치고 말았다.

"……네에—?!"

드란은 루우의 비통한 고함소리를 듣자마자, 입가를 어렴풋이 누그러뜨렸다. 이번 전쟁에 관해 입을 다물고 있던 류키츠와 루우에 대한, 그의 조촐한 보복이었다.

—그건 그렇고, 류키츠여. 지금 가마.

마음속으로 혼잣말을 중얼거린 드란은, 거대한 문 너머로 펼쳐진 현란한 빛깔의 소용돌이 속으로 몸을 던지고자 발걸음을 옮겼다. 드란의 위치와 문 사이의 거리는 가로아와 골네브 사이보다 멀었으나, 그의 힘으론 눈 깜짝할 시간조차 들일 필요 없이 이동

가능한 거리였다.

드란이 의식의 장소로 이어지는 유일한 출입구인 문을 향해 몸을 던지자, 공간을 초월하여 의식을 거행하는 장소 쪽의 문으로 나왔다.

"흠."

드란이 다다른 의식의 장소는, 거대한 원기둥 모양의 공간이었다.

지상 세계와 대마계 사이로 펼쳐진 차원의 틈바구니에, 해마들의 신이 창조한 아공간이다.

무한한 높이를 자랑하는 흐린 하늘과 바닥의 깊이를 알 수 없는 검푸른 바다가 끝없이 펼쳐져 있으나, 주위를 에워싼 벽이 존재하는 걸로 봐선 가로 방향으로는 유한한 모양이다.

차원의 칸막이 역할을 하고 있는 벽은, 온갖 생물들의 두개골에 의해 단 한 치의 빈틈조차 찾아볼 수 없도록 뒤덮여 있었다. 공기는 완전히 곯아떨어지다 못해 폐건 피부건 목구멍이건 곧장 썩혀버리고야 마는 무지막지한 독으로 가득 차 있었다.

공중을 날고 있는 드란의 발밑으로는 검푸른 물로 가득 차 있는 해수면이 펼쳐져 있었다. 군데군데마다 예리하게 튀어나온 암석은 눈에 띄었으나, 물의 깊이는 짐작조차 가지 않았다.

중심부로 우뚝 서 있는 거대한 암석 위로는, 돌로 만든 간결한 제단이 설치되어 있었다.

제단의 정상으로 시선을 돌리자, 해마수의 날가죽으로 만든 로브를 걸친 해마들의 왕이 투명한 산호 지팡이를 치켜든 자세로 끊임없이 주문을 읊고 있었다.

해마계의 신과 교신하기 위한 해마족들의 신비로운 언어로 들린다.

평범한 인간은 본인의 귀로 직접 듣자마자 그 즉시 뇌가 종양으로 범벅이 되어, 온 정신을 오염당할 만큼 꺼림칙한 선율과 운율을 언제까지나 중얼거리고 있었다.

끊임없이 주문을 읊는 해마왕의 주위로 시선을 돌리자, 네 마리의 거대한 해마들과 용으로서의 본색을 선보인 류키츠가 치열한 전투를 펼치고 있었다.

흑발과 푸른 비늘을 지닌 류키츠의 진짜 모습은 친딸인 루우와 무척이나 비슷해 보였다. 그러나 딸보다 훨씬 커다란 덩치로부터 발산되는 영기나 신비로울 정도로 아름다운 형상, 그리고 위풍당당한 분위기는 감히 비교조차 되지 않을 만큼 고귀하고도 굳세기 그지없었다.

류키츠와 결전을 펼치고 있는 해마들 또한 수룡황에게 대적할 수 있을 정도의 능력을 갖춘 강력한 개체들로서, 거의 틀림없이 해마왕의 왕자들일 것으로 추측된다.

지느러미가 많이 달린 물고기의 하반신과 늠름하고도 아름다운 비늘로 피부가 뒤덮여 있는 인간 청년의 상반신을 지닌 해마왕자들은, 단독으로 인간들의 국가가 보유한 군세를 짓밟을 수 있을 만큼 강력한 존재들이었다. 그들과 류키츠의 싸움은 4 대 1인데다가 해마들의 능력이 증폭되는 공간적 조건을 조성하고도 류키츠가 앞서고 있었다.

해마왕자들은 물로 잠겨 들어갔다가 갑작스럽게 뛰쳐나오는 식의 변화무쌍한 전투 기법을 선보였다. 류키츠는 사방을 포위당한 상태로도 단 한 순간의 실수조차 없이, 자신에게 들이닥치는 해마왕자들에게 정확한 반격을 가했다. 자세히 관찰해 보니, 해마왕자들이 흘린 피가 제단을 둘러싸고 있는 방대한 양의 물속으로 섞여 들어가고 있었다.

조바심을 못 이긴 해마왕자들은 류키츠의 사방을 포위하자마자, 일제히 주술적 노래를 불러 세계를 오염시키는 효과를 지닌 해마의 저주를 발동시켰다.

류키츠의 주위로 흐르기 시작한 붉게 빛나는 고리 모양의 급물살이 주위의 독기나 마력과 호응하더니, 내포된 파괴의 힘이 순식간에 대폭으로 증가되기 시작했다.

이 혹성의 절반 정도는 날려버리고도 남을 양의 힘이 압축되어, 해방되는 그 순간만을 애타게 기다렸다. 그들을 상대하는 류키츠 또한 자신의 주위로 72장의 부적을 펼쳐 저주받은 급물살을 맞받아치려는 준비 자세를 보였다. 둥근 고리 모양으로 흐르던 붉은 물살이 류키츠의 등 뒤까지 와서 방향을 전환시키더니, 그 창끝을 류키츠에게 향했다. 마치 고개를 쳐든 용처럼 보이는 급물살을 마주본 류키츠는, 목구멍 속으로 낮게 으르렁거렸다.

거의 모든 종족들에게 단순히 으르렁거리는 신음소리로밖에 들리지 않겠으나, 그 진동은 100만 명의 마법사들이 일제히 영창을 읊을 때보다 훨씬 복잡하고도 수준 높은 언어를 포함하고 있었다. 그야말로 세계를 뒤바꿀 수 있을 정도의 간섭 능력이다. 류키츠의 신음소리가 용어마법으로 발동된 순간, 부적에 적혀 있던 글귀들

이 일제히 빛을 발하더니 흑성 전토를 모조리 뒤덮고도 남을 대량의 번개가 저주받은 물살을 향해 똑바로 날아갔다.

번개와 물은 양쪽 다 물질화된 용의 기운과 해마의 마력 그 자체나 마찬가지였다. 물리 법칙을 초월한 파괴력을 띤 번개와 물이 정면으로 격돌했다. 제각각 내포하고 있던 힘들이 반작용으로 서로를 소멸시키고자 거칠게 날뛰다가, 주위의 공간을 향해 막대한 여파를 흩뿌렸다.

양쪽 다 혼신의 힘을 담은 술법들의 충돌은, 찰나의 시간 동안 맞버티다가 깨끗이 사라졌다.

류키츠로부터 체력을 크게 소모한 듯한 낌새는 느낄 수 없었으나, 네 마리의 해마왕자들은 완전히 기진맥진한 상태로 보였다.

지금은 스스로 틀림없는 지상 최강 중 일각임을 증명한 류키츠를 칭송할 순간이리라. 하지만 류키츠의 미모로부터, 약간 초조한 낌새가 전해져왔다.

아까 전부터 계속되고 있는 늙은 해마의 주문에 의해, 아공간과 해마계를 잇는 통로가 서서히 열리고 있었기 때문이다. 제단 위의 공간이 소용돌이 모양으로 일그러지기 시작했다.

아무리 류키츠라도, 해마신을 상대로는 승산이 높지 않았다.

"더 이상 네 녀석들과 노닥거릴 시간은 없다!"

류키츠의 영혼이 스스로 가다듬은 힘을 추가로 방출한 순간, 청렴한 푸른빛이 흐릿하던 하늘과 검은 해수면을 밝게 물들였다. 거칠게 숨을 몰아쉬던 해마왕자들의 얼굴이, 뚜렷하게 초조한 빛을 띠었다. 다음 순간, 류키츠의 온몸으로부터 일어난 방대한 물살이 그들을 향해 들이닥쳤다. 수룡황의 영력으로 가득 찬 급물살이었다. 해마왕자들은 자신들에게 닥쳐오는 영력을 띤 물살을 극복하고자 모든 형제들의 힘을 일치단결시켰지만, 발밑의 바닷물로 연성한 검은 물의 벽으로는 단 한 순간밖에 버틸 수 없었다. 류키츠가 일으킨 영적인 급물살을 버티지 못한 해마왕자들의 육체가 서서히 붕괴를 일으키다가, 급기야는 원자 단위로 분해되어 본인들의 생명을 끝마쳤다.

"다음은 네 녀석이다, 네르토나!!"

류키츠는 지금껏 드란이나 루우를 상대론 절대로 보인 적 없는, 증오와 분노로 물든 엄청난 표정으로 네르토나를 노려봤다. 바로 그 단 한 순간 동안의 류키츠는, 일찍이 사랑한 본인의 남편을 빼앗긴 증오밖에 모르는 한 사람의 여성이었다.

해마들의 왕은 류키츠의 엄청난 분노가 서린 고함소리를 듣자마자 주문의 영창을 중단하더니, 그야말로 이보다 더할 수 없을 만큼 여유 있는 동작으로 그녀를 마주봤다.

"오오…… 변함없이 아름답구나, 용들의 여황제여. 임신을 이유로 최전선을 물러났던 너를 대신해서 우리에게 도전해 왔던 남편 녀석을 죽여준 날 이후로 처음 보나? 뒤늦게 도착한 네가 남편의 시체를 붙든 채로 울부짖던 광경이 기억난다. 그날의 네 울음소리만큼 듣기 좋은 소린 없더구나. 우리들 역시 네 녀석의 남편 한 마리를 죽이기 위해 예상보다 훨씬 큰 대가를 치러야 했지만 말이야. 그 이후로도 네가 잉태한 아이를 죽이고자 여러 차례에 걸쳐 자객들을 풀었다만, 그때마다 실패의 쓴맛을 봐야만 했지. 하지만 지금은 전부 다 웃는 얼굴로 용서할 수 있다. 이렇게 우리의 신을 모실 때가 드디어 찾아왔거든. 네가 있는 장소나 네 딸의 생명 같은 건 이젠 지극히 사소한 문제에 지나지 않아."

날가죽 로브를 벗어던지자마자 초록빛 피부 위로 검은색과 파란색 반점들이 잔뜩 나 있는 알몸을 선보인 네르토나가, 가볍게 바위를 박차더니 해수면 위로 내려섰다.

가벼운 파문과 함께 해수면 위로 우뚝 선 네르토나의 검은 눈동자가, 엄청난 적대심을 띤 류키츠의 얼굴을 똑바로 마주봤다.

이 공간의 주인인 네르토나의 몸과 마음이 싸움에 앞서 가볍게 고조되자, 무한한 바다와 하늘을 가득 메우고 있던 해마신의 힘이 네르토나에게 급격히 흘러들어왔다.

느긋하게 그 광경을 지켜볼 리가 없던 류키츠가, 곧바로 온힘을 다한 최강의 공격을 날렸다.

대륙 하나를 침몰시키고도 남을 정도의 영력을 띤 물을 순간적으로 무(無)로부터 연성한 다음, 가늘게 압축시키자마자 나선 형태의 회전을 더했다. 바로 그 나선이라는 개념 자체가 일종의 영적인 힘을 낳는 작용을 지니고 있는 관계로, 나선 운동이 더해질 때마다 류키츠의 영력은 더더욱 증폭된다. 류키츠는 그렇게 증폭시킨 영력으로 1000발의 창을 연성했다.

그녀가 네르토나를 향해 날린 1000발의 창은, 하나하나가 지표를 꿰뚫다 못해 별의 반대편까지 도달할 정도의 엄청난 파괴력을 지니고 있었다.

네르토나를 중심으로, 붉은색과 검은색과 보라색으로 깜빡거리는 해마신의 권능이 소용돌이쳤다. 그러나 1초당 1000발을 넘는 창들이 몰려가서 소용돌이를 어지럽히더니, 해마왕의 거구를 빈틈없이 뒤덮었다. 류키츠는 단 한 순간의 방심조차 없이 창을 날렸으나, 네르토나의 기척은 전혀 흔들리지 않았다.

던진 창의 숫자가 1만을 넘을 무렵, 영력을 띤 물보라와 함께 새까만 회오리가 일어났다. 바다 밑바닥은 물론이거니와 하늘 끝까지 닿을 듯이 보이는 거대한 회오리의 중심부로 거대한 그림자가 엿보였다. 그리고 영력으로 떠올라 있던 류키츠의 거구를 뒤흔들 정도의 강한 바람을 일으켰다. 이윽고 그 회오리가 아무런 예고 없이 폭발하더니, 방금 전에 비해 100배나 되는 거구로 변신한 네르토나가 나타났다. 폭발을 일으킨 물은 큰 비가 되어 쏟아졌다. 그리고 류키츠가 비늘 표면으로 항상 전개하고 있는 영력의 결계와 닿자마자, 지글거리는 소리와 함께 증발해 버렸다. 단 한 방울만으로도 1억의 인명을 순간적으로 빼앗을 정도의 저주로 가득찬 비였으나, 그것을 특별한 술법 없이 정화의 영력만으로 곧장 무효화시켜 버리는 류키츠 또한 평범한 존재는 아니었다.

"하아—하하하하하!! 지상의 용황인 너의 목과 심장과 자궁을 제물로 바친다면, 우리의 신께서 더더욱 기뻐하실 것이다! 혐오스러운 진정한 용의 후예로 태어난 계집아!!"

해마신의 힘을 흡수함으로써 터질 듯이 부풀어 오른 네르토나의 육체 위로, 복잡한 황금빛 문양들이 비좁게 꽉 들어차 있었다.

해마신에게 하사받은 가호에 의한, 공격과 방어를 겸비한 성능의 마법적 문장이었다.

네르토나의 관자놀이와 이마의 살점이 갈라지더니, 파란 피와 함께 새로운 눈알이 돋아났다. 해마왕은 흉악하기 그지없는 웃음 소리와 함께, 다섯 개의 눈동자로 류키츠의 몸을 음탕하게 쳐다봤다. 온몸을 남김없이 능욕당한 것 같은 불쾌감을 느낀 류키츠는, 남편과 수많은 동포들의 원수이기도 한 숙적에게 용어마법을 발동시키는 포효와 함께 달려들었다.

해마신의 힘을 받은 네르토나가 발산하는 독기에 의해, 아공간 그 자체가 더욱더 강한 독성을 띠었다.

아무리 역대 수룡황 가운데 최강이라 일컬어지는 류키츠라 할지라도, 단순히 다니는 것만으로도 체력을 심하게 소모할 수밖에 없는 이곳은 너무나 불리한 장소였다.

"산산이 조각나라, 해마왕!"

"오늘 조각날 녀석은 네놈이다, 수룡황이여. 네놈을 도륙한 피를 제물로 삼아 우리의 신께서 강림하시는 그날, 다른 용제(竜帝)와 용황(龍皇)들은 물론이거니와 지상의 모든 존재들을 우리의 바다로 가라앉혀 그 영혼들을 모조리 집어삼켜주마!"

정점까지 다다른 두 사람의 전의가 폭발한 바로 그 순간, 드디어 수룡황과 해마왕의 진정한 대결이 시작된 것이다.

네르토나가 끝없는 하늘을 뒤덮는 구름들로부터 아공간을 가득 메운 바닷물의 1만 배에 해당되는 독성을 지닌 소나기를 퍼붓자, 류키츠는 비의 근원인 구름 그 자체를 날려 버리는 정화의 폭풍으로 대항했다.

바로 그 순간, 네르토나는 바닥의 깊이를 알 수 없는 바다로 간섭했다. 원래부터 미친 듯이 날뛰던 파도가 더욱 거칠게 휘몰아치더니, 하나하나의 파도가 대륙을 갈라버릴 만큼 거대한 칼날이 되어 류키츠에게 들이닥쳤다.

류키츠는 자신의 머리 위로 엄청나게 쏟아지는 무수한 파도의 칼날들을 흘겨보자마자, 체내의 전류를 증폭시킨 천둥을 모든 방향을 향해 발산하는 방식으로 칼날들을 모조리 상쇄시켰다.

두 사람이 구사하는 공격들은 하나 같이 혹성 하나 정도는 손쉽게 파괴할 정도의 위력을 지니고 있었다. 그야말로 수룡황과 해마왕의 이름에 부끄럽지 않은 엄청난 결투였다. 만약 이 전투의 무대가 아공간이 아니었다면, 드란이 사는 혹성 정도가 아니라 행성계 그 자체가 철두철미하게 파괴되고도 남았으리라.

상대방으로 하여금 영력과 마력을 소비하게 함으로써 서로의 수비를 돌파하여 비늘과 살점을 뜯거나 피를 흘리도록 만드는 싸움이 이어지다 보니, 육체의 재생과 파괴가 매 순간마다 되풀이되고 있었다. 재생과 파괴의 저울이 극단적으로 움직이는 바로 그 때야말로, 이 전투의 추세가 어느 한쪽으로 크게 기울어지는 결정적인 순간이 될 것이다. 그러나 원래부터 압도적인 지리적 우위를 선점한 네르토나가 훨씬 유리한 싸움일 뿐만 아니라, 해마왕자들과 싸우다가 체력을 크게 소모한 류키츠는 서서히 수세로 몰릴 수밖에 없었다. 전투가 진행됨에 따라 류키츠의 몸으로부터 완벽하게 재생되지 않는 상처가 조금씩 눈에 띄기 시작한 것이다.

"하하하하하, 무슨 문제라도 있나? 상처가 늘고 있지 않느냐? 푸르른 비늘을 붉은 피로 적신 너는 정말로 아름답구나. 죽음의 공포로 일그러지는 너의 얼굴은 더더욱 아름답겠지만 말이다. 크하하하하하하하하하!!"

네르토나가 날린 소용돌이를 동반한 바닷물의 창이 류키츠의 왼쪽 어깻죽지로 꽂혀 들어가더니, 비늘과 살점으로 파고들어가다가 복부를 갈라 버렸다.

류키츠는 복부를 가로지른 상처로부터 대량의 피를 뿜다가, 공중에 뜬 채로 크게 갸우뚱거렸다. 그리고 더 이상 떠다닐 힘조차 없다는 듯이, 머리로부터 바다로 곤두박질쳤다.

저주의 힘으로 충만한 바닷물로 온몸을 오염당한 류키츠의 마음속으로 떠오른 감정은, 순수한 분노뿐이었다.

사랑하는 남편을 빼앗긴 분노—.

사랑하는 이를 지킬 수 없었던 자기 자신에 대한 분노—.

어린 루우에게 「소첩한테 아버님이 안 계신 이유는 뭔가요?」라는 질문을 받았을 땐, 아버지가 죽었다는 사실 말고는 도저히 가르쳐줄 수가 없었다.

그날 이후로, 루우는 정말 어지간한 일로는 어리광을 부리지 않는다. 항상 세계의 운명 중 일부분을 짊어진 수룡황의 딸로서 부끄럽지 않게 행동할 뿐만 아니라 신하들의 의견을 존중하는 완벽한 황녀의 가면을 쓴 지금의 그녀는, 결단코 타인에게 자신의 본심을 보이지 않는다.

사랑하는 딸을 그렇게 만들어 버린 원인은, 전적으로 무력한 자기 자신에게 있었다.

수룡황이라는 거창하기 짝이 없는 칭호로 불리건 말건, 자신은 친자식이 마음의 상처를 입는 것조차 막지 못한 어리석은 어미에 지나지 않았다.

그야말로 이보다 더할 수 없을 만큼, 무력하고도 어리석은 여자!

"하다못해 원수라도 갚지 못 하고선, 나는 루우를 볼 낯이 없어!"

"눈은 아직 살아있군. 하지만 그런 부상을 입은 상태론 이미 죽은 목숨이나 마찬가지야. 아무리 네 마음이 용맹하게 울부짖더라도, 다가오는 죽음의 손길로부터 도망칠 순 없다. 나의 손에 의해 주어지는 죽음을 받아들여라. 우리의 신에게 바쳐지는 영예를 누려라, 수룡황."

승리를 확신하는 네르토나에게, 류키츠는 나직한 목소리로 중얼거렸다. 네르토나는 그녀의 말을 알아들을 수 없었으나, 류키츠는 뚜렷하게 그 한 마디를 중얼거린 것이다.

—어리석은 놈, 이라는 한 마디를—.

네르토나가 그 사실을 깨달은 것은, 눈앞의 멍청이를 거꾸러뜨릴 계산을 끝마친 류키츠가 조용히 회심의 미소를 지은 바로 그 순간이었다. 류키츠의 온몸으로부터 흘러나온 피가 네르토나를 중심으로 소용돌이치더니, 저주로 흘러넘치는 상태였던 주위의 바닷물을 눈 깜짝할 사이에 정화시키자마자 수룡황의 영력으로 공간을 가득 채웠다.

"입은 재앙의 근원이라는 사실을 자신의 몸으로 깨달아라, 네르토나!"

"크으윽, 시건방진 짓거리를…… 우오아아아아?!"

네르토나와 류키츠를 중심으로 새파란 빛이 하늘과 바다로 퍼져

나가더니, 해마를 위해 존재하던 세계가 순식간에 류키츠의 청정한 영력으로 가득 찼다.

　류키츠는 상처 입은 육체를 고치기 위한 힘뿐만 아니라, 글자 그대로 자신의 영혼조차 영력으로 변환시킬 만큼 지금부터 날릴 일격에 자신의 전부를 건 것이다.

　류키츠의 육체 재생이 중단된 순간, 지금껏 억누르고 있던 피가 한꺼번에 넘쳐흘렀다. 그리고 살점의 일부가 붕괴 현상을 일으켰다. 혼을 소모함으로써 류키츠의 인격은 물론이거니와, 존재 그 자체를 구성하던 요소가 잇달아 소실되기 시작했다. 격렬한 육체적 고통까지 동반된 결과, 류키츠의 자아가 불확실한 형태로 일그러졌다. 그러나 류키츠는 그럼에도 불구하고 네르토나를 소멸시키고자 자신의 온힘을 한데 모았다.

　"아아아아아아아아아아아아아아아아아아아아아아아아아!!"

　이젠 거의 용어마법의 형식조차 갖추지 못한 고함소리와 함께, 류키츠는 전 생애를 통틀어 최강최대의 일격을 날렸다. 자신의 생명과 혼까지 갈아 넣은 최강의 일격은, 태양조차 완전히 뒤덮자마자 바스러뜨릴 정도의 소용돌이가 되어 해수면 위로 솟아올랐다. 그리고 네르토나의 거구를 집어삼킨 채로 흐린 하늘의 저편을 향해 뻗어 갔다.

　"그, 그악, GYUGAYAA아아아AAGAAAA아그아아아아악, 그오오악!!"

　수룡황의 몸과 마음을 모조리 담아 발생시킨 소용돌이에 휩쓸린 네르토나는, 직접 들은 자들의 혼을 뒤틀어 버릴 만큼 끔찍한 단 말마의 포효와 함께 산산이 조각나 버렸다. 해마왕은 자식들의 운명을 따라가듯이, 그 영혼과 몸 전체가 완전히 붕괴되고 말았다.

류키츠는 네르토나가 잿빛 구름 저 너머로 소멸되고 나서야, 만신창이가 된 육체를 재생시키는 작업을 재개했다. 영혼의 힘을 소모한 영향으로 인해 멍한 머리로나마 가장 먼저 떠오른 것은, 그녀가 사랑하는 딸의 얼굴이었다.

이제야 그나마 루우를 볼 낯이 섰다. 루우에게 네르토나와 자신의 악연을 대물림할 필요가 사라진 것이다. 류키츠는 남편을 잃은 이후로 줄곧 가슴속에 걸려 있던 응어리가 가시는 감각을 느꼈다. 이제 남은 일은 어느 정도 상처를 치유하고 나서 다시 저 문을 통해 해마의 신전으로 귀환한 다음, 용궁국의 장병들과 루우에게 승전보를 알리는 것뿐이다.

해마신을 소환하는 의식이 미수로 끝났을 뿐만 아니라 해마왕과 그 자식들이 모조리 전사한 지금, 이 해역의 해마들은 남아있는 여섯 해마왕들 중 누군가에게 몸을 의탁하기 위해 도망칠 것으로 예상된다. 복부의 상처가 조금씩 아무는 기척과 혈관과 근육, 뼈 등이 엉겨 붙기 시작하는 감각이 느껴졌다. 류키츠는 그제야 남몰래 안도의 한숨을 내쉬었다.

이 별의 바다가 탄생한 이후로 이어진, 너무나 기나긴— 그런 단어로 표현하기조차 덧없는 하나의 악연을 매듭짓는데 성공한 자기 자신에 대한 안도의 한숨이었다.

그러나…….

류키츠는 해마왕 네르토나를 그 영혼까지 완벽하게 소멸시켰음에도 불구하고, 제단의 위로 발생한 해마계로 이어지는 통로가 닫히지 않았다는 사실을 깨달았다.

―아니, 닫히기는커녕 오히려 서서히 열리고 있나?!

"설마, 너무 늦었단 말인가?!"

류키츠가 비탄과 절망이 뒤섞인 비명을 지르건 말건, 제단의 상공으로 발생한 소용돌이로부터 해마계의 바람이 불어 들어오기 시작했다.

해마신은 이 아공간을 거점으로 삼아 지상 세계로 진출한 다음, 머지않아 하나의 혹성뿐만 아니라 우주 전체를 스스로의 지배 하로 두거나 변덕스럽게 파괴하고야 말리라.

류키츠는 지금 당장 자신의 힘으로 할 수 있는 일을 잘 알고 있었다. 총명한 그녀는 자신의 힘으로 가능한 일과 반드시 해야만 하는 일, 그리고 당장 할 일까지 조금씩 뜻하는 바가 다른 그 모든 것들을 완벽하게 이해하고 있었다.

정화된 해수면 위로 떠 있던 머리를 겨우 들어 올린 그녀는, 곧이어 상처가 미처 다 낫지 않은 몸을 천천히 공중으로 떠올렸다.

아직은 해마신의 소환을 미연에 방지할 수 있는 단계였다.

완전히 열리지 않은 상태의 해마계로 통하는 문을 특정한 수단으로 틀어막거나 파괴할 경우, 해마신의 출현을 막을 수 있다.

하지만 만약 류키츠가 만전의 상태였다손 치더라도, 해마신의 권능에 의해 마계와 이 세계 사이로 구축된 통로를 틀어막기는 쉽지 않았다.

……그야말로, 자기 자신의 모든 목숨을 대가로 치러야 하는 상황이었다.

네르토나를 물리쳤을 때와 달리, 이번에야말로 목숨을 잃는 정도가 아니라 영혼조차 산산이 조각나서 영원히 윤회전생(輪廻轉生)조차 못 하게 되리라. 하지만 그 정도의 대가를 치르지 않고선, 저 통로를 파괴할 수 있을 리가 없다.

류키츠는 망설임 없이, 자신의 목숨을 내던지기로 결단했다.

이미 해마의 신전으로 돌입할 결심을 굳힌 그 순간부터, 목숨은 내던진 거나 마찬가지였다.

성장한 루우를 보지 못 하게 되는 건 유감스러웠지만, 다름 아닌 드란이 지상에 버티고 있다.

어딘지 모르게 긴장감은 모자라지만, 다정하기 그지없으신 그분께서 루우의 든든한 버팀목 역할을 맡아주시리라— 물론 딸에 대한 걱정은 끊이지 않았으나, 그나마 편안한 마음이 들었다.

류키츠는 통증조차 마비된 몸에다가 채찍질을 날려 무거운 몸을 천천히 떠올린 다음, 머리 위의 소용돌이를 올려다봤다.

"저의 생명과 영혼을 마지막으로 바칠 순간치고는 나쁘지 않군요. 루우, 부모가 자식보다 먼저 가는 것은 자연의 섭리랍니다. 너무 슬퍼하지 마세요. 이따금씩 떠올려 주시는 것만으로도, 이 어미는 만족하겠습니다."

기이하게도 어미와 딸이 똑같은 각오를 다진 순간, 두 사람은 똑같은 남자의 얼굴을 떠올리고 있었다.

"드란 님, 아무쪼록 루우의 버팀목이 되어 주십시오. 본디 저희와 같은 자들과 엮일 필요조차 없으신 분께, 이러한 부탁을 드리는 무례를 용서해주실 필요는 없습니다. 하오나, 부디 루우만은 잘 부탁드립니다. ……후후, 설마 마지막 순간까지 와서 드란 님의 목소리를 듣고 싶다는 마음을 먹을 줄이야. 부도덕하다는 비방을 듣는다 한들 부정할 수 없겠군요."

지금의 그녀는, 드디어 깨달은 자신의 사명을 완수할 수 있다는 데 더할 나위 없는 자긍심을 느끼는 늠름한 표정을 짓고 있었다. 그리고—.

"흠. 나 따위의 목소리로 만족한다면, 얼마든지 들려줄 수 있다만?"

—어느 틈엔가, 류키츠의 오른편으로 드란이 떠올라 있었다.

"……?!"

류키츠가 너무나 놀란 나머지 말을 잇지 못 하자, 드란은 엄숙한 백룡의 얼굴로 포용력 넘치는 미소를 지어 보였다.

그리고 드란이 작은 목소리로 용어마법을 영창하자, 류키츠를 중심으로 하얗게 빛나는 용어문자(竜語文字)로 구축된 마법진이 나타났다.

수룡황인 류키츠조차 겨우 뜻을 판독할 수 있을 정도의, 대단히 오래된 복잡한 용어문자였다.

일찍이 엔테의 숲으로 쳐들어 왔던 저주받은 꽃 라플라시아와 결전을 벌이다가 부상을 입은 검은 장미의 정령 디아드라를 회복시킨 마법진보다, 더욱 수준 높은 치유 효과와 방어 효과를 지닌 용어 마법진이었다.

"루우에 관해선 안심하게나. 바깥을 나다니던 졸개들은 나의 힘으로 청소하고 오는 길이거든. 원래부터 이 별의 생물로 태어난 자네들의 싸움이다 보니 나와 같은 자가 끼어든다는 건 일종의 반칙일지도 모르나, 도저히 참을 수가 없더군. 미안하네."

드란은 용어 마법진의 은혜를 받은 류키츠의 상처가 거의 다 나을 때까지 기다렸다가, 다시금 입을 열었다.

"솔직히 말하자면, 자네가 해마왕과 싸우기 시작할 무렵엔 이미 이곳에 와 있었다네. 하지만 그자가 남편의 원수라는 말을 들었던 관계로, 일부러 지켜보고만 있었던 걸세. 류키츠, 자네가 다치는 광경을 잠자코 지켜볼 수밖에 없었던 시간은 정말…… 한 마디로 말해서, 너무나 고통스럽고도 힘들더군. 하지만 자네가 느끼던 고통은 나보다 훨씬 더 컸을 거야. 그리고 드디어 훌륭하게 원수를 갚았군. 정말 멋진 순간이었어. 루우 또한 자네를 큰 자랑거리로 여길 걸세. 고신룡 드래곤의 이름으로 보증하지. 부정할 자는 아무도 없을 거야."

비록 인간으로 환생한 몸이라곤 하나, 용종의 정점에 해당되는 존재의 진심 어린 칭찬과 친밀감으로 가득 찬 찬사였다. 불현듯 눈시울이 뜨거워진 류키츠는, 자꾸만 흘러나오는 눈물을 도저히 억누를 수 없었다.

"아니요, 아닙니다. 정말로 너무나…… 황송하기 그지없는 말씀이십니다. 저 따위에게는……!"

"흐음. 그나저나 해마왕을 상대로 벌이던 싸움까진 지켜보기만 했으나, 상대가 해마신일 때는 나하고도 약간이나마 관계가 없지 않아 있는 편이야. 이 기척은 오크툴인가? 나의 누님인 고룡신(古

龍神) 레비아탄과 싸운 바 있는 사악한 해마신들 중 가까스로 살아남은 생존자로군. 레비아탄의 손으로 미처 끊지 못한 마지막 숨통을, 나의 손으로 완벽하게 끊어주마."

류키츠의 앞으로 나아간 드란은, 해마계와 연결된 통로로부터 서서히 출현하고 있던 사악한 신을 향해 대담무쌍한 눈빛과 미소를 보였다.

†

나와 류키츠가 똑똑히 지켜보는 가운데 대마계에 존재하는 해마신들의 영역으로 연결되는 통로가 사라진 순간, 그제야 평정을 되찾은 듯이 보였던 공간이 썩은 살점처럼 붕괴를 일으켰다. 그리고 그 너머로부터 어렴풋한 그림자가 여유 있는 발걸음으로 우리에게 다가왔다.

해마신의 어마어마한 위용을 감지한 류키츠가, 순간적으로 갈기를 곤두세웠다.

나의 수호와 치유를 받는 용어 마법진의 내부에 머물고 있던 덕분에 그 정도로 끝났지만, 원래는 설령 수룡황이라 할지라도 진정한 옛 신과 마주할 땐 급격한 영혼의 쇠약을 겪을 수밖에 없다. 류키츠는 호흡조차 잊은 듯한 표정으로 서서히 형상을 갖추고 있는 해마신을 응시하고 있었다. 지상 세계의 바다를 무대로 여러 세대에 걸쳐 끝없는 전쟁을 벌여온 해마들이 숭배하던 신의 강림을 목격한 순간, 순수하게 홀려 버린 듯이 보였다.

흠, 이건 좀 좋지 않은 경향이군.

"류키츠, 저 녀석은 그다지 쳐다보기 즐거운 얼굴의 소유자는 아니야. 자네가 그렇게 열심히 바라볼 가치까진 없다는 뜻이지. 저런 녀석의 얼굴이나 쳐다보다가, 자네의 눈동자와 마음이 더럽혀질지도 모른다는 걱정만 드는군."

일부러 익살맞은 목소리로 말을 걸자, 류키츠는 해마신에게 주박당한 상태로부터 빠져나오자마자 순간적으로 몸을 떨다가 검은 눈동자로 나를 바라봤다.

"드란 님…… 부끄럽사오나, 저는 몹시 긴장하고 있는 모양입니다. 수룡황이라는 이름으로 불리는 자라 할지라도, 막상 진정한 신과 마주치자마자 이 모양 이 꼴입니다. 드란 님과 함께하는 자로서, 너무나 한심한 모습을 보이고 말았습니다."

"자네가 굳이 마음에 둘 필요는 없다네. 류키츠는 해마왕을 상대로 훌륭하게 싸웠을 뿐만 아니라 이기기까지 한 몸이니, 본인의 역할을 충분히 완수한 셈이야. 그리고 예로부터 신들을 상대하는 용종을 일컬을 땐, 시원(始原)의 일곱 용들을 꼽아 왔지. 그 가운데 특히 「신을 죽이는 자」로 불리던 존재가 바로 이 몸이거든."

류키츠는 수룡황인 자신조차 전율을 금할 수 없는 존재를 상대로 전혀 여유를 잃지 않는 나를, 믿음과 동경심이 뒤섞인 시선으로 바라봤다.

오크툴이라…… 나의 누님— 사실 단순한 누나로 간주할 수 있는 존재는 아니지만 — 고룡신 레비아탄과 싸운 해마신들 중 하나로서, 수많은 오합지졸들까지 포함한 해마신들 가운데 절반 이상을 물리친 전투를 거치고도 완벽하게 숨통을 끊지 못한 상대였던 걸로 기억한다.

레비아탄 본인한테는 전투를 지속할 만한 여력이 남아 있었으나, 사악한 신들의 창조물인 신조마수들 가운데 얼마 되지 않는 성공 사례였던 베히모스가 출현함에 따라 살아남은 해마신들에 대한 공격을 단념할 수밖에 없었다는군.

드디어 우리가 머물고 있는 아공간의 경계선까지 다다른 오크툴이, 검은 따개비와 같은 물체로 뒤덮인 촉수를 무너진 차원의 틈바구니로 뻗어 왔다.

두 쌍의 파란 눈동자가 번쩍거리는 해삼 같은 얼굴이 나타나는가 싶더니, 자신의 촉수를 지렛대 삼아 박쥐의 날개를 연상케 하는 자줏빛 비늘과 똑같은 빛깔의 수많은 촉수가 달린 인간 형태의 육체를 거의 강제로 짜내다시피 우리가 머물고 있던 아공간으로 출현시켰다.

원형의 입으로부터 삐져나온 수많은 가느다란 촉수들이 꿈틀거리고 있었으며, 온몸을 해마계의 물로 적시고 있었다. 오크툴은 그 입을 크게 벌리더니, 지상 세계로 진출할 교두보가 될 아공간까지 다다른 기쁨의 포효를 질렀다.

그것은 소리라는 형태를 취하지 않는, 영혼을 초월한 진동이었다. 생물의 영혼을 대상으로 직접적인 영향을 끼치는 그 포효는, 상대를 모조리 발광시키다가 피할 수 없는 죽음을 선사할 뿐만 아니라 윤회전생조차 못 하도록 영혼까지 일그러뜨리는 파동이었다.

이곳이 지상 세계였다면, 그 진동은 머나먼 은하는 물론이거니와 차원의 벽조차 뛰어넘어 무한히 존재하는 모든 세계로 뻗어 나 갔으리라.

최소한 류키츠 급으로 영적인 격이 높은 이들이야 겨우 버틸 수 있겠으나, 9할 9푼 9리 이상의 생물들은 절대로 버틸 수 있을 리가 없었다.

나는 만에 하나라도 오크툴의 기쁨 어린 목소리가 차원을 넘어 다른 세계로 영향을 끼치지 않도록, 현재의 아공간 안으로 가두는 작업을 시작했다. 구체적으론 오크툴의 목소리가 도달하는 모든 공간을 대상으로, 영적으로 반대되는 위상의 힘을 파급시켜 상쇄하는 작업이었다.

용어 마법진의 수호를 받고 있는 류키츠는, 얼굴빛이 멀쩡한 걸로 봐선 무사한 모양이다. 이미 상처가 회복된 몸을 일으킨 그녀는, 숙적인 해마들의 신을 증오의 눈동자로 바라봤다.

류키츠의 마음은 꺾이지 않았다. 단 한 차례의 포효로 전 우주를 파괴할 가능성을 지닌 해마들의 신을 마주보는 그녀의 눈동자는, 용감한 투지의 불꽃을 띠고 있었다.

드디어 지상 세계로 강림할 수 있다는데 몹시 기뻐하던 오크툴이, 그제야 우리들의 존재를 알아차린 듯이 파란 눈동자를 돌려왔다. 눈동자의 빛깔이 사파이어처럼 해맑다 보니, 묘하게 짜증나는군. 오크툴에게 눈앞의 수룡황이나 백룡 따위는, 기본적으로 티끌만도 못한 존재였다.

"저 존재가 해마들의 신인 오크툴……."

"하지만 결국은 수많은 신들 중 하나에 지나지 않아. 정말로 경계할 필요가 있는 거물들은, 먼 옛날에 레비아탄이 분명하게 물리쳤거나 약체화시킨 걸로 알거든. 저 오크툴 역시 상당한 고위의 신이긴 하지만, 그다지 대단한 존재는 아니야."

눈앞의 오크툴을 하찮을 존재로 취급한데다가 류키츠나 인간들에게 있어선 사실상 신이나 다름없는 레비아탄의 이름을 몹시 편하게 부르고 있는 나에게 감동이라도 한 걸까? 류키츠가 멍한 눈빛으로 나를 쳐다봤다. 너무 야단스럽다는 생각이 드는 한편, 그녀와 같은 절세의 미모를 자랑하는 용에게 뜨거운 시선을 받고 있다는데 관해선 한 명의 남자로서 일종의 자부심에 가까운 감정을 느꼈다.

"드란 님…… 당신께선 저자를 전혀 두려워하지 않으시는군요. 과연 저희 종족의 조상 되시는 레비아탄 님의 형제 분이십니다."

"레비아탄이건 바하무트건, 아마도 나와 태도가 크게 다르진 않을 거야. 그리고 고전 정도는 할지 모르나, 신룡(神竜)이나 용신(龍神)들의 힘으로도 충분히 이길 수 있는 상대라네."

류키츠가 넋이 나간 듯한 눈빛으로 바라보자, 나는 무척이나 자랑스럽다는 기분이 들었다.

그건 그렇고 오크툴은, 나에 관해선 거의 관심조차 없다는 듯이 해마들의 천적 중 하나로 알려진 수룡 류키츠에게 정신을 집중시키고 있었다.

아직 지상 세계가 아닌 이곳은, 오크툴 스스로가 본인의 힘으로 창조한 아공간이었다. 그런 고로, 지금의 저 녀석은 진정한 신의 힘을 발휘할 수 있는 상태였다.

사용 가능한 힘과 권한이 제한되는 지상으로 소환된 상태로도 수룡황을 쓰러뜨릴 수 있을 정도의 힘은 가지고 있을 테니, 지금의 오크툴에 관해선 더 말할 나위조차 없었다.

 끊임없이 꿈틀거리고 있던 입안의 촉수가 갑작스럽게 유별난 움직임을 보이는가 싶더니, 꺼림칙하기 그지없는 형상의 해마신이 우리에게 본인의 뜻을 전달해 왔다.

 "사라져라, 왜소한 용의 후예여."

 우리의 귀가 아니라 영혼 속으로, 오크툴의 사념이 담긴 목소리가 울려 퍼졌다. 오크툴은 일곱 개의 손가락 사이로 물갈퀴가 달린 거대한 손을 류키츠에게 향하더니, 손가락 끝을 중심으로 아무런 대가 없이 연성한 대량의 물을 모아 만든 엄청난 해일을 우리에게 날려 왔다.

 사실상 몸에 묻은 먼지를 터는 거나 다름없는, 너무나 대수롭지 않은 동작이었다. 오크툴에게 있어선 수룡황조차 겨우 그 정도의 존재에 지나지 않았던 것이다.

 오크툴이 일으킨 해일은 해마왕자들이 연성하던 검은 물살들과 마찬가지로, 물리적인 현상뿐만 아니라 영적인 영역까지 파급되는 효과를 지닌다.

 드넓은 공간을 모조리 집어삼킬 정도의 거대한 해일이, 공간과 시간까지 모조리 쓸어버릴 듯한 기세로 우리들에게 들이닥쳤다.

 고위 차원의 존재인 신의 권능은, 지상 세계의 시공이나 인과관계 정도는 손쉽게 파괴한다.

 시공과 인과관계를 파괴하는 힘을 지닌 초자연적인 해일과 마주한 류키츠는, 용어 마법진 안에 머문 채로 오로지 나의 뒷모습과 다가오는 해일을 바라볼 뿐이었다.

혹시 나를 믿기 때문에 스스로 움직일 필요성을 못 느끼는 건가? 개인적으론 그러길 바란다. 이왕 이렇게 된 바엔, 약간이나마 멋진 모습으로 그녀의 믿음에 부응하고 싶거든.

"흠."

평소와 다를 바 없는 입버릇과 함께 왼쪽 팔을 휘두른 순간, 우리들을 집어삼키기 직전까지 들이닥치던 해일은 처음부터 존재조차 하지 않았던 것처럼 자취를 감췄다. 오크툴의 목소리를 상쇄시켰을 때와 마찬가지로, 반대 위상의 힘을 날리는 식으로 소멸시킨 것이다.

문득 정신을 챙기고 보니, 등 뒤로 물러나 있던 류키츠가 나에게 몸을 바싹 붙이고 있었다.

류키츠는 자신이 어느 틈엔가 나의 등과 바싹 달라붙어 있었다는 사실을 깨닫자마자, 작은 비명소리와 함께 몸을 떨어뜨렸다. 류키츠의 뺨은 조금 붉게 물들어 있었다.

"죄, 죄송합니다."

류키츠는 너무나 창피한 나머지 몸을 움츠린 채로 어디론가 사라져 버리고 싶은 듯이 보였다.

해마신과 마주보는 상태로 이렇게 한가하다니…… 라는 말을 할 수도 있겠으나, 그만큼 나를 절대적으로 믿는다는 식으로 자기 자신한테 유리하게 해석하고 싶군.

"상관없어. 자네의 믿음을 한 몸에 받는다는 건 싫지 않거든. 그나저나, 오크툴이여."

오크툴은 내가 말을 걸건 말건, 방금 전의 해일보다 몇 배나 강한 힘을 담은 물 속성 공격을 날려 왔다. 물로 이루어진 구체, 물로 이루어진 칼날, 물로 이루어진 화살, 혹은 물로 이루어진 탄환들이었다. 형태나 각각의 공격을 구성하는 물의 양은 각양각색이었지만, 예외 없이 신의 권능이라 불리는데 걸맞은 힘을 담은 공격들이었다.

어떤 공격이건 반대 위상의 힘으로 상쇄시키거나, 다른 차원으로 추방시켰다. 하나 같이 발생되는 순간의 인과관계를 짓이기는 등의 방어 전략을 구축하지 못할 경우, 방금 전까지 류키츠와 해마왕 네르토나가 결전을 치렀을 때와 비교조차 안 될 정도의 엄청난 피해가 발생할 것으로 예상되는 위력들이었다.

그러나 개인적으론 「어차피 이 정도였나?」라는 소감밖에 나오지 않았다.

나 스스로가 아직 힘을 억제하고 있는 탓일까? 오크툴 녀석 또한 아직은 어디까지나 상황을 파악하기 위한 용도로만 힘을 쓰고 있는 중이다. 오크툴은 나의 말을 들을 생각은 전혀 없다는 듯이 끈질기게 연속 공격을 가해 왔다.

나는 어이가 없다는 뜻을 담은 한 차례의 한숨과 함께, 무지갯빛 용안(竜眼)으로 변화시킨 눈동자로 오크툴에게 달린 네 개의 눈동자를 쏘아봤다.

바로 그 순간, 오크툴은 마치 시간이 얼어붙은 것처럼 움직임을 멈췄다.

나의 눈동자가 오크툴의 기억을 자극한 결과, 전생의 나에 관해 떠올린 그는 이제야 나의 정체를 깨달은 것이다. 하지만 이미 때는 늦었다, 멍청한 놈아.

"오크툴이여, 솔직히 말해서 나는 그대에 관해선 그다지 아는 바가 없다. 하지만 그대는 나와 같은 눈동자를 지닌 용에 관해선 잘 알고 있을 것이다."

해마계는 레비아탄과 용신(龍神)들의 담당이었기 때문에 적극적으로 가던 장소는 아니었으나, 레비아탄을 따라 몇 차례 정도 방문한 적이 있던 걸로 기억한다.

그리고 그 때마다 반드시 폭력적인 사건들이 따라다녔기 때문에, 상당한 숫자의 해마들과 해마신들이 전생의 나에게 멸망당한 걸로 기억한다. 오크툴이 당시의 광경을 목격한 적이 있을 경우, 그에게 있어서 나라는 존재는 더할 나위 없는 공포의 대상 중 하나일 것이다. 더군다나 나는, 오크툴에게 아직껏 아물지 않는 상처를 입힌 레비아탄과 같은 수준의 용이었다.

그러나 공황 상태에 빠질 수도 있을 것으로 보이던 오크툴은, 오히려 오랜 원한을 풀고자 투지를 고조시키더니 신이라 불리는데 걸맞은 살기와 중압감을 발산하기 시작했다.

"흠."

참고로 상대에게 약간 감탄하는 의미를 담은 「흠」이었다.

고신룡 드래곤이라는 나의 정체를 알고도 도전해 오다니, 솔직히 말해서 꽤나 뜻밖이었다.

"오오오오, 우오오!! 그 꺼림칙하기 그지없는 레비아탄의 동생 녀석이냐! 인간들에게 토벌당한 나약한 놈! 시원의 일곱 용들 가운데 유일하게 죽임을 당한 녀석들의 수치! 설마 환생을 할 줄은 몰랐다, 마침 잘 됐구나. 레비아탄을 처단하기 전에, 산산이 바스러뜨린 네놈의 영혼을 그 녀석에게 선사할 선물로 삼아 주마!!"

"크큭."

나는 오크툴의 노골적인 투지가 담긴 포효 소리를 듣자마자, 조용히 웃음소리를 흘렸다.

"드란 님……?"

등 뒤의 류키츠가 의아한 듯이 나의 이름을 불러 왔다.

지금의 그녀는 다시금 나의 등 뒤로 숨은 자세였으나, 방금 전과 다르게 쑥스러운 기색 없이 바싹 달라붙은 채였다. 나 또한 약간 뒤로 물러나, 류키츠와 닿을 수 있는 거리까지 움직였다.

"아니, 참으로 흥미롭군. 나의 정체가 드래곤이라는 사실을 알고도 저 정도까지 호언장담을 하는 사신은 흔치 않거든. 하물며 나를 처단하겠다니, 카라비스조차 처음 싸웠을 때 정도밖에 진심으로 하지 않았던 말이다. 그렇게 큰 소리를 친 이상, 그에 걸맞은 실력 정도는 갖추고 있겠지? 해마들의 신이라는 존재여. 인간으로 환생함에 따라 영혼의 빛을 약간 잃었다곤 하나, 네놈 따위에게 뒤쳐질 줄 알았더냐? 하긴 유일하게 죽임을 당한 일곱 용들의 수치라는 비난에 관해선 반박할 말조차 없지만 말이야."

"대책 없이 큰 소리를 지껄이는 건 바로 네놈이다. 지금의 나는 네놈의 누나에게 당했을 당시완 다르단 말이다. 용이여어어어어어어어어어!!"

오크툴의 온몸으로 나 있던 따개비 같은 물체들이 순간적으로 움츠러들더니, 그로부터 독살스러운 자홍빛 액체가 기세 좋게 방출됐다.

흠, 공격 수단 자체는 네르토나와 비슷하군.

독이 들어간 물을 실처럼 가늘게 묶어 빛보다 빠르게 방출해서 만든 칼날로 나를 베어 버릴 속셈인 모양이야.

물로 만든 칼날의 길이는 무한대였다. 독성은 지상 세계의 그 어떤 독보다도 강하다. 그리고 해마신의 신적인 영력에 의해, 물리 법칙을 무시하는 방식으로 만물을 절단해 버린다.

단 한 자루로 우주 하나 정돈 통째로 갈라버릴 수 있을 뿐만 아니라, 독으로 모든 것을 오염시킬 수 있는 칼날인가? 뭐, 신으로서 추앙받는 존재인 이상에야 당연히 할 수 있어야 하는 범위의 능력이긴 하군.

"지금 내뱉은 말을 후회하지 마라."

나와 등 뒤의 류키츠를 통째로 베어버리고자 들이닥치는 독성의 칼날을 향해, 나는 날개로 가볍게 바람을 일으켰다. 고신룡의 권능을 머금은 바람은 무지갯빛을 띠더니, 가까이 다가오던 독성의 물과 닿자마자 무수한 물방울들로 흐트러뜨린 여세를 몰아 곧바로 소멸시켜 버렸다.

"뭐냐, 겨우 이 정도냐? 나를 상대로 예의를 차리거나 힘을 조절할 필요는 없다."

"GY기유우UㅇㅇㅇㅇㅇOOㅇOooooUURAaaaaAAA—!!"

"참으로 귀에 거슬리는 목소리로군."

포효 소리와 함께 오크툴의 모습이 순식간에 여러 개로 늘어나서 우리의 시야를 뒤덮었다. 육체뿐만 아니라 영혼까지 완전하게 모방한 분신들이다.

같은 육체와 같은 힘, 같은 사고방식까지 공유한 오크툴들의 숫자는 밤하늘을 수놓는 수많은 별들처럼 끝없이 늘어나다가 이윽고 우리의 머리 위를 완전히 가득 메웠다.

무수한 오크툴들의 자줏빛 지느러미가 열리더니, 온몸으로부터 현란한 빛깔의 체액들이 우뚝 선 벽처럼 빈틈없이 흘러 떨어졌다.

"기이오이이이이이오카구이가오와아아아아아아아—!!"

오크툴은 인간의 성대로는 절대로 발음할 수 없는 괴성과 함께, 입으로부터 삐져나온 촉수 끝으로 나와 류키츠를 향해 어마어마한 양의 점액을 방출하기 시작했다. 나는 오크툴의 온몸을 흘러 다니는 체액과 뒤섞여 역겹기 그지없는 빛깔과 점성을 지니게 된 그 액체를 불쾌한 눈길로 올려다봤다.

"신을 죽이는 독과 그 기운을, 액체보다 더욱 진하게 구현한 체액이로군. 그나저나 아까부터 엇비슷한 공격들뿐이구나. 다른 재주를 부릴 수 없다면, 이제 슬슬 소멸시켜 주마."

온몸의 감각 기관을 날카롭게 가다듬은 나는, 수많은 분신들 가운데 단 한 녀석밖에 없는 진짜 오크툴의 위치를 파악하자마자 무의미한 환각들을 쓸어버리고자 자신의 주위로 일곱 빛깔의 마력 탄환들을 분신들과 똑같은 숫자만큼 생성시켰다. 그리고 고위 차원에 소속된 존재건 뭐건 무자비하게 소멸시키는 마력 탄환들을, 가까이 다가오던 액체의 벽을 향해 발사했다.

빛조차 가볍게 비웃을 정도의 빠른 속도로 날아간 일곱 빛깔의 마력 탄환들은, 추접스러운 액체의 벽을 꿰뚫자마자 무한에 가까운 숫자로 늘어나 꿈틀거리던 오크툴의 환각들을 정통으로 가격했다. 일곱 가지 색깔의 빛들은 환각들을 몸속부터 통째로 집어삼켜 버렸다.

순수하게 아름답기만 하던 일곱 빛깔들이 번쩍이는가 싶더니, 오크툴의 분신들은 조용히 아공간의 하늘로 산산이 흩어져 버렸다.

길가의 돌멩이를 걷어차듯이 가볍게 오크툴의 분신들을 소멸시키고 나니, 본체만이 남았다.

"우으UUUG기이이에RIRAAAAAA!"

"고작 이 정도로 나를— 그리고 레비아탄을 토벌하려 하다니, 가소롭기 그지없구나. 레비아탄과 싸우다가 영혼을 다친 나머지, 머리까지 정상적으로 안 돌아가는 모양이야."

아직껏 투지가 시들지 않은 오크툴은, 나에게 도발을 당한 굴욕으로 인해 엄청난 분노를 불태웠다. 등으로부터 뻗어 나온 촉수의 아가리가 더욱더 깊숙한 십자가 모양으로 열리더니, 또 다시 새로운 물살을 뿜어 왔다. 엄밀히 따질 땐 저것은 물 따위가 아니라, 오크툴이 즉석으로 창조한 우주를 원자 크기까지 압축시킨 것들로 구성된 거대한 힘의 흐름이었다.

저 방대한 우주의 흐름에 빨려 들어갈 경우, 물에 빠진다기보다 공간이나 우주에 빠진다는 식의 표현이 더 적합하리라. 우주가 탄생된 그 순간부터 멸망할 때까지 발생되는 힘을, 모조리 적대자에게 날리는 공격 수단이었다.

「시시한 짓을 다 하는군」이라는 혼잣말과 함께, 나는 오른팔을 빛의 속도로 휘둘렀다.

압축된 우주는 내가 팔을 휘두른 궤적의 연장선을 따라 좌우로 두 동강 나더니, 곧바로 산산이 흩어졌다.

더 이상 쓸데없는 수고를 들일 생각은 없다. 애초부터 나에게 오크툴과 진지하게 싸울 생각 따위는 없었다. 왜냐하면 나는, 오크툴과 싸우러 왔다기보다는 오크툴을 소멸시키기 위해 이곳까지 달려온 몸이기 때문이다.

오크툴이 다음 수를 쓰는 것보다 빨리, 나는 최강의 기술로 단숨에 오크툴을 소멸시키는 작업을 실행 단계로 옮겼다.

"인간으로 환생한 이후론 처음 쓴다만…… 오크툴이여, 너에게 나의 진정한 힘을 직접 맛볼 기회를 주마!!"

나는 지금껏 몇 겹에 걸친 족쇄로 억누르고 있던 힘을 해방시켰다. 그리고 인간으로 환생한 몸으로선 처음으로 진정한 모습을 선보였다.

여섯 개의 날개가 돋아나 있는 등의 중심선으로부터, 어마어마한 빛과 함께 평상시엔 보이지 않는 일곱 번째 날개가 뻗어 나왔다.

무지갯빛 눈동자와 새하얀 비늘, 그리고 여섯 개의 날개가 아니라 일곱 개의 날개를 가진 지금의 형상이야말로 나의 진정한 모습이었다.

여섯 개의 날개와 하나의 머리, 하나의 꼬리와 무지갯빛 눈동자, 흰색 비늘을 지닌 고신룡이 아니라 「일곱 개의 날개」와 하나의 머리, 하나의 꼬리와 무지갯빛 눈동자, 흰색 비늘을 지닌 고신룡 드래곤이야말로 나의 진정한 이름이었다.

너무나 강대한 힘을 억누르기 위해 평소엔 숨겨두던 일곱 번째 날개가 해방된 순간, 나의 영혼으로부터 발생되는 힘이 단숨에 부풀어 올랐다. 혼의 고동까지 한층 더 강화된 탓이다.

진정한 힘을 해방시킨 나의 모습을 목격하자마자, 무한한 공간을 창조함으로써 거리를 벌리고 있던 오크툴의 온몸과 영혼이 공포로 떨기 시작했다.

일찍이 카라비스에게 커다란 마음의 상처를 입혔던 최강의 공격 수단은, 이 모습으로 변신하고 나서야 비로소 사용할 수 있는 기술이었다.

혼신의 일격을 맥없이 무효화 당한데다가 나의 진정한 힘을 쓰게 만들어 버렸다는 사실을 깨달은 오크툴은, 그제야 비교하는 것조차 어리석게 느껴지는 서로의 실력 차이를 실감한 듯이 도저히 들어주기 힘들 만큼 끔찍한 비명을 질렀다.

하지만 그 따위 소음을 아무리 발생시켜 봤자, 나의 동정심은 미동조차 하지 않는다.

특히나 이미 오크툴에 대한 나의— 우리들의 포위망은 완성된 상태였다.

일곱 번째 날개를 해방시킴으로써 진정한 권능을 선보인 나 스스로를 「새롭게 여섯」이나 출현시켜, 오크툴을 중심으로 원을 그리듯이 배치를 끝마쳤다.

그것이 바로 최강의 일격을 발동시키기 위한 사전 준비 중 하나였다.

완전히 똑같은 힘을 지닌 도합 일곱 개체의 내가 출현하자, 오크 툴의 마음은 절망으로 물들었다. 오크툴은 도망칠 곳을 찾고자 사방으로 영적 감각 기관들을 펼쳤다. 그러나 설령 대마계로 도망친다 한들 나의 감각 범위로부터 벗어날 순 없었다. 절대로 놓칠 리가 없다.

처음으로 이 아공간에 침입한 분신체인 「나」를 포함한 일곱 분신체들의 등으로부터 펼쳐진 날개들의 피막들은, 제각각 다른 일곱 빛깔의 단색으로 물들어 있었다.

일곱이나 되는 우리들은 서로의 파장을 공명시킴에 따라 증폭된 힘을, 서로의 육체 사이로 순환시키는 방식으로 힘의 양뿐만 아니라 질까지 비약적일 만큼 향상시킬 수 있다.

일곱 분신체가 제각각 태양으로 변한 듯이 온몸으로부터 서로 다른 색깔의 빛을 발산하기 시작했다. 이미 우리들 사이엔 공명에 의한 힘의 증폭과 순환이 이루어지고 있는 중이다.

효과 범위를 우리의 포위망 내부로 한정시킨 상태론 큰 문제가 없었다. 그러나 이 힘을 무제한으로 해방시킬 경우, 지금 우리가 머물고 있는 아공간뿐만 아니라 대마계나 천계는 물론이거니와 지상 세계에까지 큰 영향을 끼치다가 최악의 경우엔 온 세상의 모든 존재가 붕괴의 운명을 맞이할 수도 있으리라.

잠자코 오크툴의 끔찍한 비명소리를 듣던 류키즈가 어안이 벙벙한 표정을 지었다. 지상 최강의 용인 류키즈조차 도저히 저항할 수 없을 정도의 엄청난 권능을 지닌 해마신 오크툴이, 나를 상대론 신의 위엄 따윈 전혀 찾아볼 수 없는 추태를 보이고 있으니 놀랍긴 하리라.

수백 년부터 수천 년 사이의 기나긴 세월 동안 막대한 숫자의 산 제물들을 동원한 소환 의식을 치르고 나서야 드디어 지금 이 순간 의 아공간까지 다다를 수 있었던 해마들의 신은, 나라는 존재와 마주치자마자 곧바로 멸망의 운명과 맞닥뜨렸다. 우리는 한 걸음 더 앞으로 나아갔다. 오크툴에게 있어선 사형 집행인이 다가오는 것으로 느껴지리라.

"나의 죽음에 관한 소식을 전해 들었던 당시의 그대들은, 아마 도 크게 안심하지 않았을까 싶군. 하지만 보다시피 나의 명줄은 이와 같은 형태로 아직 붙어 있다. 내가 지상을 떠나 있던 동안 그 대가 한 짓은 도가 지나쳤다. 각오해라."

환생을 거친 나의 영혼은, 과거의 지인들에게 도저히 보여줄 수 없을 만큼 초라하게 쪼그라들었다. 그러나 오크툴과 같은 해마들 의 신 따위는, 나와 비교할 땐 결국 있으나 마나한 잔챙이에 불과 하다. 양손과 목을 함께 가로젓는 자세로 용서를 구하는 오크툴에 게, 나는 만면의 미소를 띤 얼굴로 답했다.

"용서는 없다."

스스로도 참으로 만족스럽다는 말을 하고 싶을 만큼 완벽한 미 소였다.

출력이 충분하게 오른 것으로 느낀 우리들은, 제각각 축적시킨 최대한의 힘을 오크툴을 향해 방출했다. 일제히 입을 벌린 우리들 은, 규칙적으로 돋아난 어금니와 목구멍 속으로부터 안개를 연상 케 하는 브레스를 뿜었다. 각각의 개체가 가진 날개의 피막과 똑같은 색깔의 빛으로 변한 힘은, 도망칠 방법과 방어할 수단을 지니지 못한 오크툴에게 들이닥쳤다. 그리고 우리의 포위망 안쪽은 찬란한 무지갯빛으로 가득 찼다.

"멸망해 버려라, 나의 역린을 건드린 어리석은 해마들의 신이여!!"

우리들의 포효와 함께, 마지막으로 특히나 커다란 힘이 도합 일곱 발의 빛 구슬로 변하자마자 이미 붕괴 직전까지 간 오크툴에게 직격타로 들어갔다. 그리고 주위의 모든 것들을 빨아들이는가 싶더니, 한층 더 거대한 무지갯빛의 구슬로 변했다.

흡수한 모든 힘을 결정적으로 증폭시킨 다음, 포위한 상대방을 모든 차원의 영역으로부터 소멸시킨다. 바로 이 기술이야말로 나의 힘으로 쓸 수 있는 최강이자 최대급의 공격 수단이다.

스스로 말하기는 약간 쑥스럽다만, 일찍이 불멸의 신성(神性)을 지닌 자로 드높은 명성을 날리던 카라비스조차 거의 멸망하기 직전까지 몰아붙인 바 있던 이 최강의 기술은, 실제로 지니고 있는 절대적인 파괴력에 비해 끝날 때는 싱겁기 그지없었다.

오크툴을 집어삼킨 무지갯빛 구슬은 서서히 쪼그라들다가, 급기야는 자그마한 빛의 입자 한 알 정도의 잔상조차 남지 않도록 말끔하게 자취를 감췄다.

"흐음."

나는 포위망을 펼쳤던 다른 여섯 개체의 분신체들을 분해·흡수한 다음, 해방시켰던 일곱 번째 날개까지 거두어들였다.

나 원 참, 이 기술은 쓸 때마다 조금 지친다는 것이 단점이군.

오크툴은 온갖 세계의 모든 영역으로부터 완전히 소멸된 걸로 보인다만, 지금껏 우리가 머물고 있던 아공간 역시 깨끗하게 청소해야 하는 상황이었다.

수천 년 동안에 걸쳐 수백만부터 수천만 단위로 봉헌된 산 제물들의 원한은 물론이거니와 오크툴의 출현과 함께 흘러넘친 해마계의 대기까지 남김없이 정화해 버려야 한다.

만약 아주 적은 양이나마 이곳을 떠돌아다니는 독기가 지상 세계로 누출될 경우, 자연의 힘으로는 영원히 정화 자체가 불가능할 만큼 심각한 오염이 확산되고야 말리라.

이곳의 오염 정도를 고려하자면, 신의 영혼을 강림시키거나 둘 이상의 정령왕을 소환하는 방식으로 대규모의 정화 수단을 발동시킬 필요가 있어 보인다.

"해마왕 정도론 어림없었겠지만, 결국 해마신까지 소환되고 나니 이렇게 될 수밖에 없나? 수천 년 동안의 수고를 물거품으로 만들었다곤 하나, 재발 가능성을 남기고 싶진 않군. 흠."

문득 류키츠에게 시선을 돌리자, 그녀는 완전히 마음을 빼앗긴 듯이 넋 나간 표정으로 나의 여섯 분신들이 조금씩 빛의 입자로 흩어지는 광경을 바라보고 있었다.

마치 꿈에 그리던 상대와 만난 순진무구한 소녀 같은 표정을 지은 류키츠의 비인간적이기까지 한 미모의 옆얼굴은, 나에게 있어선 무척이나 앳된 어린아이처럼 보였다.

"전생의 내 모습이 그렇게 신기한가?"

나의 목소리를 듣고 정신을 차린 듯한 류키츠가, 부끄러운 듯이 두 눈을 깔았다.

"창피한 모습을 보이고 말았군요. 아무쪼록 용서해 주십시오. 아득히 머나먼 어린 시절부터, 당신께선 제가 동경하던 대상이었거든요. 당신께선 지금껏 제가 만난 모든 용종들을 아득히 초월하시는, 본디 저 정도로는 존안을 뵐 기회 자체가 있을 수 없는 천상의 존재십니다. 자기 자신 따위는 드넓은 바다 위로 퍼붓는 빗방울 하나만도 못한 미물로 느끼게 하시는 분이 바로 드란 님이셨습니다. 그런 분과 만난 적은 옛날이나 지금이나 오로지 드란 님 한 분뿐입니다."

"흐음, 그런 식으로 거창하게 나오니 아무리 나라도 조금 쑥스럽군. 그리고 지금의 나에게 남은 고신룡의 형상은, 어린 시절의 류키츠가 봤던 환생 전의 모습보다 꽤나 초라한 걸로 아네. 추억은 시간의 흐름과 함께 미화된다고도 하니, 실제론 그렇게 대단할 것까진 없지 않을까? 만약 제대로 만날 기회만 주어졌다면, 직계 조상인 레비아탄이나 바하무트가 훨씬 더 매력적으로 보였을 거야."

"드란 님 본인께선 그렇게 느끼실 지도 모릅니다. 하오나 저에게 있어선, 언제까지나 빛바래지 않는 추억 속의 모습 그대로십니다. 저로서는 드란 님께서 용으로 변신하신 모습을 볼 수 있었던 것만으로도 너무나 감격스러웠습니다. ……후후, 그리고 드란 님? 여자들이란 많건 적건 굳세거나 커다란 남성분들께 끌릴 때가 없지 않아 있는 법이랍니다."

나는 양쪽 뺨을 붉게 물들인 채로 넋을 잃은 듯이 한숨을 짓는 류키츠를 마주보다가, 무심코 미소를 지었다. 나의 정체를 알고 있는 류키츠는, 등 뒤가 가려울 만큼 터무니없는 미사여구들로 나를 찬양한다. 그녀와 같은 절세의 미녀에게 진심 어린 칭송을 듣는 건 당연히 기쁠 수밖에 없지만, 지나친 칭찬은 듣는 빈도가 늘어날수록 더욱 쑥스러운 법이다.

"자네와 만날 땐, 항상 의도치 않게 자기 자신을 대단한 존재로 여기게 되는군. 그나저나 해마왕과 해마신을 상대로 한 자네들의 싸움은, 이걸로 결판이 난 셈이야. 이제 남은 건 이곳을 정화한 다음, 우리가 살아가야 할 장소로 돌아가는 것뿐이군. 류키츠, 상처는 아물었나?"

류키츠의 왼쪽 어깻죽지부터 복부까지 크게 가로질러 버린 상처는, 이젠 단 한 치의 흉터조차 남아있지 않았다. 류키츠는 무척이나 정중하게 머리를 숙인 자세로 답했다.

"남아있는 상처나 통증은 전혀 없습니다. 이 또한 모두 드란 님의 위대하신 권능과 자비심 덕분입니다. 저로서는 정말로 너무나 감사하기 그지없을 따름입니다."

"정말 은혜로 느낀다면, 지금처럼 지나치게 호들갑스러운 말투를 삼가거나 좀 더 편한 태도로 상대해주는 거야말로 나에 대한 가장 큰 보답이 되지 않을까 싶군."

"저의 태도만큼은, 아무쪼록 허락해 주시기 바랍니다. 제3자들과 함께할 때야 어쩔 수 없이 말씀을 따르겠으나, 당신의 정체를 아는 자로선 도저히 그처럼 무례한 짓을 할 수가……."

류키츠는 말투와 태도에 관해선 절대로 물러설 수 없다는 듯이 완고하게 버텼다.

쾌나 이상한 데서 고집을 부리는군. 나로서는 솔직히 납득이 가지 않았다.

억지로 강요할 일은 아니지만, 언제까지나 이런 태도의 그녀와 상대하기는 부담스럽단 말이지…… 어디 보자, 뭔가 좋은 방법이 없을까?

"그렇군…… 이왕 이렇게 된 바엔 자네의 새로운 남편 자리로라도 들어간다면, 지금보단 조금 더 친밀한 태도로 상대해줄 수 있겠나?"

농담 섞어 중얼거린 말이었지만, 류키츠의 반응은 나의 예상보다 훨씬 더…… 진지하다기보다는, 묵직하기 그지없었다.

"그건…… 글쎄요……."

류키츠는 곧장 골똘히 생각에 잠긴 듯이 입을 다물었다.

무심한 한 마디로 그녀의 성질을 건드렸을지도 모른다는 일말의 불안을 느낀 순간, 그녀는 진심으로 기쁜 듯이 화사한 미소를 띤 채로 입을 열었다.

"일리가 있는 말씀이세요. 드란 님께서 저와 부부의 연을 맺어주신다면, 말투를 바로잡도록 하겠습니다. 너무나 매력적인 제안이다 보니, 이 나이가 되어서도 가슴이 두근거리고 말았습니다. 하지만 정말로 그렇게 되는 날에는 루우는 물론이거니와 세리나 양과 바제 양, 레니아 양 같은 분들이 잠자코 넘어가실 리가 없겠지요. 경우에 따라선 크리스티나 양까지 합세할까요?"

"흐음, 설마 이런 식으로 꽤나 현실적인 고민을 하게 만드는 대답이 돌아올 줄은 몰랐군. 그리고 설령 농담이라 할지라도 여성을 상대로 가볍게 할 말은 아니었던 모양이야. 미안하군."

"아닙니다. 드란 님께서 바라실 때는, 저의 몸과 마음 정도는 크나큰 기쁨과 함께 전부 다 바칠 수 있습니다. 다만…… 루우에 관해선, 그 아이의 마음을 존중해주시길 바랄 뿐입니다. 그 아이는 아마도, 드란 님께서 귓가로 가셔서 사랑을 속삭이시기라도 하는 날엔 파도에 쓸려나가는 모래성처럼— 눈 깜짝할 사이에 허물어지고야 말겠지만요."

"어미의 입으로 딸을 홀리라는 말을 하는 건가?"

"어미가 아니라, 한 여자로서 드리는 말씀입니다. 여인들에게 있어서 사모하는 남자 분은— 아니, 이 이상은 루우가 스스로 드려야 하는 말씀이군요. 저는 조개처럼 입을 닫겠나이다."

류키츠는 그 이후론 의미심장한 미소와 함께 요염한 눈빛으로 나를 바라볼 뿐이었다.

흐으음, 이건 류키츠에게 완전히 농락당한 셈인가?

해마신 오크툴, 그리고 해마왕 네르토나와 그 아들들의 죽음에 관한 소식은 아공간으로부터 귀환한 류키츠에 의해 용궁국의 장병들에게 전달됐다. 그들은 하염없는 눈물과 함께 환희의 함성을 질렀다. 본디 오크툴이라 하는 존재는 류키츠의 능력으로도 물리칠 수 없는 상대였으나, 네르토나가 불완전한 형태로 소환한 그 녀석을 나의 협력을 받아 가까스로 격퇴하는데 성공했다— 는 식으로 약간 진실을 왜곡한 것이다.

나의 개입에 의해 용궁국의 병사들은 성대한 허탕을 치게 된 셈이지만, 어쨌거나 수많은 어인들이나 인어들의 오랜 숙적을 타도한 것은 틀림없었다.

그들이 다른 누구보다 존경해 마지않는 군주인 류키츠까지 무사히 귀환한 결과, 용궁국의 백성들은 이번 전쟁의 승리에 관해선 순순히 기뻐하기로 마음먹은 듯이 보였다.

참고로 이번 전쟁을 수행하는 데는 용궁의 병력뿐만 아니라 다른 해신의 권속들이나 3용제(竜帝) 3용황(龍皇)의 힘까지 빌린 모양이니, 그들에게 사정을 설명할 자리나 성대한 축하 행사 등까지 연달아 거행될 예정이다. 당분간 류키츠는, 공무로 인해 몹시 바쁜 나날을 보내게 되리라.

분신체인 나는, 전후처리를 하는데 쫓기는 류키츠와 루우에게 여유가 생길 때까지 용궁성에 체류하기로 했다. 한창 해마들과 전쟁을 치르던 싸움터의 한복판으로 갑자기 출현하자마자 해마들의 군세를 모조리 전멸시켰을 뿐만 아니라 해마왕·해마신을 상대로 고전하던 류키츠에게 가세한 사실이 알려짐에 따라, 병사들이 나를 보는 눈은 예전과 완전히 달라졌다. 존경심이나 감사의 비중이 단숨에 늘어난 것이다. 그 점에 관해선 예의 창유에조차 예외가 아니었다.

나에게 그야말로 이보다 더할 수 없을 만큼 노골적인 호감을 보이는 용궁국 백성들을 생각할 땐, 나 스스로 지금 하려던 일을 실행하기가 크게 망설여진다는 것이 솔직한 심정이었다.

그러나 나는, 일단 입에 올린 말은 절대로 거두어들이지 않는다.

역시나 지금의 흔들리는 마음을 바로잡자마자 단호히 실제 행동으로 옮겨야 한다.

말인즉슨, 류키츠와 루우의 엉덩이를 울면서 빌 때까지 때리는 작업이 남아있다는 뜻이다.

마음을 모질게 먹을 필요가 있겠군, 흐음!

†

용궁국의 백성들은 우레조차 능가하는 엄청난 환호로 귀환한 장병들을 맞이했다.

머나먼 태곳적부터 대립해 온 숙적인 해마 7왕 중 하나를 물리쳤을 뿐만 아니라 주군인 류키츠와 그 딸인 루우는 물론이거니와 출진한 병사들까지 모두 무사히 돌아왔다는 성과는, 그야말로 상식을 초월하는 엄청난 업적이었다. 그녀들이 나의 도움 없이 자신들끼리 해마들과 싸우려 한 일에 관해선, 지상에 사는 자로서의 책무나 오랜 대립 관계를 고려할 땐 이해가 가고도 남았다. 하지만 역시나 한 마디라도 나에게 상담을 해 왔다면…… 같은 식으로 이미 지나가 버린 과거가 머릿속을 맴돈다. 솔직히 개인적으로도 참 한심한 불만이라는 느낌이 들었다.

하지만 용궁성의 군세 사이에 몰래 섞여 용궁국으로 귀환하자마자 사람들의 기뻐하는 얼굴을 본 순간, 나 자신의 집착은 너무나 하찮기 그지없는 것으로 느껴졌다.

이번 전쟁의 성과를 생각해 볼 땐, 일주일 동안 밤낮으로 축하 연회를 연다 한들 이상하지 않은 대승리였다. 하지만 다른 3용제 3용황들의 협력 등을 받은 이상, 류키츠와 루우는 밀려 있던 행정 업무와 군부대 재편 작업을 끝마치자마자 곧장 동포들에게 전쟁에 관한 보고와 감사의 말을 선사할 준비를 하느라 글자 그대로 눈코 뜰 새 없을 만큼 몹시 바빴다.

이번에도 역시, 나의 존재에 관해선 자세한 사항은 언급하지 않도록 부탁했다.

언젠가 고신룡이라는 전생을 가진 내가 인간으로 다시 태어났다는 사실을 만천하에 알릴 때가 올지도 모르지만, 최소한 아직은 그럴 시기가 아닌 것으로 느꼈기 때문이다.

지상의 용종들에게 있어서, 고신룡이라는 존재는 너무나 큰 의의를 가진다. 오늘날까지 쌓아 올린 그들의 역사나 문화를, 크게 왜곡할 가능성조차 존재할 정도였다.

따라서 나의 존재를 알릴 시기는, 그야말로 신중에 신중을 기한 방식으로 결정해야 한다.

아무튼 대략적인 행정 업무들을 거의 다 정리한 류키츠와 루우가, 간신히 빈 시간을 만드는데 성공한 어느 날의 일이었다. 지금껏 나는 성 안의 한 구석을 보금자리 삼아 조용히 기다리고 있었다만, 오늘은 드디어 그녀들의 부름을 받아 직접 얼굴을 보러 갈 예정이다.

함구령이 떨어졌다곤 하나, 나의 힘으로 해마들의 대군이 순식간에 소멸되는 순간을 똑똑히 목격한 장병들의 입까진 틀어막을 수 없었다. 그리고 해마왕이나 해마신을 상대로 한 싸움에 관해서도, 류키츠가 나에게 큰 도움을 받았을 것으로 추측하기는 무척이나 쉬운 편이었다.

두 사람의 부름을 받을 때까지 며칠 동안, 나는 인간으로 환생하고 나선 처음으로 이보다 더할 수 없을 정도의 극진한 대우를 받느라 도리어 불편할 정도였다.

줄곧 그런 꼴이었던 관계로, 그나마 친밀한 두 사람과 셋이서만 만나는 자리를 가질 수 있다는 건 참으로 반가운 얘기였다. 그리고 루우에게 선언한 「그것」을 실행하는 데도 안성맞춤인 전개였다. 엉덩이 때리기는 베른 마을의 어른들이 아이들에게 벌을 줄 때의 단골 메뉴로 알려져 있다만, 어엿한 어른인 류키츠와 루우에게도 발군의 효과를 발휘할 것으로 예상되거든.

해마들과 전쟁을 치러야 한다는 사실을 나에게 말하지 않은데 관해선 이미 화가 많이 식은 상태였지만, 매듭을 분명하게 지어야 한다는 마음은 변함이 없었다.

이윽고 나는, 지금껏 두 사람과 만날 때마다 썼던 평소의 방으로 안내받았다. 시종들은 입실이 용납되지 않는 관계로, 언제든지 부름에 응할 수 있도록 문 밖까지만 따라와서 대기한다.

"류키츠 공, 루우. 부르셨다는 말씀을 듣자마자 곧바로 찾아왔습니다."

"드란 공, 부디 들어와 주십시오. 저나 루우나 둘 다, 그대만을 애타게 기다리고 있었습니다."

다행히 류키츠의 목소리로부터 피곤한 기색은 느껴지지 않았다. 나를 상대로 피로를 얼버무리고 있을 가능성은 없지 않아 있다만, 지금은 순순히 괜찮은 걸로 믿어주자.

"드란 공, 말씀을 드리는 시점이 늦어진데 관해선 진심으로 사죄드립니다. 여러 가지 문제들을 해결하는데, 오늘까지 시간을 쓸 수밖에 없었습니다."

류키츠는 그러한 대사와 함께 머리를 숙였지만, 즉시 그녀의 얼굴로 미소가 되돌아왔다.

류키츠와 루우는 둘 다 장신구 등을 거의 걸치지 않은 상태로, 헐거운 잠옷과 덧옷만을 입은 편안한 차림새였다. 큰 전쟁과 격심한 업무 사이의 미세한 틈을 타서 겨우 만든 자리니, 일부러 편한 옷차림을 택한 것 같군. 루우는 그런 차림새로 나와 만난다는 것 자체가 적잖이 쑥스러운 모양이나, 그녀 또한 류키츠와 마찬가지로 그다지 피곤한 기색은 없는 듯이 보였다.

"드란 님, 아무쪼록 가까이 와 주십시오. 드디어 드란 님과 말씀을 나눌 시간을 가지게 되어, 루우는 무척이나 기쁘답니다."

루우는 정말로 기쁜 듯이 웃었다. 나 역시 그녀를 따라 기분이 좋아진 나머지, 입가로 자연스럽게 미소가 떠올랐다. 아마도 두 사람에게 있어서 나라는 존재는, 격심한 업무 사이의 청량제와 같은 효과를 발휘하고 있는 모양이다. 나로서는 어떤 형태로든 두 사람에게 도움을 줄 수 있다는 사실만으로도 정말 기뻤다.

"나 역시 두 사람의 무사한 모습을 보니 몹시 기쁘군. 모르긴 몰라도 전후처리를 하느라 대단히 바쁠 텐데, 얼굴빛만 본 바로는 피곤한 기색은 거의 없어 보여. 일단은 한시름 놓겠어."

루우가 권하는 의자에 걸터앉은 나는, 자기 자신의 솔직한 심정을 밝혔다.

"류키츠 공은 오랜 숙적과 결판을 지은 셈이니, 지금은 아마도 마음이 무척이나 편할 것 같군. 우선은 그 일에 관해서 축하를 드리고 싶소."

"후후. 저희는 어디까지나 드란 공의 도움 덕분에 자신들의 피를 흘리는 일 없이 최선의 형태로 승리를 손에 넣은 것뿐입니다. 감사의 말은 저야말로 천 번이건 만 번이건 드려야 할 줄로 압니다. 다만, 드란 공? 저를 제외한 3용제 3용황들에게 언제까지나 본인의 정체를 숨기기 힘들어졌다는 사실만은 이해해주시기 바랍니다."

"흠, 일리가 있는 말씀이군요."

"지금은 본인께서 뜻하시는 바를 존중하는 의미로 가능한 한 정보를 숨기고 있사오나, 언젠가 기회를 봐서 그들과 만날 자리를 가지셔야 할 줄로 압니다."

"알겠습니다. 명심하도록 하지요. 그나저나 이제부터, 용궁국은 어떻게 움직이실 겁니까? 해마왕은 아직 여섯 놈이나 남아있습니다만, 무시할 수 있는 세력들은 아닐 겁니다."

"물론 만전의 태세를 다잡자마자, 남아 있는 해마의 세력들과도 자웅을 가리고자 합니다. 다른 바다의 존재들과도 협력 체제를 구축함으로써, 이 별의 바다로부터 해마들을 소탕해 보이고야 말겠습니다. 아무쪼록, 걱정 마십시오. 저자들이 숭배하던 오크톨의 소멸로 인해 그 가호가 사라짐에 따라, 해마들의 위협은 크게 줄어들었습니다. 드란 공의 권능을 빌릴 필요조차 없이, 저희들의 힘만으로도 충분히 물리칠 수 있을 겁니다."

어라, 혹시 지금 한 말은 나보다 먼저 선수를 친 건가? 역시 어디까지나 외부인이나 다름없는 입장인 나로서는, 더 이상 참견하는 건 적절치 않다는 느낌이 드는군.

나의 행동은 류키츠로 하여금 상당히 신경을 쓰게 한 모양이다. 하긴 항상 인간으로서 살아간다는 소릴 입버릇처럼 달고 다니는 내가, 더 이상 지나치게 간섭하는 건 좋지 않을지도 몰라.

"류키츠 공께서 그렇게까지 말씀하신다면, 저 역시 여러분들을 전적으로 믿겠습니다."

나와 류키츠가 향후의 중요한 화젯거리에 관해 논의하고 있다 보니, 조금 삐진 표정의 루우가 다른 쪽으로 화제를 돌렸다.

"드란 님이나 어머님이나, 정말 너무하세요. 모처럼 이렇게 시간을 만들었는데, 그런 식으로 골치 아픈 말씀들만 나누실 건가요? 물론 소첩 역시 필요한 이야기라는 사실 정도야 잘 알지만, 이대로는 그 얘기들만으로 시간이 다 지나고 말 거예요. 그건 정말 너무나 아깝습니다."

"하하, 루우가 하는 말은 분명히 옳아. 최소한의 사항들은 확인한 셈이니, 다른 이야기로 넘어가볼까?"

"어머나, 설마 루우가 이렇게 나올 줄은 몰랐습니다. 저와 함께 있을 땐 그나마 조금 더 어른스럽게 행동합니다만, 드란 공을 상대론 너무 응석만 부리는군요."

"상관없다네. 나 역시 이렇게 그녀의 믿음을 한 몸에 받을 때마다 몹시 기쁘거든. 아무튼 나는, 싸우는 것 말고는 거의 무용지물이나 다를 바 없는 존재야. 다른 일로 두 사람을 도울 수 있다는 것보다 기분 좋은 얘긴 흔치 않을 걸세."

"저희들을 도와주시겠다니, 정말 너무나 과분한 말씀이십니다. 이렇게 드란 공과 대단치 않은 잡담을 나누는 것만으로도, 저와 루우에게 얼마나 커다란 마음의 양식이 되는 줄 모릅니다. 하루나 이틀 정도론 감사의 말씀을 전부 드릴 엄두가 안 날 정도랍니다."

"예. 어머님의 말씀대롭니다, 드란 님."

세리나가 함께 있었다면, 또 예쁜 여자들을 홀렸냐는 말과 함께 눈썹을 찌푸렸을지도 모른다.

"그나저나 이 정도까지 호의적으로 다가오는 두 사람에게 지금부터 해야만 할 일을 생각하니, 정말 마음이 아프군."

나는 지극히 차분하게 혼잣말을 중얼거렸다.

사실은 약간 기대하고 있는 자기 자신을 발견한 나머지, 조금 당황하던 참이었다.

흠, 언행일치(言行一致), 언행일치…….

그렇게 자기 자신을 납득시킨 나는, 곧장 자리를 일어나자마자 두 사람의 등 뒤로 돌아갔다.

류키츠와 루우는 영문을 알 수 없다는 표정을 지었다. 그러나 내가 손목의 탄력을 고려한 듯이 세차게 휘두르는 동작을 선보인 순간, 루우는 번개라도 맞은 듯이 등줄기를 꼿꼿이 세운 자세로 의자로부터 일어섰다. 순식간에 핏기가 가신 루우의 얼굴이 새파랗게 질리는가 싶더니, 이번엔 곧바로 새빨갛게 물들었다. 이제부터 나에게 당할 행위가 수치스럽다는 뜻이군.

"드란 공, 왜 갑자기 일어나셨나요? 루우, 당신한텐 짚이는 구석이 있어 보입니다만……."

"아니, 저기, 잠깐만요. 드란 님? 저, 정말로 하시려는 겁니까? 저희가 아무리 잘못했을지라도, 그건 좀⋯⋯."

뚜렷한 자애가 담긴 미소를 띤 채로, 나는 루우와 류키츠에게 거절을 용납하지 않겠다는 듯이 힘차게 선언했다.

"나에게 해마들과 치를 전쟁에 관해 말하지 않은 이유에 관해선 납득하고 있다네. 두 사람의 마음 또한 이해가 안 가는 건 아니야. 하지만 그럼에도 불구하고 한 마디 정도는 상담해주기를 바라던 나 한 사람의 독선적인 분노를 풀기 위해, 류키츠와 루우의 볼기를 때려야겠군."

루우는 더욱더 얼굴을 붉게 물들이더니, 자그마한 손으로 급하게 자신의 엉덩이를 가렸다.

류키츠의 경우, 나의 선언을 정확하게 이해하는 데는 순간적으로 생각할 시간이 필요했던 모양이다. 총명한 용황치고는 흔치 않게, 그녀는 무척이나 얼빠진 목소리로 되물어왔다.

"⋯⋯예? ⋯⋯잠깐만요, 드란 공께서, 저와 루우의⋯⋯ 볼기를?"

"흠. 물론 때리는 힘은 적절하게 조절하겠지만, 때리기를 단념할 생각은 없다네."

"뭐라고요~~?"

류키츠가 이렇게나 커다란 목소리로 맥없이 고함을 지르는 모습 따위를, 루우뿐만 아니라 용궁성의 신하들 중 그 누가 목격한 적이나 있을까?

그날 이후로 며칠 동안, 류키츠와 루우가 의자에 걸터앉을 때마

다 괜히 조심스럽게 엉덩이를 감싸는 모습이 가끔씩 눈에 띄었다
는군.

진상은 그녀들과 나의 가슴속에만 존재할 뿐이야. 흠, 흠.

제5장 귀향(歸鄕)

해마 소동과 관련된 사후처리를 끝마친 나의 본체와 세리나 일행은, 다시 파티마의 별장으로 돌아가서 남은 기간 동안 즐거운 시간을 가졌다.

해변 도시로 가서 휴가를 만끽하던 우리들은, 각자의 본가로 돌아가는 자들과 일단 가로아로 돌아가는 자들로 갈라졌다.

본가로 돌아가는 인원들은 파티마와 그녀의 사역마인 시에라, 네르, 그리고 이리나와 레니아였다. 바제는 본가라기보다는, 모레스 산맥의 보금자리로 돌아간다.

일단 가로아로 돌아가는 인원은 나와 세리나, 그리고 크리스티나 양이었다.

나와 세리나는 학원으로 돌아가서 짐을 다시 싸자마자 그리운 우리 고향인 베른 마을로 향할 예정이다.

그나저나 다들 거의 예상하고 있던 걸로 안다만, 서로 작별 인사를 나눌 단계가 되자 레니아가 지금 당장이라도 울음을 터뜨릴 듯한 기세로 나와 헤어지고 싶지 않다는 떼를 썼다.

파티마의 별장을 출발한 우리가 비행선의 이착륙장에 도착할 때까지, 레니아는 나의 소매와 허리띠와 짐을 꽉 잡은 채로 떨어지려 하지 않았다. 입을 열고 있을 땐 나와 헤어지고 싶지 않다거나 떨어지고 싶지 않다는 소릴 중얼거리다가, 입을 닫고 있을 땐 나를 바라보는 시선을 단 한 시조차 다른 데로 돌리려 하지 않았다.

이거야 원, 정말 나와 직접 엮일 때의 레니아는 다른 사람들에 대한 냉담한 태도 따위는 완전히 내동댕이친 채로 이보다 더할 수 없을 만큼 극심한 응석꾸러기로 변신하는군.

이번 여행의 동반자로 따라온 인원들은, 레니아의 새로운 행동 양식에도 완전히 적응된 관계로 호들갑스럽게 놀라진 않았다. 하지만 나와 만나기 전까진 오만불손이라는 단어의 화신이나 다름없었던 레니아가, 나한테만 이런 식의 태도를 보임에 따라 주위 사람들이 나에게 엉뚱한 의심을 품고 있는 낌새는 어렴풋이 느껴진다.

세리나나 파티마 일행의 추리는 근거가 없을 뿐만 아니라 전혀 사실과 다르지만, 나와 레니아의 진짜 관계를 정직하게 설명하기는 쉽지 않았다.

따라서 억울하기 그지없는 나의 혐의에 관해선, 한동안 감수할 수밖에 없는 상황이다.

파랗게 물든 드높은 하늘 아래, 살갗을 얼얼하게 태울 정도의 열량을 띤 햇볕이 끊임없이 내리쬐었다. 소금 향기를 머금은 바람이 뺨을 어루만지는 단 한 순간 동안이나마, 여름의 더위를 망각할 수가 있다.

디시디아 가문의 별장에서 아침 식사를 때우자마자 낮 편으로 돌아가는 비행선의 이착륙장에 도착한 나는, 다른 승객들이나 선원들의 주목을 받건 말건 일단 레니아를 설득하기 시작했다. 다른 승객들에게 걸리적거리지 않는 장소로 발걸음을 옮긴 나는, 아랫입술을 빼문 채로 고개를 숙이고 있는 레니아의 가냘픈 양 어깨에 손을 올리고 그녀의 얼굴을 유심히 들여다봤다. 통명스럽게 얼굴을 돌린 레니아는, 나와 시선을 마주치려 하지 않았다.

문득 마을에 살 무렵에 어린 아이들의 싸움을 화해시킨 일을 떠올린 나는, 일부러 최대한 부드러운 목소리로 레니아에게 말을 걸었다.

"레니아, 너의 나와 함께 있고 싶다는 말은 무척 기쁘구나. 네가 그렇게까지 나를 존경해 준다는데 관해선, 나쁜 기분은 들지 않아."

레니아는 정말로 애타게 원하는 낌새가 역력히 떠오른 눈동자로 나를 마주보더니, 본인의 진심으로부터 우러나온 진정한 소원을 입에 담기 시작했다.

"그렇게 말씀해 주신다면, 제가 드란 님의 고향으로 따라갈 수 있도록 허락해 주십시오. 위대하신 분과 만나자마자, 이렇게 빨리 헤어져야 할 줄은 몰랐습니다."

"헤어지건 뭐건, 학원을 다니는 도중에도 수업 시간이나 취침할 때까지 함께 다니진 않잖아?"

"하지만 만나고 싶을 땐 언제든지 만날 수 있는 거리였습니다. 인간의 그릇을 떨쳐 버릴 수 없는 지금의 저에게 있어선, 그 시간조차 고통스럽게 느껴질 만큼 너무나 길기만 합니다. 그런데 여름방학이 끝날 때까지 만나 뵙지 못 하게 될 경우, 저의 마음은 도대체 얼마나 거대한 고통을 느끼게 될까요? 지금으로선 도저히 상상조차 가지 않습니다."

흐음. 기껏해야 여름방학 기간 동안만 얼굴을 볼 기회가 없어질 뿐인 걸로 안다만, 레니아에게 있어선 그야말로 이보다 더할 수 없을 만큼 중대한 문제였던 모양이다.

역시 이 아이를 최대한 빨리 「나로부터 독립」시키지 않고선, 상당한 골칫거리가 될 것 같군.

나를 향한 터무니없는 호감 정도야 기꺼이 전부 받아들일 수 있다만, 실생활을 하는데 지장이 생기는 건 또 다른 문제였다.

"여름 동안이나마 나와 만나지 않았던 걸로 여겨 보는 건 어떨까…… 라는 제안은 좀 가혹한가? 하지만 말이야, 레니아? 추측컨대, 너는 지금까지 부모님께 효도를 한 적은 없지 않나? 이번 귀향길을 계기 삼아, 인간 부모님께 약간이나마 효도를 해 보는 건 어떠냐? 부모님 없이는 이렇게 나와 만나는 일 자체가 없었을 테니, 두 분에 대한 감사의 마음을 잊지 말거라. 나는 이렇게 인간으로 낳아주신 부모님에 대한 감사를, 단 한 시조차 잊은 적이 없단다."

나의 설득을 듣던 레니아가, 「으그그그극」이라는 신음소리로 마음속의 갈등을 알기 쉽게 표출했다. 레니아는 창조주인 카라비스와 마찬가지로, 타인에 대한 감사나 배려심 등은 손가락으로 셀 정도밖에— 아니, 경우에 따라선 전혀 느낀 적조차 없었을지도 모른다.

그러한 그녀가 나의 말을 진정한 의미로 이해하거나 납득하기는 쉽지 않을 것이다. 하지만 그녀는 그럼에도 불구하고 나의 말을 억지로라도 납득하고자 최대한 노력하고 있는 와중이었다.

"아, 아, 알겠습니다. 아버님께서 그렇게까지 말씀하시는 이상, 저는 무조건 따르겠습니다. 틀림없이 이렇게 아버님과 만날 수 있었던 것은, 인간 부모들 덕분이기도 하니까요. 아버님을 다시 뵐 수 있었던 만큼, 약간이나마 감사의 마음을 가지는 거야말로 도리일지도 모릅니다. 하지만 아버님. 아버님과 헤어진다는 것 그 자체가, 저의 가장 큰 고통이라는 데는 의심할 여지가 없습니다. 집으로 돌아가서 인간 부모들의 노고를 치하하자마자 아버님을 뵈러 가는 건 괜찮을까요? 물론 항상 따라다닐 수야 없겠습니다만, 하다못해 그것만은 허락해 주십시오."

커다란 보석을 연상케 하는 눈동자를 눈물로 적신 레니아가, 애달프기 그지없는 단 하나의 소망이 담긴 표정으로 나를 올려다봤다.

레니아의 얼굴은 사악한 신의 창조물이라곤 도저히 믿기 힘들 만큼, 단 한 치의 사악한 기운조차 느껴지지 않는 순수한 감정을 띠고 있었다. 그녀의 눈물로 인해 지나가는 행인들까지 감동하다 못해 자기들 멋대로 각색한 내용으로 눈물을 짓는 이들조차 눈에 띌 정도였다.

지금의 나와 레니아는, 언뜻 볼 땐 어쩔 수 없이 일시적으로 이별하는 연인들처럼 보일지도 모르겠군. 아무 상관없는 구경꾼들은, 우리의 관계를 그렇게 연극의 등장인물 같은 식으로 해석함으로써 자기들 멋대로 즐기고 있는 것이리라. 그나저나, 이제 슬슬 타협할 수밖에 없나?

레니아에게 있어서 나라는 존재는 정말 터무니없을 만큼 기나긴 세월 동안 그리워하던 대상인 모양이니, 지나치게 차가운 태도를 보이는 건 불쌍하다는 느낌이 들었다.

이런 식으로 가끔씩 응석을 받아주기 때문에 언제까지나 「나로부터 독립」할 수가 없는 건가?

"알겠다. 하지만 집으로 갔다가 하루 만에 뛰쳐나오진 마라. 부모님께 뚜렷한 감사의 마음으로 효도를 하고 와야 한다. 네가 그렇게 할 수 있을 때만 만날 약속을 잡자꾸나."

레니아는 상당히 오랫동안 끙끙거렸다. 아마도, 내가 제시한 조건을 확실하게 만족시킬 수 있는 수단을 궁리하고 있는 걸로 보이는군.

그녀의 얼마 되지 않는 장점 중 하나는, 자신의 힘으로 불가능한 일에 관해선 결단코 장담을 하지 않는다는 것이었다. ……뭐, 자신의 힘을 지나치게 과신하다가 이길 수 없는 상대에게 도전한 적은 있었지만 말이야.

"알겠습니다. 최선을 다해 효도를 하고 가겠습니다. 요컨대, 그들에게 제대로 된 효도를 하고 나선 아버님을 뵈러 가도 된다는 말씀이시죠?"

"물론이다. 정말로 가능했을 경우에만 말이다."

스스로 약간 끈질기다는 느낌을 받으면서도, 나는 확실하게 못을 박았다.

"반드시 성공시키겠습니다!"

방금 전까지 눈물짓고 있던 표정은 온데간데없이, 레니아는 대단히 기세 좋게 대답했다.

정말로 알아들었나? 괜찮을까? 나는 무심코 일말의 불안감을 느낄 수밖에 없었다.

뭐가 어쨌거나, 이렇게 우리들은 일시적으로 이별하게 된 것이다. 우리는 파티마나 네르, 별장에 머물던 동안 온갖 신세를 졌던 안경 집사님과 메이드 아가씨들에게 이별 인사를 했다. 그리고 골네브까지 가서 구입한 기념품들과 함께, 가로아로 돌아가는 비행선에 몸을 실었다.

가로아로 돌아간 나와 세리나는, 거기서 크리스티나 양에게도 이별을 고했다.

레니아와 헤어질 때에 비하면, 오늘의 날씨에 관한 잡담을 나눌 때처럼 간편하게 끝난 것은 정말로 다행이었다.

참고로 나는 우리가 골네브로 떠나기 전부터 한 여행 상인에게 호스 골렘 중 일부와 목욕탕을 관리하는 용도의 테르마이 골렘, 결계를 발생시키는 용도의 바리어 골렘들을 맡겼다. 그가 우리보다 먼저 베른 마을로 향한다는 얘기를 예전부터 친분이 있던 본인에게 들었기 때문이다.

나와 세리나는 시라카제(白風)를 비롯한 나머지 호스 골렘들이 끄는 마차에다가 골네브의 기념품들을 잔뜩 실은 다음, 가로아를 떠나 베른 마을로 출발했다.

예전에 마법학원의 교사인 덴젤 아저씨의 마차로 학원을 다녀갔을 땐 가로아로부터 중계지점인 크라우제 마을까지 이틀, 크라우제 마을로부터 베른 마을까지 하루가 걸리는 일정이었다.

하지만 마차를 끄는 호스 골렘의 성능 차이와 마차에 탄 우리의 체력을 고려하자면, 이번엔 그 절반 정도의 일정으로 베른 마을까지 갈 수 있다는 계산 결과가 나온다.

길을 가다가 쓸데없는 소동이 일어나지 않도록 덮개가 달린 짐밭이 쪽으로 틀어박혀 있던 세리나가, 인간과 똑같은 상반신만을 마부석 쪽으로 내밀었다.

"어쩐지 예전보다 지나다니는 분들이 늘어난 것 같아요."

두리번거리는 눈길로 우리의 전후좌우를 나아가는 이들을 본 세리나가 의아한 듯이 중얼거렸다. 보고 느낀 바는 나 역시 마찬가지였으나, 원인에 관해선 짚이는 구석이 있었다.

"베른과 엔테의 숲 사이의 교역 관계가 조금씩 알려지기 시작한 탓인 걸로 보이는군. 푸르른 숲의 엘프들이나 아인들과 적극적인 교류가 있는 곳은 베른 마을 정도일 테니까 말이야. 잇속에 밝은 자들이 뻔질나게 왕래하는 건 얼마든지 있을 수 있는 일이야. 촌장이나 마글 할머니 같은 분들은 장사꾼들과 거래하는 데는 아주 이골이 나셨을 테니, 걱정할 필요는 없을 거야."

"저 역시 그러길 바라지만, 왕래하는 분들의 숫자가 늘어난 걸로 봐선 예전과 같은 규모의 길로는 조만간 문제가 될지도 몰라요."

정돈되지 않은 토지의 굴곡이 많다 보니, 덜컹거리는 마차들과 거북스럽게 걷는 통행인들이 잔뜩 눈에 띄었다. 세리나의 말마따나, 이제부터 사람과 물건이나 정보의 유통이 늘어날 경우엔 길을 언제까지나 이대로 방치할 순 없는 상황이었다.

"길을 정비하는 사업은, 베른 마을의 편의만을 위해선 추진하기 어려울 거야. 크라우제 마을 사람들과 가로아 총독의 허가가 필요한 걸로 알거든. 우리 마을의 촌장 역시 이제 슬슬 손을 쓰고 있거나, 계획 정도는 완성시킨 단계일 공산이 커. 마법학원을 졸업하자마자 베른 마을로 돌아가는 날엔, 모르긴 몰라도 엄청나게 혹사

당할지도 모르겠군."

"후후. 하지만 지금 그 표정은 열심히 뛰어다닐 그날을 기대하는 얼굴이거든요, 드란 씨?"

"얼굴로 나와 있었나? 후후, 나에게 있어선 좋은 추억밖에 없는 고향이거든. 자기 자신의 고향을 위해 열심히 뛰어다닐 수 있다는 건, 정말 더할 나위 없는 최고의 행복이야."

나와 세리나가 마법학원을 다니는 동안, 우리 고향은 과연 얼마나 변했을까?

우리는 크나큰 기대감과 함께 마차로 갈 길을 나아갔다.

사전의 예상보다 길을 가는 사람들의 숫자가 많았던 관계로 마음먹은 만큼 속도를 올릴 순 없었지만, 아마도 예상 밖의 사태치고는 꽤나 반가운 축에 속하리라.

결국 우리는 예전과 똑같은 날짜를 투자하고 나서야, 베른 마을까지 다다를 수 있었다.

그리운 베른 마을이 시야로 들어온 순간, 마부석 위의 나는 무심코「오옷」이라는 감탄사를 입에 담고 말았다. 떠나 있던 기간은 반년밖에 안 되는데도 불구하고 나의 가슴으로부터 끝없이 넘쳐흐르는 감정은 한결 같은 고향 생각과 그리움, 그리고 드디어 돌아왔다는 실감이었다.

인간으로서 살아온 겨우 16년 정도의, 과거의 나한테는 눈꺼풀을 깜빡이던 단 한 순간보다 짧게 느껴지는 세월이 나의 마음을 거의 다 점령하고 있다는 사실을 다시 한 번 재확인했다.

부모님과 형제들, 그리고 같은 나이대의 친구들이나 소꿉친구들의 얼굴이 연달아 나의 머릿속으로 떠올랐다. 그리고 마법학원을 다니는 동안엔 얼굴을 볼 수 없었던 사람들과 만나서 이야기를 나누고 싶다는 욕구가 걷잡을 수 없을 만큼 부풀어 올랐다.

"나는, 고향으로 돌아온 거로군."

옆자리의 세리나가 흐뭇하게 나의 옆얼굴을 바라보고 있었다. 일시적으로나마 떠났던 고향으로 돌아온 기쁨에 관해선, 마찬가지로 고향을 떠나온 세리나가 공감하기 쉬운 감정이리라.

아니, 하지만 나에게 있어선 겨우 그 정도가 아니란다. 사랑스러운 뱀 소녀여.

용으로서의 삶을 마친 나는, 인간으로서의 삶을 얻고 나서야 비로소 고향을 손에 넣은 셈이다. 고향이라는 이름의 돌아올 장소가 있다는 것은, 정말로 크나큰 행복이었다.

나는 진심으로 이보다 기쁜 일은 없을 것이라는 실감을 느끼는 중이었다.

용으로서 기나긴 시간을 살던 동안, 나는 정말로 돌아가야 할 장소를 가진 적이 없었다. 돌아가고 싶다는 생각이 들 만한 장소가 없었던 탓이다.

그러던 나의 마음이 지금, 고향으로 돌아왔다는 환희와 평온으로 가득 차 있다.

아마도 지금의 내가 느끼는 이 감정과 감동을 타인에게 설명하는 건 어려울지도 모른다.

하지만 상관없다. 이런 감정을 느낄 수 있는 까닭은 이렇게 나와

함께 있어주는 주위 사람들 덕분이기도 하거든.

나의 「고향」은 베른 마을이라는 장소와 거기서 생활한 시간들, 그리고 거기서 만난 사람들로 이루어져 있다. 부모님과 형제들은 물론이거니와 모든 마을 사람들이 나의 고향을 구성하는 필수적인 요소들이다.

마을을 둘러싼 담장과 해자들의 남쪽으로 설치된 통행용 문의 문지기를 담당하고 있는 두 남자의 얼굴이 나의 시야로 들어왔다. 그들 역시 정든 이웃으로서, 그들의 얼굴들만으로도 나의 마음은 기쁨으로 들떴다. 세리나로부터 「그렇게 좋으신가요?」라는 놀림까지 받을 정도였다.

그러는 세리나야말로 꽤나 기쁜 듯이 웃고 있거든?

나와 세리나를 알아본 문지기들 중 하나가 우리에게 손을 흔들자, 곧바로 문까지 열렸다. 나는 그 안으로 마차를 내달렸다. 흠, 아마도 오던 길뿐만 아니라 베른 마을에도 변화가 온 모양이군. 예전엔 파리나 날리던 문 주위로, 우리들 말고도 많은 외부인들의 모습이 보였다.

우리 마을이 아닌 타지 출신의 농민이나 자유노동자로 보이는 사람들, 커다란 짐을 짊어지고 있는 이들이나 마차를 타고 온 상인들 등까지 옷차림부터 각양각색이다.

문을 지나온 우리들은 마을의 길로 말발굽 자국을 찍고 가다가, 마을 중앙의 광장까지 와서야 마차를 세웠다. 광장으로 오는 동안에도 우리들의 귀환을 알게 된 마을 사람들이 밭일이나 집안일 등을 내팽개치고 달려와선, 숨 쉴 틈 없이 말을 걸어 왔다.

광장까지 와서 마차로부터 내린 우리들은, 모여든 마을 사람들의 도움을 받아 산더미처럼 실어온 짐들을 풀었다. 광장에는 외부로부터 온 상인들이 목재와 싸구려 천을 짜 맞췄을 뿐인 간략하기 짝이 없는 노점상들을 연 듯이 보였다. 그런 식으로 상점들을 열고 있는 모습 또한 여기선 처음 보는 광경으로서, 작게나마 변화가 일어났다는 사실을 확인할 수 있었다.

"하하, 드란, 세리나! 잘 다녀왔어!!"

"세리나는 변함없이 건강해 보인다. 가로아 사람들한테 따돌림 같은 건 안 당했니?"

"저기, 선물은 안 사왔어? 가로아는 어떤 동네였어~?"

마구잡이로 우리에게 몰려오는 마을 사람들의 행렬은 끊이지 않았다. 바로 그 엎치락뒤치락 거리는 사람들의 한 가운데 자리 잡고 있던 우리들은 찌부러질 듯한 자세로 짐을 풀거나 질문에 대답하느라 무척이나 바빴다. 그러나 우리의 얼굴로부턴 단 한 순간조차 미소가 가시지 않았다. 사람들의 얼굴과 목소리, 그리고 이 마을의 공기까지 모든 것이 그리웠기 때문이다.

베른 마을이여. 나는, 돌아왔다!

……곧 다시 가로아로 돌아가야 하지만 말이야.

선물을 나눠주거나 낯익은 친구들에게 근황을 보고하다 보니, 소꿉친구인 알버트가 만면의 미소를 띤 얼굴로 우리를 향해 달려왔다. 철사처럼 단단한 머리카락을 머리띠로 거의 억지에 가깝게 억누른 머리 모양은 변함이 없군. 뺨 언저리나 소박한 옷 여기저기가 흙으로 더럽혀진 꼴을 보아 하니, 밭일을 하다가 내팽개치고 온 것이 틀림없어 보인다.

우리를 에워싸고 있던 다른 마을 사람들은 당장 길을 비키라는 아우성과 함께 달려온 알버트의 얼굴을 보자마자, 쓴웃음을 지은 표정으로 길을 만들었다.

인구가 적은데다가 모든 마을 사람들끼리 전부 아는 사이인 시골 마을이다 보니, 알버트가 나의 가장 친한 동성 친구라는 사실은 다들 잘 알고 있다. 정말로 고마운 배려로군.

"이봐~, 드란!!"

"흠, 오랜만이군."

알버트는 크게 오른손을 흔들더니, 그야말로 전형적인 절친 간의 재회라는 느낌이 드는 모양새로 달려왔다. 하지만 이제 여섯 걸음 정도로 나와 격돌할 정도의 거리까지 달려온 그는, 갑작스럽게 관성의 법칙이 어긋나 버린 것처럼 목표를 변경했다. 만면의 미소 아래 숨기고 있던 엉큼한 마음을 앞세운 알버트의 시선은, 파란색의 소매 없는 셔츠를 이보다 더할 수 없을 만큼 밀어 올리고 있던 세리나의 풍만한 가슴으로 고정되어 있었다.

알버트의 목표가 자신의 가슴이라는 사실을 깨닫지 못한 듯이 멍한 표정을 짓고 있던 세리나는, 드디어 알버트가 대지를 박차려는 데까지 오고 나서야 순간적으로 자신의 몸을 끌어안는 수비 자세를 취했다. 알버트의 눈은 「그건 또 그거대로……」라는 말을 하고 싶은 것 같군.

그 광경을 지켜보던 나의 심정은 이하와 같다. ……이 자식, 세리나는 나의 여자다.

지금 돌이켜 보니, 알버트는 어린 시절부터 기회가 있을 때마다 여자들의 가슴이나 엉덩이를 만지려는 못된 버릇의 소유자였다. 그리고 실제로 몇 번 정돈 만지는데 성공하기도 했다.

고향으로 돌아와서 긴장을 풀자마자 그의 만행을 목격한 나는 머리로 피가 올라, 순간적으로 알버트의 행동을 저지하기 위해 움직였다.

"어림없지."

그러나 친구를 갑자기 주먹으로 후려갈길 순 없는 법이다.

지금 막 땅바닥을 박차서 세리나의 가슴으로 뛰어들려는 알버트의 다리로, 남몰래 자신의 다리를 걸어 화려하게 굴려버렸을 뿐이다.

전력질주로 달려오던 알버트는 갑자기 끼어든 나의 다리를 미처 피하지 못한 결과, 있는 힘껏 머리를 땅바닥으로 처박더니 상당히 아프게 들리는 소리와 함께 화려하게 구르다가 정확히 나와 세리나의 중간쯤 되는 위치까지 와서 멈췄다.

흐음, 예상보다 훨씬 화려하게 처박혔군.

은근히 코피 정도는 흘렸을지도 모른다는 걱정을 하고 있으려니, 기세 좋게 일어난 알버트가 잔뜩 핏발을 세운 눈으로 힘차게 다가왔다. 당장 멱살이라도 잡을 듯한 분위기였다.

그는 나와 코가 서로 맞닿을 정도의 거리까지 얼굴을 가까이 가져오자마자 급작스럽게 눈의 힘을 빼더니, 곧바로 부드럽기 짝이 없는 미소를 지어 보였다.

"아야야, 정말 더럽게 아프네. 앞으론 조금만 더 살살 좀 해주

라. 하지만 어쨌거나 잘 돌아왔어, 드란!"

나는 친구의 귀환을 순수하게 기뻐하는 표정의 알버트에게, 완전히 똑같은 미소로 답했다.

"결국 이렇게 될 바엔 얼굴을 보자마자 세리나의 가슴으로 달려들기보단 나한테 말부터 거는 편이 좋지 않겠나? 후후, 어쨌거나 변함없어 보이니 다행이군."

굳은 악수를 나눈 나와 알버트는 약간 누그러진 표정으로 함께 웃었다. 시야의 한쪽 구석에 자신을 끌어안고 있던 팔을 푼 세리나가 안도의 한숨을 내쉬는 광경이 보였다.

"너 혹시, 조금 키가 컸냐? 좀 더 자주 마을로 돌아올 줄 알았는데, 전혀 돌아올 생각을 안 하니까 솔직히 꽤나 걱정되더라. 도시 녀석들한테 촌뜨기라는 이유로 따돌림 당하는 건 아니겠지? 사실 넌 주위가 뭔 소릴 하건 배로 갚아주는 녀석이니 큰 문제는 없겠지만 말이야."

"처음엔 그다지 호의적인 태도를 보이진 않더군. 마법학원 씩이나 되는 기관까지 가서 학문을 갈고닦는 이들로서는, 뜬금없이 변경 출신의 촌뜨기가 자신들과 함께 공부한다는 사실을 선뜻 받아들이기는 어려울 거야. 더군다나 단순히 농민의 자식 따위라는 이유로 얕보는 녀석들까지 있더군. 하지만 친한 사람들이 전혀 없는 건 아니야. 덴젤 아저씨를 비롯한 교사 분들은 색안경을 쓰고 보는 경우가 거의 없는데다가, 사이좋은 동급생까지 있거든. 그리고 많진 않지만, 나와 똑같은 평민 계급의 학생들이 전혀 없는 건 아니더군."

"흐~응, 가끔씩 오는 편지 내용이랑 완전히 똑같은 소린데? 레티샤 양은 워낙 잔걱정이 많다 보니 네가 우리를 안심시키려는 의도로 허세를 부리는 걸 수도 있다는 식으로 불안해했지만, 결국 다 기우였던 모양이군."

신관 전사인 레티샤 양 말인가? 그녀는 경건한 마이라르 교도의 본보기나 다름없을 만큼 크나큰 포용력을 지닌 훌륭한 여성이지만, 약간 잔걱정이 많은 정도를 뛰어넘어 마을의 청소년들을 과잉보호하는 경향이 있다. 예전에 가로아로부터 수행과 심부름을 겸하는 의미로 소년소녀 수습 신관 두 명이 레티샤 양에게 파견된 적이 있었다. 그녀는 그 둘은 마치 친동생처럼 아꼈다. 베른 마을은 언제 어디서든 맹수나 마물들의 습격을 받을 수 있는 장소인 만큼, 마을 사람들로서는 좀 더 엄격하게 교육하는 것이야말로 두 사람을 위한 길이 아니겠냐는 식으로 마음을 졸였을 정도였다.

"레티샤 양의 성격은 타고난 천성이니, 그다지 쉽게 바뀔 리는 없을 거야. 그보단 이걸 봐. 너를 위한 책이나 자료를 조금 챙겨왔으니, 장차 사업을 시작할 때의 참고로 삼도록 해."

일단 마차로부터 내린 짐으로 손을 뻗은 나는, 알버트를 위해 가져온 서적 꾸러미와 종이 다발들을 그에게 건넸다.

언젠가 베른 마을을 본거지 삼아 멋진 가게를 가진 상인이 되겠다는 미래 계획을 수립 중인 알버트를 위해 가져온 물건들은, 초보적인 경제학과 경영학이나 상업학에 관한 책들과 주변 도시들의 산업이나 특산품 등을 간결하게 정리한 필기 자료였다.

나의 형인 딜런보다 약간 윗세대부턴 교회나 촌장의 딸인 셴나 누나들에게 기본적인 글자나 숫자 등은 배웠으니, 이 녀석이라도 이 정도의 서적은 독파할 수 있을…… 걸로 안다.

"이 책들을 미래를 위한 양식으로 삼도록 해. 알버트의 꿈이 이루어지는 건, 나나 우리 마을에게 있어선 큰 이득이거든."

"어, 정말 주는 거야?! 책 같은 건 엄청 비싸지 않아?"

"절반 정돈 복사본들이야. 그리고 마법학원의 중개를 받아 여러 가지 방법으로 용돈 벌이를 하고 있으니, 신경 쓰지 마. 그보단 진지하게 공부하는 데나 신경 써."

"헤헷, 날 그렇게 못 믿냐? 네가 자리를 비우고 있는 동안에도, 마글 할머니나 센나 누나한테 마법 약이나 정령석(精靈石) 같은 걸로 한밑천 잡아보자는 상담을 수도 없이 했어. 약간 어려워 보이긴 하지만, 걱정 마. 머지않아 베른 마을의 명물로 만들어 보일 테니까 말이야. 다른 마을들의 벌꿀이나 보리처럼 베른 마을만의 특산품을 만들 수 있다면, 좀 더 많은 사람들이 몰려와서 편하게 살 수 있게 될 거야."

틀림없이 알버트의 말마따나, 지금 아크레스트 왕국 북부 변경의 마을들 가운데 유일하게 명물다운 명물을 가지지 못한 곳은 베른 마을뿐이었다. 마글 할머니와 그녀의 일가라는 흔치 않은 마법 의사들이 만드는 마법 약은 다른 데선 찾아볼 수 없는 특산품이긴 하지만, 유감스럽게도 생산량 자체가 크게 모자랄 뿐만 아니라 제작자에게 요구되는 소질이 마법적인 소양이다 보니 간단히 증산시키긴 어려웠다. 마법 약을 제외한 베른 마을의 특징이 될 만한 자원을 굳이 찾아보자면, 다른 마을들보다 훨씬 싸우는데 이골이 난 마을 사람들 자기 자신들일까?

전부 다 보고 다닌 나의 견해를 말하자면, 성인이 된 베른 마을의 주민들은 가로아의 평균적인 모험가나 용병 수준의 전투 능력을 지니고 있는 걸로 보인다. 하지만 농민들이 토지를 떠난다는 건 완전한 주객전도나 다름없는데다가, 주위가 적들로 가득 들어차 있는 베른 마을로부터 쉽사리 주민들을 외부로 파견하다가 기본적인 마을의 방비조차 흔들려버릴지도 모른다.

따라서 알버트의 말대로, 보다 큰 시장으로 진출할 수 있는 베른 마을만의 특산품을 개발하는 것은 앞으로 대단히 중요한 과제가 될 수밖에 없었다.

최소한 앞으로 반년 이상 베른 마을을 떠나 있어야 하는 나로서는, 알버트의 시도가 제발 좋게 끝나기만을 바랄 뿐이다.

"나한테도 알버트의 가게가 성공하는 건 크게 환영할 일이야. 그것 말고는 가능한 한, 북부의 개발이 재개되어 더 많은 사람들이 모여주기를 희망하는 정돈가?"

"―하지만 지금의 관리관은 욕심이 별로 없다 보니 우리한테 아무 것도 바라지 않는 대신, 적극적으로 움직이는 경우가 거의 없어. 그리고 왕국은 이미 우리한테 전혀 관심 없잖아?"

"뭐, 분명히 가로아의 총독 각하께서 변경을 재개발하는데 관심이 있다는 얘기는 전혀 들어본 적 없으니 왕국이 주도하는 재개발이나 원조는 기대하기 힘들 거야. 하지만 무슨 일이건 타인에게 기대기보단 스스로 길을 개척해 나가야 하는 법이야. 지금은 자신들의 힘으로 해결책을 모색하는 거야말로 최선책이야."

"엄마 손 없인 걷지도 못 하는 갓난아기는 아니니까 말이야. 그런데 넌 지금부터 어떻게 할 거냐? 부모님께 인사하러 들렀다가, 촌장네로 갈 거야?"

기본적인 예의를 고려할 땐 촌장에 대한 보고를 우선해야 하리라. 대답을 하고자 입을 열려한 바로 그 순간, 그 촌장이 셴나 누나와 함께 나타났다.

이 시대의 평균 수명을 생각할 땐 이제 슬슬 하늘의 부름을 받을 만한 나이지만, 촌장은 변함없이 건강해 보였다. 앞으로 10년이나 20년 정도는 촌장의 소임을 다할 것 같은 분위기군.

그리고 다행히도, 베른 마을은 마글 할머니나 그녀의 딸인 디나 아주머니 등의 훌륭한 마법 의사들을 보유하고 있는 덕분에 다른 마을들보다 전체적으로 평균적인 수명이 긴 편이었다.

유사시의 예리한 판단력과 결단력을 지니고 있는데다가, 평상시에도 임기응변에 능할 뿐만 아니라 정까지 두터운 꽤나 흔치 않을 만큼 훌륭한 촌장이다 보니 나를 비롯한 모든 마을 사람들이 촌장의 장수를 바라고 있다. 나와 세리나를 발견한 촌장은, 마치 친손자와 친손녀를 볼 때처럼 자애로운 눈빛을 띠었다.

"드란, 잘 돌아왔다. 같이 갔던 세리나 아가씨까지 무사해 보이니 정말 다행이구나. 드란, 가로아로 가서 얻을 만한 것은 있었느냐?"

촌장은 그러한 대사와 함께, 일단 표정을 굳게 다잡았다.

촌장 역시 덴젤 아저씨 이후로 오랜만에 마법학원의 입학자가 된 나에게 그럭저럭 기대하는 바가 크다는 건가? 과거의 북부 변경 개발 시대를 알고 있는 촌장이야말로, 베른 마을의 현재 상황을 타파하는데 가장 뜨거운 열의를 불태우고 있는지도 모른다.

"수많은 것들을 얻었습니다. 특히 새로운 친구들과 지식을 얻을 수 있었던 건 정말 좋았습니다. 그리고 크리스티나 양에 관해선 본인에게 직접 들었습니다."

"그렇군, 그분께서 직접 본인의 혈통을 너에게 밝혔단 말이지? 설마 크리스티나 님께서 너를 그 정도로 마음에 들어 하실 줄은 몰랐다. 드란, 넌 역시 방심할 수 없는 난봉꾼이구나. 달이 보이지 않는 밤에는, 반드시 주위를 조심해야 한다."

"……알겠습니다."

그 이외에 나의 입으로 할 수 있는 말이 있었을까? 촌장의 충고는 반 장난쯤으로 받아들이자.

그건 그렇고, 나는 촌장과 셴나 누나에게도 선물을 건넸다.

가로아를 비롯한 근방을 통하는 물품들의 흐름이나 마물과 도적들의 출현 장소 등을 비롯한, 촌장의 직무와 직접적으로 관련되는 정보들을 정리한 자료였다. 이건 마을을 떠나기 며칠 전, 촌장에게 비밀리에 부탁을 받아 작성한 문서였다. 학원에 있는 동안에도 편지와 함께 자주 정보를 전달하긴 했지만, 새삼 나 나름의 분석과 추측을 덧붙인 자료를 다시 건네는 것이다.

지금 건넨 문서들은 이른바 마을의 일원으로서 준비한 공적인 선물이었다. 사적으로는 촌장을 위한 큰화식조의 깃털 장식이 달린 붉은색 둥근 챙 모자와, 셴나 누나를 위한 자수가 들어간 손수건 세 장과 취향에 맞을 듯한 책 네 권 정도를 두 사람에게 건넨다.

"호오. 약간 화려하긴 하지만, 나쁘지 않은 물건이군."

즉시 백발이 잔뜩 나 있는 머리 위로 붉은 모자를 얹은 촌장은, 몹시 기쁜 얼굴로 웃었다.

이런 식으로 건강하게 웃는 모습을 보니 나까지 기분이 좋아지는군.

자신의 행동으로 타인을 기쁘게 할 수 있다는 건 의심할 여지없는 행복의 증거였다.

"어머나, 정말 멋진 선물이야. 그리고 이 책은 용케 손에 넣었구나? 아무리 가로아라도 쉽게 손에 넣을 수 없는 책으로 알거든."

셴나 누나 역시 나의 선물을 기쁘게 받아들었다.

"운 좋게 헌책방을 지나치다가 눈에 띄었을 뿐이야. 새 책이 아니라 면목이 없군."

셴나 누나에게 건넨 것은 정통파 문학책 한 권과 알버트에게 선물한 것보다 더더욱 수준 높은 경제와 사업에 관한 책 두 권, 그리고 왕국 각지의 식물들이 실려 있는 도감이었다.

셴나 누나의 오락용으로 맨 처음 건넨 정통파 문학책 말고는, 전부 다 차기 여자 촌장에게 도움이 될 만한 지식들로 가득 차 있는 책들이었다.

"아니. 정말 기뻐, 드란. 그나저나 아무리 마법학원의 학생 자격으로 돈을 벌 수 있다곤 하지만, 지출이 너무 큰 거 아냐?"

"자기 자신을 위해서 재산을 모으는 데는 관심이 없거든. 나의 관심사는 베른 마을의 발전과 이웃들의 행복이니까, 돈을 들일 땐 이웃들을 위해 쓰고 싶어. 그리고 이렇게 돈을 많이 벌 수 있었던 건 어디까지나 세리나의 힘을 빌린 덕분이야. 실질적으로 둘이서 함께 벌어들인 거나 마찬가지야. 마법학원은 학생 신분으로도 여러 가지 약품들이나 광물 등을 일종의 교재로 자유롭게 쓸 수 있는 곳이다 보니, 부담은 거의 없었어. 뭐, 사용량은 조금 많았는지도 모르겠군. 아무튼 그 덕분에 돈을 벌 수 있었던 데다가, 여러 가지 물품들을 사올 수 있었던 거야."

마법학원으로 간 나는 마글 할머니에게 배운 지식을 기초 삼아, 도서관의 마법 약 관련 책들로 암기한 내용들과 용의 직감을 활용하는 방식으로 여러 가지 약품들을 제작했다. 마법 약 말고도 마법 금속을 합성하거나 골렘을 제작한 성과물들을, 사무국이나 교직원 분들께 납품하거나 다른 학생들에게 매각하는 식으로 검소하게 목돈을 모아온 것이다.

"흠, 그리고 보니 또 마을 사람들이 늘어난 것처럼 보이는데?"

나는 셴나 누나를 상대로 새삼 신경 쓰이던 일에 관해 물었다.

"마을의 평판이 널리 알려진 것 같더라. '일손이 늘어나는 건 언제나 반가운 일이야. 다행히 지금으로선, 아직 큰 문제는 일어나지 않았어."

마을 광장으로 모여든 이들을 둘러보니, 태반은 잘 아는 얼굴들이었다. 하지만 틈틈이 처음 보는 얼굴들이 섞여 있었다.

우리 마을은 왕국의 모든 지방 중에서도 특히 더 위험도가 높은 최북단의 구석진 시골이다 보니, 외부로부터 새로운 사람들이 유입되는 경우가 거의 없는 장소였다.

만약 사람이 올 경우, 특별한 사정 때문에 고향으로부터 쫓겨난 자거나 떠돌이가 자신들의 마지막 장소로 고르는 정도였다.

그러나 가혹한 환경 덕분에 세금이 저렴한데다가 엔테의 숲을 상대로 한 교역 관계가 시작되었다는 정보나 가로아의 마이라르 교단이 열성적으로 원조를 하고 있다는 사실들이 널리 알려진 결과, 최근 들어 이주자나 체류자가 부쩍 늘어난 모양이다.

예를 들어 지금, 세리나가 사탕을 건네고 있는 상대는 새롭게 마을의 주민이 된 소녀였다. 수인족의 일종인 견인(犬人)족과 인간의 혼혈아인 반견인인 그녀는 올해 아홉 살이 되는 아이로, 이름은 피코라고 했다. 가까이로 시선을 돌리자, 피코의 견인족 아버지와 인간 어머니의 얼굴이 시야로 들어왔다. 보름 정도 전에 베른 마을의 새로운 소문을 듣고 온 가족이다. 듣자 하니 그들은, 이종족(異種族)간의 혼인을 인정하지 않는 고향을 떠나 왕국의 각지를 방랑하다가 어머니의 둘째 임신을 계기로 안정적인 생활환경을 찾아 우리 베른 마을로 찾아왔다는군.

어머니의 배가 크게 부풀어 오른 걸로 봐선, 출산예정일이 무척이나 가까운 듯이 보였다.

세리나가 머리를 쓰다듬자, 감사 인사를 한 피코는 꼬리를 흔들면서 부모님들에게 뛰어갔다.

베른 마을에 막 정착하기 시작한 무렵엔 남의 눈을 대단히 신경쓰던 모양이지만, 지금은 밝은 표정으로 힘차게 마을을 뛰어다니고 있다. 웃는 얼굴로 부모님과 담소를 나누는 피코의 얼굴을 보는 나의 얼굴까지 그녀를 따라 자동으로 미소를 지었다.

우리 고향으로 오고 나서야 미소를 지을 수 있게 된 소녀의 얼굴을 본 나는, 베른 마을과 마을 사람들에 대한 자긍심을 느꼈다. 새로운 주민을 받아들이기 쉬운 밑바탕이 원래부터 정돈되어 있던 관계로, 지금으로선 큰 문제없이 생활 중인 모양이다.

피코네 가족들 말고도 온몸이 상처투성이인 은퇴한 모험가 같은 분위기의 중년 남성이나 토인(兎人)족 가족을 비롯해, 고향을 쫓겨난 자들이나 켕기는 과거가 있는 걸로 보이는 이들까지 새롭게 마을의 주민들로 받아들였다. 평범한 마을은 그러한 이들과 어우러지는데 5년부터 10년 정도까지 걸릴지도 모른다. 하지만 우리 베른 마을은 언제 어느 때건 목숨을 잃을지도 모르는 위험이 많은 장소다 보니, 과거의 경력 따위보다 개인의 인격이나 진짜 실력과 직업적 기능을 우선시하는 경향이 있다— 아니, 우선시할 수밖에 없었다고 해야 하나?

뭐가 됐건 마을의 보탬이 될 수 있는 기능이나 지식, 맹수나 마물을 상대할 수 있는 전투 능력이나 배짱만으로도 그들을 환영하는 데는 충분하고도 남을 정도의 이유였다. 설령 그러한 기능들이 없더라도, 어쨌거나 튼튼한 몸만으로도 밭 정도는 갈 수 있다. 잡아온 사냥감을 옮기거나 해체하는 작업 정도는, 단순한 경험을 쌓는 것만으로도 다들 터득할 수 있거든.

어머니의 뱃속에 머물 무렵의 나의 힘으로 활성화된 베른 마을 근방의 토지들은, 16년 연속으로 큰 풍작을 기록하고 있는데다가 대지 그 자체가 착실하게 비옥한 땅으로 변하는 중이다.

가늘게나마 정령석이나 마정석(魔晶石) 광맥까지 만들어 놓은 이상, 당장 베른 마을은 재정적으로나 정신적으로나 새로운 이주자들을 받아들일 만한 여유가 있었다. 그 결과가 지금의 모습인 셈이다.

그리고 세리나라는 사람이 아닌 존재— 이 경우의 사람이란, 인간종과 아인종을 포함한다 —를 주민으로 받아들여 큰 성공을 거둔 전례가 있다 보니, 마을 사람들이 종족의 차이 등을 거의 문제시하지 않는 것 또한 꽤나 긍정적인 결과를 낳고 있는 모양이다. 게다가 베른 마을의 정신적 지주인 교회는 다행히도 마물들까지 생명체들 중 하나로 가르칠 정도의 너그러운 마이라르 교였기 때문에, 새로운 주민들이 불필요한 종교적 박해를 받을 여지는 전혀 없었다.

이렇게 다양한 사람들이 모이기 시작한 것은, 마을을 발전시키는 첫 걸음이 되리라.

내가 마을로 가지고 온 선물들은 아직 잔뜩 남아 있었다.

농작물의 성장을 돕는 영양제, 삼이나 무명 등의 옷감들, 골네브의 기념품으로 구입한 건어물이나 소금 절임, 삼베 포대에다가 잔뜩 담아온 소금 등등—.

그런 물건들을 마을 사람들에게 나눠주던 나의 귀가, 실로 그리운 발자국 소리를 포착했다.

곧장 고개를 돌린 나의 시야로 들어온 것은 목청껏 나를 부르는 목소리와 함께 손을 흔드는 동생 마르코와 딜런 형, 그리고 부모님의 얼굴이었다.

지금은 다들 바깥일을 하고 있을 시간대였지만, 눈치 빠른 누군가가 우리 가족들에게 나의 귀환을 알리러 갔던 모양이군. 어머니의 기척으로 판단하건대, 마을을 비운 동안 새로운 동생이 늘어나는 등의 경사는 일어나지 않은 걸로 보인다.

지금보다 서너 명 정도는 새로운 가족이 늘어난다 한들 식량 등이 부족할 가능성은 없는데다가, 가족이 늘어난다는 건 언제나 기쁘기만 하다. 개인적으론 크게 환영하는데 말이야.

근엄과 정직을 바위로 깎은 듯한 우리 아버지 또한, 몇 달 만에 다시 만나는 아들의 얼굴을 보자마자 어렴풋이 미소를 지었다. 아버지의 경우, 지금보다 더 크게 표정을 바꾸는 경우는 거의 없는 분이니 이래봬도 재회를 크게 기뻐하고 있는 것이리라.

"드란 형, 잘 돌아왔어!"

동생인 마르코가 뛰어왔다. 마르크는 잠시 못 보던 사이에 더욱 남녀 구별이 안 가는, 중성적인 외모의 소유자가 된 것 같군.

마르코를 뒤따라 걸어온 딜런 형과 부모님까지 한데 모이자, 나는 웃는 얼굴로 입을 열었다.

"지금 막, 돌아왔습니다. 아버지나 어머니, 딜런 형과 마르코까지 다들 건강해 보이니 다행입니다. 부재중에 별다른 일은 없었나요?"

나의 질문을 들은 어머니가 잠시 동안 고민하는 기색을 보였다.

"으~음. 한 가지 있긴 있지만, 그것 말고는 딱히 이렇다 할 사건은 없었단다. 드란. 네가 가로아로 가서 조금 쓸쓸하던 정도야."

어머니는 그러한 대사와 함께 세리나에게도 미소를 지어 보였다.

"세리나, 드란 때문에 네 고생이 정말 심하구나. 어떠니? 우리 아이가 너한테 민폐를 끼치진 않았니?"

"그런 적은 전혀 없었어요. 드란 씨와 같이 다니는 건 언제나 무

척 즐거운데다가, 가로아로 가서 다양한 인간 분들을 만난 덕분에
저 역시 많은 경험을 쌓을 수 있었거든요."

나와 함께 마법학원을 다니기 시작하자마자 주위 사람들의 호기
심 어린 시선을 견뎌야 했던 세리나에게 있어선 결코 유쾌한 일들
만 있었을 린 없다만, 전체적으로 봐선 좋은 일들이 많았다는 사
실을 세리나의 미소로 짐작할 수 있었다.

"드란, 오늘부터 여름방학 동안은 너희 집을 쓸 생각이냐?"

"예, 아버지. 특별히 마을 바깥으로 나갈 예정은 없으니, 마르코
나 마글 할머니께 관리를 부탁하고 갔던 감자밭과 식물들을 보살
피거나 집안일을 할 생각입니다."

열다섯 살이 되자마자 집을 떠나 자립하는 것이 베른 마을의 관
습이었다. 지금은 마르코에게 관리를 맡긴 상태지만, 나 역시 자
신의 집을 가지고 있다. 여름 동안은 거기서 머물 생각이다.

"그러냐. 네 성격상 아마도 곧장 일을 시작할 생각이겠지만, 오
늘 하루 정돈 푹 쉬어라."

"특별히 쉴 이유 같은 건 없는데요?"

"아니, 이제부터 마글 할머니한테 인사를 드리러 갈 거잖아? 그
리고 아무리 마차를 썼다곤 하지만, 가로아를 출발해서 이제야 겨
우 마을에 도착한 참이야. 아무튼 너무 서두르지 마라."

나로서는 기운이 남아돌 정도였지만, 말주변이 없는 아버지의
온힘을 다한 배려를 저버릴 순 없다. 고개를 끄덕인 나는, 오늘 하
루를 인사치레와 휴식을 하는데 쓰기로 마음먹었다.

촌장은 우리 가족의 대화가 얼추 끝날 때까지 기다렸다가, 광장

으로 모여 들었던 마을 사람들에게 큰 소리로 말했다.

"어쨌거나 드란과 세리나 아가씨의 얼굴은 구경했으니, 다들 일터로 돌아갑시다. 쌓인 얘기는 내일에라도 듣게나. 선물까지 다 받은 모양이니, 이제 슬슬 두 사람에게 쉴 시간을 줍시다."

촌장의 호령을 들은 마을 사람들은, 다들 납득한 듯이 각자의 일터로 되돌아갔다.

†

본가용으로 가져온 선물들을 짊어진 아버지와 딜런 형은, 어머니와 함께 우리를 뒤로했다.

마차에 올라탄 나와 세리나는 마르코에게 맡겼던 우리 집으로 향했다.

하지만 마부석의 내 옆으로 걸터앉은 마르코는 어딘지 모르게 애매모호한 태도를 보였다. ―정확히 말하자면, 나한테 뭔가 숨기고 있는 것처럼 보이는군.

"마르코? 너무 알기 쉬울 정도로 낌새가 이상하다만, 무슨 일 있었나?"

"뭐어?! 저, 정말? 아하하하, 그냥 기분 탓 아닐까?"

"흐음."

"마르코 군은 거짓말이 서투르시군요? 둔한 걸로 소문난 제 눈치로도 예상이 갈 정도로요."

"아하, 아하하하. 응, 뭐, 그럴 수도 있나? 아마 도착하자마자

다 알게 될 거야, 응."

아무래도 마르코에게 맡겼던 집에 뭔가 있는 모양이다.

부모님이나 촌장 일행은 나에게 아무 말도 하지 않았지만, 마르코가 직접 할 말로 여긴 걸까?

잠시 후, 열다섯 살이 된 이후로 약 1년간 생활하던 우리 집이 나의 시야로 들어왔다.

언뜻 볼 땐 그다지 큰 변화는 눈에 띄지 않았다.

그러나…… 뜰에 걸려 있는 세탁물 가운데 있을 리가 없는 물건들을 발견한 나와 세리나는, 나란히 고개를 갸웃거렸다.

"흠, 여성용 의복인가?"

"그렇군요. 심지어 1인분은 가볍게 뛰어넘는 양이고요."

이봐, 마르코. 뭐가 어떻게 된 거지? 그런 속마음을 담아 동생의 옆얼굴을 쳐다보자, 마르코는 몹시 겸연쩍은 듯이 얼굴을 딴 데로 돌렸다.

넌— 아니, 마르코는 이제 다 컸다. 여자를 데려와서 동거하는 정도야, 형제건 뭐건 제3자가 참견할 일은 아니었다. 하지만 관리를 부탁한 우리 집으로 데려와서 동거하고 있는 이상, 간단한 설명 정도는 요구할 수 있는 입장이라는 생각이 드는군.

집의 부지 안으로 들어와 마차를 멈춘 우리는, 마르코를 앞장세워 문을 열었다. 바로 그 순간, 마르코의 동거 상대로 보이는 여성「들」이 우리를 마중 나왔다.

마르코가 형을 마중 나간다는 말은 사전에 전한 듯이 보이는군.

여성들은 특별히 놀라지도 않은 표정으로 우리를 기쁘게 환영한다는 뜻을 밝혔다.

우리를 마중 나온 이들의 정체는 개미 인간족 여성 두 명과 인간 여성형으로 변신한 블루 슬라임, 그리고 하피 소녀까지 포함한 네 명이었다.

개미 인간이란 글자 그대로, 개미의 특징을 겸비한 아인 종족이다.

인간과 똑같이 어깻죽지로부터 뻗어 나와 있는 팔 말고도 옆구리로부터 뻗어 나와 있는 작고도 가냘픈 보조 팔을 지니고 있다. 힘줄이 불거진 가는 다리와 볼록한 엉덩이는 검은 반면, 가슴이나 배는 평범한 살색이었다. 목덜미까지 올 정도의 흑발로부턴 개미의 촉각 두 줄기가 뻗어 나와 있으며, 턱의 윤곽선은 껍질로 뒤덮여 있었다.

한 사람은 마르코와 비슷한 키로 나이 차이가 거의 안 나는 앳된 소녀였으나, 그 옆의 나머지 한 사람은 키가 나보다 머리 하나 정돈 큰데다가 머리카락을 허리까지 길게 길렀을 뿐만 아니라, 눈썰미 또한 어딘지 모르게 날카로웠다. 그녀는 성인이 된 개미 인간족 여성이군.

두 사람 다 가슴과 허리를 작은 면적의 천으로 덮고 있을 뿐이었지만, 그런 차림새를 하고 있는 이유는 아마도 그녀들이 피부 대신 딱딱한 껍질을 지니고 있는 탓이리라. 애초부터 의복 자체가 필요 없는 걸로 안다만, 인간들이 대다수의 비중을 차지하고 있는 베른 마을의 격식을 존중하는 의미로 걸치고 있는 듯이 보인다.

개미 인간을 비롯한 충인(蟲人)족들은 곤충에 가까운 외관상의 특징을 짙게 지니는 종족인 관계로, 서글프게도 대다수의 인간들에게 있어선 받아들이기 힘든 외모를 가지는 경우가 많다.

그럼에도 불구하고 마르코에게 전혀 그녀들을 혐오하는 낌새가 없는데다가 마을 사람들의 마르코에 대한 태도 또한 변함없는 걸로 봐서, 그녀들은 마을 단위로 인정받은 듯이 보이는군.

블루 슬라임은 파란 점액 상태의 부정형 생물로서, 무기물이건 유기물이건 상관없이 잡아먹어 버리는 잡식성 마물이었다. 지극히 드물게, 지금껏 포식한 대상의 영향을 강하게 받아 일정한 형태를 취하는 경우가 있다더군. 말인즉슨 마르코와 동거하고 있는 블루 슬라임은, 그녀 본인이나 선조에 해당되는 개체가 인간을 포식한 적이 있다는 뜻이다. 무릎 아래 부분은 물웅덩이 같은 형태로 녹아 있으나, 조금씩 떨리는 부드러운 몸은 풍만한 성인 여성의 몸매였다.

평화로운 분위기의, 포용력 넘치는 얼굴의 미녀라는 인상이군.

그녀 또한 아무리 집안일지라도 알몸은 문제가 있다는 마르코의 판단 아래 마을 여자들과 똑같은 무명 원피스를 입고 있다.

그리고 네 번째 소녀가 바로 하피였다.

북쪽의 모레스 산맥에 많이 사는 종족으로서, 나 또한 분신체로 나다닐 때마다 멀리서나마 자주 목격한 종족이다. 아인 중 하나로 꼽히는 조인(鳥人)들과 달리, 라미아나 아라크네처럼 마물로 취급되는 종족이다. 양팔과 양다리는 조류들과 거의 똑같은 구조로서, 귀 또한 인간과 다르게 새의 날개와 같은 형상을 띠고 있다. 여성밖에 존재하지 않는 종족인 관계로, 번식용으로 다른 종족의 수컷을 납치하거나 습격하기 때문에 무척이나 위험한 존재로 간주된다. 하지만 가끔씩 알이었던 시절부터 사육된 개체가 인간을 따른다거나 먹이로 길들이는데 성공했다는 이야기가 들려오기도 한다. 마르코와 동거하게 된 과정 따윈 전혀 짐작조차 안 간다만, 눈앞의 하피는 맹금류 계통의 종족인 모양으로 새하얀 깃털로 뒤덮인 날개는 평균적인 하피들보다 훨씬 큰데다가 양발의 검은 발톱 또한 굵고도 예리해 보였다. 목부터 허벅지 부분까지 가리는 앞치마 같은 새하얀 원피스가, 살집이 별로 없는 하피다운 몸매를 뚜렷하게 강조하는 듯이 보였다. 날개와 똑같은 색깔의 새하얀 장발은 목덜미 부근까지 가서 양 갈래로 나뉘어, 제각각 털끝 부근이 붉은 천으로 묶여 있었다.

그야말로 독수리 같은 형상의 예리한 눈동자로 나와 세리나를 바라보더니, 가볍게 고개를 숙였다. 그녀는 마르코를 제외한 인간들한텐 아직 적응하지 못한 상태일지도 모르겠군.

하지만 그건 그렇고 말이야…….

설마 다른 누구보다도 믿었기 때문에 집까지 맡겼던 동생이, 우리 집에다가 인간이 아닌 여성들로만 구성된 하렘을 건설할 줄은 몰랐다. 예상조차 못한 사태와 맞닥뜨린 나는, 곁으로 따라온 세리나에게 얼굴을 돌렸다.

그러나 그 순간, 자신이 마르코를 상대로 사돈 남 말할 입장이 아니었다는 사실을 깨달았다.

이렇게 라미아 소녀를 거느리고 있을 뿐만 아니라 용종 소녀들이나 뱀파이어 퀸하고도 인연을 맺고 온 장본인은, 다름 아닌 나 자신이었기 때문이다.

흐음, 혹시 핏줄로 인한 유전인가? 아니…… 그럴 리가 없다. 딜런 형은 부인인 란에게 지극정성인데다가, 아버지도 어머니에게 일편단심이거든.

"아무튼, 형, 세리나 양? 서서 할 이야긴 아닌 것 같으니, 내막을 들을 겸 안으로 들어와. 애초부터 여긴 형네 집이니까 말이야."

마르코가 그러한 대사와 함께 우리들을 집안으로 들였다.

마르코에게도 이 집의 소유자가 나라는 인식은 있는 모양이군. 뭐, 언젠간 양도할 마음을 먹고 있긴 하지만 말이야.

집안으로 들어가 보니, 우선 가장 가까운 테이블부터 낯선 종류로 바뀌어 있었다.

깔끔한 직사각형 모양으로 성형한 나무판자로 만든 신품 테이블 위로, 새하얀 식탁보가 덮여 있었다. 꽃 몇 떨기가 꽂혀 있는 하얀 색깔의 수수한 꽃병이 눈에 띄는군.

네 명이나 되는 여성들과 마르코가 이용할 경우, 거의 나 혼자서만 쓰던 테이블로는 당연히 부족할 수밖에 없기 때문에 교환한 걸로 보였다. 딱히 꼭 걸고넘어질 일은 아니군.

테이블을 둘러싼 의자 중 하나에 걸터앉자, 나의 왼쪽 옆으로 따라온 세리나가 똬리를 튼 하반신을 의자의 대용품 삼아 앉았다.

개미 인간, 블루 슬라임, 하피 아가씨들은 라미아인 세리나와 마주하고도 긴장한 듯이 보이지 않았다. 사전에 마르코로부터 세리나에 관한 이야기를 전해 들었을 뿐만 아니라, 자신들 또한 인간이 아닌 이종족인 탓일까?

활짝 열린 창문을 통해 바람이 흘러들어 왔으나, 여름의 열기를 머금은 관계로 산들바람이라곤 할 수 없었다. 그러나 습기를 별로 머금지 않은 공기가 건조한 상태다 보니, 이렇게 실내로 들어와서 햇볕을 피하는 것만으로도 직접적인 더위는 꽤나 경감시킬 수 있다.

그건 그렇고, 인간이나 그 이외의 생물들 이상으로 많은 양의 수분을 써야 육체를 구성할 수 있는 블루 슬라임으로선 꽤나 버티기 힘든 계절일지도 모르겠군.

나는 파랗게 비쳐 보이는 이종족 여성을 바라보았다.

블루 슬라임 아가씨— 겉보기로는 나보다 나이가 많아 보이지만 —는 나의 시선을 깨닫자마자, 우호적인 미소를 띤 채로 조그맣게 고개를 갸웃거렸다.

관절이나 골격 등을 지니지 않는 종족인 만큼, 그 동작을 정확하게 표현할 땐 형태를 바꾸고 있다는 말을 써야 할지도 모른다.

"자, 형, 세리나 양. 차게 식힌 과즙 물을 가져 왔어. 파리온 과즙을 물로 묽힌 거야."

일단 안쪽 부엌으로 들어갔던 마르코가, 나무로 만든 컵에다가 노란색 음료수를 넣어 와서 나와 세리나에게 건네 왔다.

파리온은 매년 여름마다 수확할 수 있는 과일이다. 참외와 비슷한 형상의 열매로서, 그물 모양의 껍질 표면으로 작은 가시가 나 있다. 인간의 머리 정도 크기까지 자라난다. 껍질 속의 속살은 노란색으로, 산뜻한 신맛과 단맛이 특징이다. 베른 마을뿐만 아니라 북부 변경을 중심으로 널리 재배되는, 이 일대를 대표하는 여름철 특산품 중 하나였다.

나는 마르코에게 건네받은 파리온 과즙 물을 한입 마신 다음, 여느 때와 다를 바 없이 입버릇을 읊조렸다. 나의 입버릇은, 약간이나마 시간 간격을 두고 싶을 때마다 쓸모가 있는 편이다.

"흠…… 어쨌거나 자기소개부터 하고 나서 이야기를 들어보도록 하지. 마르코에게 간단한 이야기 정돈 전해 들었을지도 모르지만, 나는 마르코의 둘째 형인 드란이야. 초봄 무렵부터 가로아 마법학원을 다니기 위해 한동안 베른 마을을 떠나 있던 몸이지. 마법학원의 여름방학이 시작된 관계로, 이렇게 집으로 돌아온 참이다만……."

나는 설마 이렇게 많은 인원수의 환영을 받을 줄은 몰랐다는 뉘앙스를 담아 쓴웃음을 지었다.

마르코는 본인조차 이렇게 될 줄 예상 못 했다는 말을 하고 싶은 것처럼 보이는군. 그는 얼버무리듯이 맥없는 미소를 지었다. 솔직히 개인적으론 공감 가는 구석이 전혀 없는 것은 아니었으나, 이렇게 된 내막에 관한 추궁을 거두어들일 생각은 없단다. 동생아.

그나저나 이 자리에 모인 이종족들 가운데, 아인으로 분류되는 이들은 개미 인간 둘 뿐이다.

라미아인 세리나와 블루 슬라임, 하피 아가씨들은 모두 마물로 분류되는 종족들이다.

참고로 아인이라 부르는 것은 차별하려는 의도보다는 단순한 사실에 입각한 호칭에 지나지 않는다. 어디까지나 이 시대에 통용되는 정의긴 하지만, 아인이란 신들이 최초로 창조한 원초의 인간에게 신들이 스스로 손을 써서 새롭게 창조한 종족들을 가리키는 말이다. 처음부터 인간에게 다른 생물의 특성을 덧붙여 창조된 아종

(亞種)이므로, 아인이라 불리는 것이다.

그러한 아인들에 비해 라미아나 하피, 이 자리엔 없는 인간의 상반신과 거미의 하반신을 지닌 아라크네 등은 원래 인간이었다가 저주 등으로 인해 형상이 변해 버린 자들을 시조로 삼는 종족이다. 처음부터 신들의 바람에 따라 창조된 것이 아니라 본래의 모습을 저주에 의해 왜곡당한 데다가, 영혼이나 정신에까지 영향을 받아 포악하게 변한 자들을 마물로 간주한다.

그렇긴 하지만, 가로아 근교의 숲을 삶의 터전으로 삼고 있는 아라크네 마을은 인간들과 교류를 하고 있는 걸로 안다. 그리고 라미아나 하피 등의 종족들 또한 대를 이어 다른 종족들과 혼혈을 거침에 따라 정신에 대한 악영향은 줄어들고 있다. 외모는 저주를 받은 선조들과 다르지 않으나, 인간을 보자마자 무조건적으로 공격하는 등의 포악한 성질은 거의 남아있지 않다.

그렇지 않고서야 그녀들과 한 지붕 아래 살고 있는 마르코가 무사할 리가 없을 뿐만 아니라, 마을 이웃들 또한 평소와 다를 바 없는 일상생활을 유지할 수 있을 리가 없다.

다만 블루 슬라임은 라미아나 하피 등과 처지가 다르다. 원래는 점도가 높은 액체 상태의 부정형 생물이기 때문이다. 다른 이들과 의사소통을 나눌 수 있을 정도의 지성을 지니지 못한, 오로지 맞닿은 자들을 무차별적으로 잡아먹기만 하는 존재인 걸로 알고 있다. 생식에 관해서도 일정한 수준까지 성장한 개체가 분열을 거쳐, 분열 전의 개체와 동일한 개체가 늘어나는 방식이었다. 지금껏 포식한 대상의 영향을 받아 새로운 능력이나 특성을 얻는 경우가 전혀 없는 것은 아니었으나, 눈앞의 소녀처럼 인간에 가까운 외모를 획득한데다가 지성까지 얻는 경우는 인간종 가운데 발생하는 초인종 급으로 희귀한 사례일지도 모른다.

용케 이런 인원들을 한데 모았군. 나의 동생치고는 정말 대단한 녀석이야.

내가 어머니의 뱃속에 머물던 당시의 힘이 잔류되어, 그 이후로 어머니가 임신하게 된 마르코에게 일정한 영향을 주고 만 걸까?

어머니에게 만에 하나의 사태조차 일어나지 않도록 철저하게 세척하고 나왔으니 그럴 가능성은 거의 고려하기 힘든 걸로 안다만⋯⋯.

말인즉슨, 마르코는 선천적으로 몬스터 테이머의 소질을 타고났거나 단순히 희대의 난봉꾼일 공산이 크다는 뜻인가? 어느 쪽이 됐건, 새로운 피와 노동력을 마을로 받아들일 수 있다는 점에 관해선 대단히 유익한 얘기였다. 반면, 섣불리 여성들과 접하다가 칼부림으로 발전할 위험성을 품고 있다. 마르코여, 결단코 남녀 관계 따위로 칼침을 맞진 말아다오.

남몰래 홀로 머리를 굴리고 있다 보니, 세리나의 자기소개가 시작됐다.

"저는 라미아인 세리나입니다. 최근 들어 베른 마을로 온 입장인 건 마찬가지지만, 드란 씨에게 빚을 졌다고 해야 할까요? 어쩌다 보니 함께 가로아의 마법학원을 다니고 있답니다."

세리나가 예의 바르게 머리를 숙이자, 개미 인간이나 블루 슬라임 소녀들은 나를 상대할 때보다 비교적 따스한 눈길로 그녀를 마주봤다.

흐음, 그녀들이 저러한 반응을 보이는 까닭은 베른 마을이 마물들을 받아들일 밑바탕을 조성한 세리나에 대한 감사의 마음 때문인가?

우리의 자기소개가 끝나자, 마르코가 약간 긴장한 얼굴로 그녀들을 소개하기 시작했다. 우선은 마르코와 비슷한 나이로 보이는 개미 인간 소녀부터 소개할 모양이군. 기본 팔과 보조 팔을 한데 모아 가슴 앞으로 가져온 소녀는 긴장한 표정으로 우리의 얼굴을 똑바로 쳐다봤다.

"아르아나라고 합니다. 엔테의 숲보다 좀 더 북쪽인 모레스 산맥 기슭을 보금자리로 삼고 있는 파라봄 씨족 출신입니다."

곧이어 아르아나라고 자신을 소개한 소녀를 따라다니는 늠름한 분위기의 개미 인간 여성이, 분위기로 인한 기대로부터 어긋나지 않는 딱딱한 목소리로 자신의 이름을 밝혔다.

"마찬가지로 파라봄 씨족인 크라이라다. 아르아나의 호위를 담당하고 있다."

호위라는 말을 듣고 나니 오호라, 두 사람의 거리 감각과 분위기가 전부 납득이 갔다.

"대부분의 개미 인간 종족들은 여왕개미가 낳는 알로 숫자를 늘린다더군. 그 알로부터 태어난 아이들은 거의 다 병정개미나 일개미지만, 아주 가끔씩 차세대의 여왕이 될 공주개미가 태어나지. 그리고 그 공주개미나 여왕개미를 지키기 위한 특별한 병정개미가 바로 전사개미야. 어느 정도 나이까지 성장한 공주개미는 호위인 전사개미와 함께 짝짓기 상대를 찾아 둥지 밖으로 나온다는군. 남

편이 될 상대를 발견하면 새로운 둥지를 지어 알을 낳는 방식으로
가족을 늘린다는 얘기야. 남편이 될 상대를 찾기 위해 외부로 나
온다는 점에 관해선, 세리나와 똑같은 입장이군. 듣자 하니 파라
봄 씨족은 개미 인간들 가운데 세 손가락 안으로 들어갈 정도의
폭력적인 파벌이라는 것 같던데?"

곤충들을 자세히 관찰하는 걸로도 얼마든지 알 수 있는 사실이
지만, 그들은 자기 자신보다 무거운 물체를 들어 올릴 수 있을 뿐
만 아니라 자신의 키보다 훨씬 높은 지점까지 도약할 수 있을 정
도의 높은 신체능력과 개성적인 특수능력의 소유자들이다.

그러한 그들의 특징을 남긴 상태로 인간 크기까지 거대화시킨
존재들이 바로, 충인족들이다.

종족 자체의 평균적인 능력치만 볼 경우, 충인족들— 너무나 다
종다양한 관계로 사실상 한데 묶기는 어렵다만 —은 아인들 중에
서도 뱀파이어나 드래고니안 등에게 버금갈 만큼 상위에 해당되는
존재들이었다.

개미 인간들의 생태에 관해 막힘없이 설명하자, 세리나는 꽤나
감탄한 듯이 보였다. 아르아나와 크라이라는 무척이나 놀랍다는
표정을 지었다.

이만큼 뚜렷하게 반응해주니 설명한 보람이 느껴지는군.

"아주버님께선 저희들에 관해 몹시 박식하시군요."

"마법학원의 도서관을 다니다가, 공주개미와 결혼한 곤충학자
노브렌이라는 분이 남긴 자서전을 훑어본 적이 있거든. 개미 인간
에 관한 정보를 얻는 데는 여러모로 좋은 참고자료가 되는 문헌이

야. 그렇군, 마르코. 나중에 복사해 올 테니 대강 읽어 보도록 해."

아르아나가 마르코를 바라보는 눈빛이나 두 사람의 분위기로 판단하자면, 우리 가족과 두 개미 인간 여성들의 관계는 꽤나 오랫동안 이어질 듯한 예감이 들거든.

흐음, 그나저나 단순한 개미 인간이 아니라 공주개미와 전사개미란 말이렷다? 여왕개미가 알을 낳는 간격과 개미 인간의 성장 속도를 고려하자면, 장차 마을의 인구를 늘리는데 크게 공헌할지도 모르겠군. 설마 그럴 리야 없겠지만, 이미 큰아버지가 된 상태였다는…… 허무한 결과가 기다리고 있는 건 아니겠지? 결코 무시할 수 없는 가능성을 깨달은 관계로 남몰래 전율하고 있다 보니, 세리나가 마르코와 아르아나 일행의 관계에 관해 추궁하기 시작했다.

특히나 연애 관계가 얽힌 얘기가 나올 땐, 대부분의 여성들은 엄청난 웅변을 토하는 법이다.

"드란 씨의 설명으로 판단하자면, 마르코 군은 아르아나의 남편 후보라는 말씀이시죠? 흠, 흠. 이제 보니 정말 대단한 바람둥이군요~?"

마르코를 놀리듯이 말하는 세리나의 파란 눈동자는, 나를 똑바로 쳐다보고 있었다. 바람둥이라는 단어에 관해선, 나를 상대로도 여러모로 느끼는 바가 있는 모양이군.

그런 눈빛은 너무 부담스럽구나, 사랑스러운 뱀 소녀여. 나라고 아름다운 여성들과 연속으로 인연이 있다는데 관한 자각증상이 없는 건 아니거든.

게다가, 나는…….

"그런데 마르코 군과 아르아나 일행은, 어떻게 서로 아는 사이가 된 건가요?"

도리에 맞게 예측할 경우에야 남편감을 찾아 고향을 떠난 아르아나 일행이 모레스 산맥 부근으로부터 남하하다가 마르코와 맞닥뜨리지 않았을까 싶지만, 차세대 여왕개미인 아르아나가 아무 수컷이나 선택할 리가 없다.

아르아나와 크라이라를 납득시킬 만한 「뭔가」를 마르코가 증명한 것으로 보인다.

자서전을 남긴 노브렌 씨는 풍부한 지식과 개미 인간들을 상대로도 겁을 먹지 않는 배짱, 호기심 등이 결정타로 작용한 모양이더군.

세리나의 재촉을 받은 아르아나가, 자신들의 첫 만남에 관해 창피한 듯이 설명하기 시작했다.

"둥지를 출발한 저희들이 남쪽을 목적지로 삼은 이유는, 엔테의 숲으로 쳐들어왔다는 마계의 군세를 숲의 백성들과 외부 인간들의 협력으로 물리쳤다는 소문을 들었기 때문입니다. 저희들은 남쪽으로 와야 마계의 존재들을 물리친 강한 수컷과 만날 가능성이 있다는 생각이 들게 되었지요."

아르아나의 이야기를 들은 나와 세리나는 곧바로 서로의 얼굴을 마주볼 수밖에 없었다. 왜냐하면, 바로 다름 아닌 우리들이야말로 그 마계의 존재들을 물리친 당사자들이었기 때문이다.

설마 당시의 싸움이 이런 식으로 연루되어 있을 줄은 꿈에도 예측할 수 있을 리가 없었다.

타락한 전투신 일당들과 상대한 그 싸움은, 경우에 따라선 엔테의 숲 서부를 기점으로 혹성 규모의 침략까지 용납할 뻔한 대형 사건이었다. 결과에 따라선 아르아나의 일족인 파라봄 씨족의 둥지에까지 피해가 갈 가능성조차 있던 전투였다.

나의 동생인 마르코가, 바로 그 아르아나 일행과 만날 줄은 몰랐다. 만약 나 자신이 평범한 인간이었다면, 운명의 세 여신께서 인도하신 결과로 여겼을지도 모른다.

하지만 단순히 만난 것만으로 마르코를 남편감 후보로 다룰 리가 없다. 처음 만난 날 이후로 오늘 이 순간까지 뭔가 있었던 것은 틀림없으니, 우리는 그에 관해 짚고 넘어가야 했다.

"그나저나, 마르코는 그다지 솜씨가 뛰어난 편은 아닐 텐데? 어쨌거나 베른 마을 태생이니 최소한의 무예 실력과 배짱만은 가지고 있지만, 그것만으론 자네들의 선택을 받긴 힘들 거야."

"형은 변함없이 엄격하다니까? 형이 가로아로 간 이후로도, 일상적인 훈련을 빼먹은 적은 없는데 말이야."

나는 조금 삐친 듯이 말하는 마르코에게 못을 박았다.

"다른 친구들과 똑같은 수준의 훈련을 받고 있을 뿐인 너를, 특별히 높게 평가할 이유가 없거든. 혼자서 칼날 호랑이를 물리칠 정도는 되야, 나의 에누리 없는 칭찬을 들을 수 있을 거다."

"칼날 호랑이를 혼자서 물리칠 수 있는 건 형까지 포함시켜 봤자 마을을 통틀어 다섯 명뿐이야."

베른 마을이 아닌 다른 시골로 갈 경우, 그런 실력자가 다섯 명이나 있다는 사실 자체가 비상식적이라는 고함소리가 들려올 참이지만 말이야.

아무튼 마르코와 개미 인간 소녀들의 만남 쪽으로 이야기를 되돌리자면, 둥지를 출발한 이후로 강을 따라 남하하던 두 사람은 하필 운 나쁘게 엔테의 숲 부근을 통과하다가 마수의 집단과 맞닥뜨린 모양이다. 본인들의 100배를 넘는 무게를 들어 올릴 수 있는 완력과 그 완력을 버틸 수 있는 껍질을 지닌 두 사람은, 잇달아 도륙한 마수들의 피로 강을 붉게 물들였다. 그러나 피 냄새를 맡은 물살이 마수들이나 식인 악어까지 불러들인 결과, 두 사람은 궁지에 몰리고 말았다. 그런 그녀들의 위기를 구하기 위해 멋지게—아르아나가 미화한 것으로 보인다 — 달려온 이들이 바로, 사냥하러 나왔던 마르코를 비롯한 우리 베른 마을의 일행들이었다. 마르코 일행은 최근 늘어난 새로운 주민들에게, 마을 부근에 서식하는 맹수나 마수들을 상대로 한 대처법과 사냥 방법을 가르쳐주기 위해 멀리 나온 참이었다는군.

바로 이 순간, 아르아나를 덮치려던 철퇴 멧돼지의 목으로 마르코가 던진 투창(投槍)이 박혀 들어가 그녀의 궁지를 구출한 것이 결정타가 된 모양이다.

궁지를 구해준 남자를 사모하게 된다는 건 항간에 썩어 문드러질 만큼 넘쳐나는 얘기였지만, 그날 이후로 아르아나의 간절한 소망에 의해 베른 마을에 체류하게 된 나날들 동안 마르코가 엿보인 다정하고도 성실한 성격은 공주개미 소녀의 마음을 더더욱 사로잡아 버렸나 보다.

크라이라는 스스로가 호위의 역할을 완수하지 못한 결과다 보니, 아르아나가 마르코를 사랑한다는 사실 자체가 별로 유쾌하진 않은 것 같군.

그러한 그녀의 반응을 지켜보던 나는 창유에의 얼굴을 떠올렸지만, 크라이라는 그 정도까지 극단적인 성격은 아니었다. 어디까지나 조금 마음에 안 드는 정도라는 분위기였다.

마르코와 아르아나 일행의 첫 만남에 관한 이야기를 들은 세리나는, 어디선가 들어본 적 있다는 듯이 연달아 고개를 끄덕였다.

"어쩐지 저와 드란 씨 같아요. 이런 부분까지 닮아 버리다니, 역시 피는 못 속이는 걸까요?"

"잘 모르겠군. 딜런 형은 소꿉친구인 란과 결혼하는데 성공했으니, 마르코한테도 좀 더 평화로운 만남이 적합하지 않았나 싶기도 하거든. 두 사람과 만난 과정에 관해선 잘 알아들었어. 동거할 때까지 거친 과정 역시 대충 짐작은 가. 그건 그렇고, 나머지 두 사람은 어떻게 우리 동생과 만난 거지?"

블루 슬라임 여성(?)이 레아라는 이름을 밝히자, 새하얀 하피는 퉁명스럽게 피나라는 이름을 댔다. 레아와 피나는 외모로부터 받는 첫 인상을 저버리지 않는 두 사람으로, 느긋하게 말하는 레아와 담박하게 말하는 피나로 분간이 갔다.

"저희들 역시 엇비슷한 처지랍니다, 아주버님. 제 경우엔 모레스 산맥의 어떤 계곡 밑바닥을 보금자리로 삼아 동족들과 함께 살다가 저 혼자만 이런 모습이 된 관계로 쫓겨나고 말았습니다. 맥이 빠진 저는 망연자실하게 강의 흐름에 몸을 맡겼습니다만, 떠내려 오다가 마르코 군이 장치한 그물에 걸려 버린 거지요."

레아는 아르아나 일행과 마르코의 극적인 만남에 비해 자신과 그의 얼빠진 만남이 창피한 듯이, 파랗게 비쳐 보이는 양쪽 뺨을 어렴풋이 붉게 물들였다.

블루 슬라임치고는 인격과 외모, 반응까지 전부 다 지나치게 인간적인 여성이군.

"그물에 걸렸단 말이지? 마르코, 어디선가 신의 계시나 악마의 속삭임을 들은 기억은 없나?"

"그런 적 없어! 그땐 정말 깜짝 놀랐어. 바로 전날에 장치한 그물을 보러 가니까 레아가 걸려 있었거든."

물고기나 게가 아니라 블루 슬라임이 걸려있는 모습을 목격한 이상, 놀랄 수밖에 없었으리라.

레아에게 블루 슬라임의 능력으로 그물을 녹일 수 있지 않았겠냐는 질문을 던지자, 그물의 주인에게 민폐를 끼치고 싶지 않아서 녹이지 않았다는 대답이 돌아왔다.

상당히 어수룩한 느낌이 들 만큼 선량하기 그지없는 아이로군.

슬라임은 부정형 생물인 관계로 타격이나 참격, 찌르기 등을 비롯한 대부분의 물리 공격들을 경감 · 무효화시키는 특성을 지닌 성가신 마물로 알려져 있다.

바로 그 슬라임이 인간에 가까운 지성을 갖추고 있었을 뿐만 아니라 이렇게 우호적이고도 선량한 성격을 형성하고 있었다는 사실은, 그녀와 접촉한 마르코에게 있어선 더할 나위 없는 행운이었다. 과연 마르코가 스스로 그러한 내막을 깨닫고 있을까? 솔직히 장담은 못 하겠군.

우리 동생의 무사태평한 표정으로 판단하자면, 아무래도 알아차리지 못한 걸로 보인다.

"이제 아나와 레아의 얘기는 끝났으니, 마지막으로 피나 차례야."

마르코가 입에 담은 「아나」라는 이름은, 아마도 아르아나의 애칭 같군.

마르코는 마음 편히 피나라는 하피에게 말을 걸었으나, 그다지 얘기를 하고 싶지 않은 듯한 분위기의 그녀는 냉담하게 얼굴을 딴데로 돌렸다.

지금껏 보인 반응으로부터 그다지 우호적인 성격은 아닌 걸로 예상했다만. 흠. 마음의 문을 여는 건 오로지 마르코에게만 한정된다는 얘긴가?

그나저나 이 부근의 하피들 가운데 피나와 같은 순백의 털을 지닌 종족은 없는 걸로 안다.

요컨대 레아처럼 같은 종족들 중에서 돌연변이가 일어난 개체일 공산이 크다는 뜻이군.

야생동물들과 마찬가지로 다른 개체들과 달리 털의 색깔이나 몸의 크기가 다른 이는, 적의 표적이 되기 쉽다 보니 목숨을 잃을 가능성이 높다.

그러한 개체가 무리로부터 쫓겨나 혼자서 살아가야만 하는 사례는 하피뿐만 아니라 온갖 야생동물들과 인간 등을 비롯한 대부분의 생물들로부터 관찰된다.

우리 눈앞의 피나라는 하피 또한 혼자서만 순백의 날개를 타고난 것 때문에 무리로부터 추방당한 것으로 보이는군.

아마도 피나 역시 아르아나 일행처럼 궁지에 몰려 죽을 뻔 했다가 마르코의 도움을…… 받았다는 건가? 아니나 다를까, 마르코와 피나는 나의 추측이 들어맞았다는 사실을 증명해줬다.

피나는 어렸을 때부터 무리로부터 추방당한 몸으로 가혹한 모레스 산맥의 환경 아래 혼자서 살아오던 어느 날, 그리폰의 공격을 당하고 말았다. 가까스로 격퇴하는 데는 성공하고도 날개를 다쳐서 날아다닐 수 없게 된 참에, 마르코와 우연히 만났다는군.

금일 두 번째로 듣는, 어디선가 많이 들어본 것 같은 얘기였다.

커다란 나무의 밑동 근처를 지나다가 피를 너무 많이 흘려 정신을 잃은 피나를 발견한 마르코가 응급조치를 취하고서 그녀가 눈을 뜰 때까지 지켜준 그날부터, 마르코는 끈기 있게 피나를 위해 약품이나 식량을 가져다준 모양이다.

피나의 상처가 아물고 나선 일단 헤어졌지만, 그 이후로도 마르코가 마을 밖으로 나갈 때마다 순백의 하피가 눈에 띈 모양이다. 그리고 지금에 이른다는 얘기야.

다만 피나는 나머지 세 사람과 달리, 어디까지나 근방의 숲에 지은 자신만의 둥지와 이곳을 오가는 입장이었다. 결코 이 집으로 와서 마르코와 동거하는 입장은 아니라는군.

결국 피나는 거의 날마다 마르코를 만나러 오는 관계로, 마르코는 꽤나 자주 그녀에게 함께 살자는 제안을 하고 있는 모양이다. 하지만 피나는 그것만은 양보할 수 없는 일선이라는 듯이, 완고하게 고개를 끄덕이지 않는 상황이라는군.

오호라, 피나는 별거하는 부인 같은 입장인가?

어쨌거나 우리 동생님께선, 이종족 여성들의 마음을 완벽하게 사로잡은 모양이다.

"정말 대단하구나. 지금 마을로 막 돌아온 나한텐 가장 놀라운 보고였어."

"아니, 하하. 솔직히 형한텐 못 이겨, 응."

나는 두 손 두 발 다 들었다는 자세로 항복하는 대신, 양 어깨를 으쓱해 보였다.

흠, 말인즉슨 지금 이 집에는 마르코 말고도 개미 인간 두 사람과 블루 슬라임 한 사람이 산다는 뜻인가?

"하나만 짚고 넘어가자. 넷이서 살기엔 이 집은 좀 비좁지 않나? 보아 하니 증축이나 개축은 하지 않은 것 같다만, 최소한 블루 슬라임에게 수분은 필수 아닌가? 대답해 보시게, 레아 양."

"저한텐 역시 물이 있는 장소가 편하니 물을 잔뜩 담은 항아리를 빌려 부엌을 침실로 삼고 있답니다."

레아는 입을 열 때마다 몸을 떨면서, 자신의 취침 장소에 관해 간결하게 설명했다. 액체 상태의 육체를 지닌 그녀는, 커다란 항아리 하나만으로도 얼마든지 잠을 청할 수 있는 모양이다.

애초부터 레아에게 수면이 필요한지부터가 의문스러웠지만, 정신적으로 인간들과 가까워진 영향을 받아 인간적인 행동양식은 늘어날 수도 있지 않을까 싶군.

그리고 확고한 지성을 획득한 이상, 포식 대상을 임의에 따라 선택할 수 있을 것으로 보인다.

농작물을 갉아먹는 해충들만 골라 먹거나, 좀 더 조절을 잘 할 경우에는 병원균이나 피부의 노폐물만을 골라 포식하는 것조차 가능할지도 모른다.

흠, 참으로 편리한 특성이로군. 아마도 지금은 그러한 특성을 활용하는 방식으로 마르코나 마을 이웃들을 돕고 있는 것이리라.

특히나 레아에 관해서 신경 쓰이는 점은 그녀의 생식방법이었다. 일반적인 슬라임은 분열하는 형식으로 자신의 복제를 만드는 걸로 안다만, 이 정도의 지성을 얻은 개체 역시 마찬가질까?

그녀는 자신의 복제를 만들게 될까? 혹은 아버지가 될 상대의 영향을 받은 새로운 개체를 낳게 될까? 솔직히 말해서 흥미가 끊이질 않는군.

"흐음, 항아리 하나 정도 분량의 물이라? 블루 슬라임 특유의 침실, 아니, 침댄가? 그런데 아르아나 양과 크라이라 양은 어떤가? 개미 인간의 생태로 판단하자면, 혹시 지하실을 쓰나?"

모든 개미 인간들이 그런 것은 아니나, 대부분의 개미 인간들은 천연의 동굴이나 스스로 판 지하 공간을 집으로 삼는다. 규모가 큰 개미 인간 집단의 경우, 흡사 미궁 같은 거대한 규모의 둥지를 지하에다가 지을 정도였다. 개미 인간들은 지하 공간을 구축하는 데 관해선 그야말로 전문가 그 자체니까, 이 집이나 다른 집들을 기울게 하는 등의 실수는 저지르지 않으리라.

"예, 아주버님께서 말씀하신대롭니다. 마르코는 침대를 양보하려 했습니다만, 저희들한텐 지하가 더 편하거든요. 저와 크라이라가 쓸 방 말고도 다른 용도의 방을 몇 군데 더 팠습니다."

아르아나가 약간 나의 얼굴빛을 신경 쓰는 태도로 그렇게 답했다.

다른 용도의 방이라 함은, 언젠가 마르코의 씨를 받아 낳을 알을 위한 공간인가? 그녀가 낳을 조카들의 머릿수는 최소한 수십부터, 경우에 따라선 100명을 넘을지도 모르겠군. 흐음, 이대로는 미래의 베른 마을이 개미의 마을이라는 이름으로 불릴 가능성이 없지 않아 있나?

지금은 두 사람에 지나지 않는다곤 하나, 개미 인간들의 지하 굴삭 능력은 평범한 인간들과 비할 바가 아니다. 안전한 지하 공간을 부담 없이 확장시킬 수 있다는 건, 보존식품이나 비상용 무기와 의료품, 금품 등을 보관 가능하다는 장점을 지니고 있다는 뜻이다.

"죄송합니다, 아주버님. 멋대로 집의 지하를 파고 말았습니다."

"신경 쓰지 마. 이 집은 이미 마르코에게 양도한 걸로 치고 있거든. 본인들이 살기 편하게 개조하도록 해. 물론 이미 허락이야 받았겠지만, 개인적으로도 아버지나 촌장들에게 말해두지."

집을 개조한 일에 관해선 전혀 화가 나지 않았다. 나의 반응을 확인한 아르아나는, 한숨 돌린 듯한 표정을 지었다. 이런 식의 감정 표현은 인간이나 개미 인간이나 거의 똑같은 모양이군.

"그렇게 말해주니 마음이 정말 홀가분하지만, 형은 당장 오늘부터 어쩔 건데?"

마르코가 조심스럽게 나를 쳐다봤다. 아무리 나라도 동생의 연애를 방해하는 건 꺼림칙하다. 일단 이대로 이 집에 묵는다는 선택지는 이미 사라진 거나 마찬가지였다.

"우리가 여기서 이번 여름 동안 머물 경우, 너한텐 계속해서 걸리적거리기만 할 거야. 퇴마의 방울 식당이나 아버지네 신세를 지는 수밖에 없겠군. 마법학원을 졸업하고 나선, 또 새로운 집이나 짓도록 하지. 주민들이 늘어난 관계로 이미 여기저기서 집을 짓고 있는 모양이니, 우리가 새롭게 한 채 더 짓는 정도야 쉽게 허가가 떨어질 거야."

"음~ 물론 새롭게 집을 지을 허가 정도야 쉽게 떨어지겠지만, 퇴마의 방울 식당은 외부로부터 유입된 상인 여러분들로 꽉 차 있으니 당장 오늘부터 묵기는 어렵지 않을까 싶어."

"그렇게 늘어났나? 원래 거기까지 가서 묵는 손님들은 한 달에 한 명조차 없을 정도였는데?"

분명히 가로아를 출발해서 베른 마을까지 오다가 난생 처음 보는 사람들의 왕래를 목격했지만, 설마 퇴마의 방울 식당이 보유하고 있는 객실들을 꽉 채울 정도일 줄은 몰랐다.

"엔테의 숲을 근거지로 삼고 있는 엘프나 아라크네 같은 사람들까지 상인 상대로 교역을 하러 왔다가 묵고 가는 경우가 많으니까, 방들이 금방 꽉 차더라. 꼭 지붕이 있어야 잠을 잘 수 있다는 사람들한텐 돈이나 상품들과 등가 교환하는 식으로 마을 사람들의 집을 숙소로 제공하고 있어. 그렇지 않은 사람들은 공터로 가서 자는 경우까지 있는 모양이야."

"흠? 마을의 활기가 늘어난 데까진 좋았지만, 그들을 받아들일 만한 기반시설이 갖추어져 있지 않다는 건가? 새로운 마을 주민들과 외부로부터 온 상인, 엔테의 숲으로부터 온 자들— 단기간 동안 유입되는 인간들의 숫자가 늘어난 만큼 어쩔 수 없는 현상일지도 모르지만, 언제까지나 제대로 대응을 못 하다간 모처럼 찾아온 좋을 기회를 놓칠 공산이 커 보이는군."

애초부터 도로의 정비 정돈 필요할 것으로 여겼으나, 그 도로를 지나 찾아오는 이들을 받아들일 시설을 갖추는 것 또한 급선무가?

외부인들을 받아들일 기반을 구축하는 정도야 마을 사람들을 설득하는 것만으로도 끝나는 얘기니 도로 정비 사업보단 수월할 뿐만 아니라, 마을 전체의 사업으로 진행함에 따라 원래 주민들과 새로운 주민들을 단결시키는 데까지 공헌할 수 있을 듯이 보인다.

숙박 시설을 비롯해 상인들끼리 거래하는데 쓸 시설 등을 준비해야 하는데다가 상인들과 베른 마을, 엔테의 숲까지 포함한 3자 간의 수요와 공급을 파악해야 하니 당장 할 일은 많다.

다만 저 눈치 빠른 촌장이나 셴나 누나 일행이 그러한 사항들을 헛되이 놓쳤으리라는 생각은 들지 않는군. 흠, 내일에라도 자세한 얘기를 들으러 가 볼까?

그건 그렇고, 문제는 당장 오늘밤의 잠자리였다. 여름방학 기간 동안, 끝까지 부모님 집에 머무는 건 부모님과 형 내외에게 미안하다.

다행히 계절은 여름이야. 노숙한다 한들 추운 날씨는 아니었다. 무더기로 들끓는 벌레들을 구제할 약까지 있는 이상, 노숙을 못할 이유는 없겠군. 급할 땐 즉석으로 집 한 채 정돈 지을 수 있다. 그러한 나의 머릿속을 꿰뚫어본 건가? 세리나가 특별한 이유 없이 마안을 발동시킨 상태로 기세 좋게 손을 들었다.

"저기요! 드란 씨!"

"무슨 할 말이라도 있나, 세리나?"

콧김을 거칠게 몰아쉬고 있는 걸로 봐서, 그녀가 몹시 흥분한 상태라는 사실을 알아차릴 수 있었다. 라미아 소녀의 뜬금없는 기이한 행동으로 인해 몹시 놀란 마르코 일행은, 두 눈을 약간 크게 뜬 상태였다.

하지만 나는 이제부터 그녀가 할 말을 거의 짐작하고 있었다. 베른 마을을 통틀어 우리가 여름방학 동안 신세를 질 수 있을 듯이 보이는 곳은 마글 할머니의 조합용 창고나 부모님의 집, 그리고……

"차라리 저희 집으로 가요! 자, 이제 다 해결된 거죠? 정말 좋은 생각인 것 같아요."

더 이상 좋은 생각은 있을 수가 없다는 듯이, 세리나의 얼굴은 의기양양하기 그지없었다.

"그렇군, 세리나의 집으로 가서 신세를 지는 것도 나쁘지 않을지도 몰라. 어차피 마법학원으로 가선 함께 먹고 자던 사이니, 여기서 그러지 못할 이유는 없군."

"동감이에요!"

세리나는 있는 힘껏 양손으로 만세를 부르더니, 마구 꿈틀거리는 꼬리와 온몸으로 기쁜 감정을 표현했다. 나의 말 한 마디로 이렇게 기뻐하다니, 정말 언제까지나 사랑스러운 뱀 소녀군.

"마르코? 그런 고로, 여름방학 동안은 세리나의 집으로 가서 신세를 지마. 나에 관해선 신경 쓸 필요 없다."

"응. 뭐, 어디 가서 뭘 하건 형 마음대로 해. 형이랑 세리나 양의 조합이니, 아마도 트집을 잡을 사람은 없지 않을까 싶어. 엄청 히죽거리긴 하겠지만 말이야."

"마르코…… 너무 천박한 억측은 하지 마라."

마르코의 집을 뒤로한 나는, 마법 스승인 마글 할머니의 집을 들러 선물을 건네자마자 세리나의 집으로 향했다.

세리나의 집을 관리하는 작업 또한 마을 사람들에게 맡기고 갔으니, 오늘부터라도 당장 쓸 수 있을 것이다. 아무튼 오늘은 내일부터 시작될 노동에 대비하는 의미로 편히 쉬면서, 원기를 북돋도록 하자. 흠, 흠.

†

베른 마을로 귀환한 드란과 세리나가 동생 마르코의 예기치 못한 사정으로 인해 깜짝 놀라던 무렵, 엔테의 숲에 자리 잡은 사이웨스트 마을 부근의 장미 꽃밭 한 가운데 서 있던 한 여성이 바람을 타고 도착한 꽃들의 속삭임 소리에 귀를 기울이고 있었다.

검은 장미로 온몸을 장식한, 귀부인의 이상형을 구현한 고귀함과 그러한 첫 인상을 단숨에 뒤엎을 정도의 진한 성적 매력을 보이지 않는 옷가지처럼 두른 검은 장미의 정령 디아드라였다.

그녀의 형제자매나 다름없는 검은 장미들이, 그녀가 사랑하는 사람의 귀환을 알려온 것이다.

들이비치는 햇볕의 온기가 가져오던 꿈결로부터 눈을 뜬 디아드라는, 이 세상의 그 어떤 루주보다 윤기 나는 입술로 그야말로 이보다 더할 수 없을 만큼 자애로운 미소를 지었다.

"후후후, 그렇구나. 드란과 세리나가 돌아왔단 말이지? 짧은 기간

동안이겠지만, 반가운 건 마찬가지야. 그리고 시기까지 딱 좋아."

디아드라는 그러한 대사와 함께, 가까운 데서 바람을 받아 흔들리는 검은 장미의 꽃잎을 살며시 어루만졌다. 끓어오를 만큼 뜨거운 햇볕이 내리쬐는 여름이라는 계절은, 엔테의 숲을 삶의 터전으로 삼는 백성들에게 있어선 무척이나 특별한 계절이었다.

숲의 은인인 드란과 세리나는, 엔테의 숲에 사는 백성들을 제외한 이들은 감히 발길조차 들여놓을 수 없는 신성한 축제를 가지는 자리에도 얼마든지 초대받을 자격이 있을 것이다.

나무 그늘을 지나치는 여름 바람이 디아드라의 칠흑빛 머리카락을 부드럽게 어루만졌다. 디아드라의 머리카락 한 가운데 가련하게 핀 검은 장미의 꽃잎이, 이제 곧 다가올 미래에 대한 기대감을 머금은 채로 바람을 받아 조그맣게 흔들렸다.

잘 가거라 용생, 어서 와라 인생 7

초판 1쇄 발행 2019년 11월 10일

지은이_ Hiroaki Nagashima
일러스트_ Kisuke Ichimaru
옮긴이_ 정금택

발행인_ 신현호
편집국장_ 김은주
편집진행_ 최은진 · 김기준 · 김승신 · 원현선 · 권세라
편집디자인_ 양우연
국제업무_ 정아라 · 전은지
관리 · 영업_ 김민원 · 조인희

펴낸곳_ (주)디앤씨미디어
등록_ 2002년 4월 25일 제20-260호
주소_ 서울시 구로구 디지털로 26길 111 JnK디지털타워 503호
전화_ 02-333-2513(대표)
팩시밀리_ 02-333-2514
이메일_ lnovelpiya@naver.com
L노벨 공식 카페_ http://cafe.naver.com/lnovel11

SAYOUNARA RYUUSEI, KONNICHIWA JINSEI 7
Copyright ⓒ Hiroaki Nagasima 2016
Cover & Inside Illustration Kisuke Ichimaru 2016
Cover & Inside Original Design ansyyqdesign 2016
Korean translation rights arranged with AlphaPolis Co., Ltd.
through Japan UNI Agency, Inc., Tokyo

ISBN 979-11-278-5312-9 04830
ISBN 979-11-278-4192-8 (세트)

값 9,000원